불멸의 이순신 8

불멸의 길

불멸의 이순신

8

김탁환 장편소설

———

불멸의 길

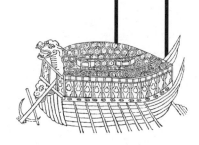

민음사

차례

一、 안온한 삶을 영영 등지다

정유년(1597년) 칠월 십팔일 아침.

이순신은 정좌하여 서책을 넘기고 있었다. 지난 사월 순천에
도착한 후부터 읽기 시작한 『장자(莊子)』였다. 권준이 마음도 달
랠 겸 읽어 보라고 인편에 보내온 것이다. 초계(草溪)로 숙소를
옮긴 후에도 계속 정독해 오고 있었다. 『사기(史記)』에 따르면,
장자는 송나라 사람으로 몽(蒙)이라는 땅에서 칠원(漆園)을 관리
하며 한뉘를 보냈다고 한다.

요즈음 들어 이순신은 만물을 상대에 따라 달리 보는 장자가
마음에 들었다. 장자는 공맹처럼 정명(正名)에 입각하여 만물을
파악하는 것이 아니라 이것과 저것, 여기와 저기의 차이를 인정
하는 가운데 그 참모습을 찾는다. 특히 이순신은 "이 세상에 가
을 짐승의 털끝보다 큰 것은 없으니 태산은 작다고 할 수 있

다.(天下莫大於秋毫之末 而大山爲小)"라는 부분을 읽으면서 적잖이 위로를 받았다. 털끝이 태산보다 클 수도 있다면, 항상 크거나 작은 것도 없고 항상 선하고 악한 것도 없으며 항상 행복하고 불행한 것도 없을 것이다. 이순신은 지극히 가벼워진 자기 처지를 견디는 힘을 『장자』를 읽으면서 발견했다.

지난 석 달을 어떻게 보냈던가.

가끔씩 옛 부하들이 찾아와서 가슴 저 아래 가라앉힌 불덩어리를 건드리기도 했다. 원균이 자신이 아끼던 부하들을 냉대하고 자신이 만들어 놓은 군제(軍制)와 진법을 완전히 뜯어고쳤다는 소식이 날아오면 당장 한산도로 달려가고도 싶었다. 그러나 이순신은 몇 잔 술로 심화를 잠재웠다. 지금 삼도 수군을 이끄는 으뜸 장수는 원균이며, 군사들을 통솔하고 군제를 개편하는 것은 통제사의 고유 권한이었다.

선부(先父)와 망형(亡兄)들이 꿈꾸었던 청빈한 삶이 이와 같을까. 초야에 묻혀서 하루 종일 서책을 읽고 때때로 멀리서 찾아오는 벗을 맞다 보니 어느새 모든 일이 아득하기만 했다. 이대로 한뉘 살아가고픈 마음조차 불쑥불쑥 솟곤 했다.

'나아갈 때 협(俠)을 생각하고 들어올 때 의(義)를 곱씹으면서 오직 나라의 기둥과 서까래를 바로 세우고 백성을 편안하게 하는 일에 매진할 뿐, 그로 인해 겪는 작은 고통쯤은 아무것도 아니지요.'

아버지 무덤 앞에서 했던 다짐도 멀게만 느껴졌다.

하지만 스스로 어찌 생각하는가와 관계 없이 이순신은 여전히 삼도 수군들의 희망이었다. 전라도 곳곳의 상하 장졸들은 아직도 이순신이 통제사로 돌아올 날만을 기다리고 있었다.

그러나 이순신은 함부로 움직일 수 없었다. 원균은 그를 찾지 않았다. 무엇보다 선조가 그를 용납하지 않을 게 뻔했다. 또다시 어심을 거스르게 되면 반드시 김덕령처럼 죽을 것이다. 참고 참고 또 참아야 했다.

원균과 권율이 크게 다툰 소식을 듣고도 이순신은 아무 말 없이 무릎을 눌렀다. 원균이 삼도 수군을 모조리 이끌고 부산으로 출항했다는 소식에도 움직이지 않고 자리를 지켰다.

그러나 오늘은 달랐다. 새벽에 견내량으로 갔던 날발로부터 삼도 수군이 기어코 전멸했다는 보고를 받은 것이다. 군선들이 모조리 격침되었을 뿐만 아니라 삼도 수군 통제사 원균, 전라 우수사 이억기, 충청 수사 최호가 전사했으며 경상 우수사 배설만이 살아서 후퇴했다는 것이다.

'아, 어이하여 이런 참패를 당한단 말인가!'

장졸들 수만 명이 죽었고, 불패 신화를 이어가던 조선 수군의 명예가 땅에 떨어진 것이다. 이순신이 사 년 넘게 밤낮으로 고생하여 마련한 군선과 총통과 활과 검극이 순식간에 사라져 버렸다. 분하고 안타까운 마음에 온몸이 저렸다.

날발이 서찰 한 장을 내밀었다.

참으로 호천통곡(呼天痛哭)할 일입니다. 귀선 세 척을 포함하여 조선 군선이 모두 침몰되었으며, 물에 빠져 죽고 총에 맞아 죽고 불에 타 죽은 장졸이 부지기수입니다. 다행히 저희들은 목숨을 건졌습니다. 이제 장군만이 이 나라를 살릴 수 있습니다. 부디 화를 거두시고 저희를 살펴 주십시오. 연통 기다리겠습니다.

나대용, 이언량, 이영남, 이기남, 박이량

급히 쓰느라 글자도 들쑥날쑥하고 먹도 고르지 않았다. 그러나 이순신에게는 어느 서찰보다도 소중했다. 아들처럼 아끼던 부하 장수들이 모두 죽음의 바다에서 살아 나온 것이다.

"어디서 이 사람들을 만났느냐?"

"고성에서입니다. 적진을 무사히 벗어나 몸을 피한 것이지요."

"앞으로 어떻게 한다더냐?"

"일단 이기남 장군 집이 있는 옥과로 가겠다고 했사옵니다."

"알았다."

그때부터 이순신은 또 『장자』를 읽었다. 패잔병들이 속속 몰려들었지만 미동도 안 했다. 만나기를 청하는 사람이 늘어났지만 날발을 시켜 멀리 내쳤다. 이순신은 참형을 당하기 직전 마지막으로 몸과 마음을 정갈히하는 죄수처럼 자신 속으로 침잠해 들어갔다. 아침 식사도 건너뛰고, 사시(아침 9시)만 되면 습관처럼 마시던 작설차도 끊이지 않았다. 진시에서 사시를 지나는 동안 책장을 넘기지 않고 오직 한 부분만을 뚫어져라 읽고 또 읽었다.

……아무리 빨리 달려도 그림자를 떨어뜨리지는 못한다.(走愈疾而影不離身) ……그늘로 들어서면 그림자는 사라진다.(處陰以休影)

……아무리 빨리 달려도 그림자를 떨어뜨리지는 못한다. ……그늘로 들어서면 그림자는 사라진다. 그림자는 사라진다. 그림자는 사라진다.

이순신에게는 참으로 많은 그림자가 따라다녔다. 백의종군만 벌써 두 번, 용기 없는 장수, 패배를 두려워하는 장수, 문신들에게 아부하여 단숨에 벼슬이 오른 장수, 무군지죄를 범한 장수, 나라 안위보다 개인 영달을 좇는 장수……. 그를 따라다니는 치욕스런 이름들이었다. 삼도 수군 통제사라는 찬란한 영광 뒤에 이렇게 많은 어둠이 자리 잡고 있었다.

'부하들은 나를 불패의 덕장(德將), 빈틈없는 지장(智將)이라 부르고, 백성들은 나를 영웅으로 칭송한다. 그러나 나는 안다. 나는 한낱 범부일 따름이다. 매일 스스로 담금질하지 않으면 배겨내지 못하는, 내게 달라붙은 수많은 그림자를 잊고자 폭음하는, 눈물 많은 한 사내다.

그러나 부인하지 않겠다. 나는 평범한 사내로 일생을 마치기를 원하지 않았다. 이 거대하고 흉측한 그림자를 키운 것은 바로 나 자신이다. 목숨이 다하는 날까지 나는 끝내 이 그림자를 떨치지 못하리라. 사관들은 내가 얼마나 큰 그림자를 등에 지고 다녔는가를 기록하리라. 또다시 세상이 나를 부른다 해도 결코 젊은 날 방황 속에서 찾았던 내 길, 의와 협의 길을 버리지 않으리라. 그 길을 가로막는 것은 모조리 베어 버리리라, 그 끝이 설령 죽음일지라도.'

중천에 떠올랐던 해가 어느덧 기울기 시작했다. 복잡한 머리를 식힐 겸 뒷마당으로 나섰다. 허리를 주욱 펴고 서쪽으로 흘러가는 구름을 우러렀다.

"……내가 영원히 죽지 않는 길을 가르쳐 주랴?"

불쑥 들려 온 목소리에 놀라 뒤돌아서자 아름드리 오동나무 뒤에서 마흔 살 이쪽저쪽으로 보이는 사내가 썩 나섰다. 사내 얼굴을 쳐다보던 이순신 두 눈이 휘둥그레졌다.

"나……, 남궁 선생님?"

그 사내는 분명 남궁두였다. 수십 년 세월이 흘렀건만, 곤양에서 배움을 청했던 그 시절보다 오히려 더 젊고 활기 있어 보였다. 격무와 고문 후유증으로 세어 버린 머리카락과 수심에 찬 얼굴을 보면 오히려 이순신이 남궁두의 스승 같았다.

"조선 수군이 칠천량에서 크게 패하였습니다."

"알고 있네. 전라도가 잿더미로 변할 거라며 피난 보따리를 꾸리는 백성들을 보았으이."

남궁두는 잠시 이순신의 안색을 살폈다.

"많이 지쳤구먼. 그 몸으로 전장에 나아가는 것은 무리일세. 적어도 석 달, 아니, 반 년은 요양을 해야 해. 나랑 함께 가세."

"선생님!"

"전장으로 나아가지 않더라도 의롭지 못한 일은 아닐세. 자넨 이 나라를 구하기 위해 차디찬 바닷바람을 맞으며 육 년을 버텼어. 한세상 무얼 그리 험하게 살려 하나? 이제부터라도 자신을 해치는 일은 그만두고 도를 쫓으면 어떤가. 산림에 묻힐 때를 찾는다면 바로 지금일 게야."

"아직 전쟁이 끝나지 않았습니다."

"세상은 자넬 갉아먹어. 최악을 최선으로 바꾸기 위해 자넬 또 한 번 제물로 쓸 거다, 이 말일세. 이미 경험하지 않았는가. 세상에 나아가는 순간 자넨 진퇴양난에 빠지고 마네. 최악을 최선으로 돌려놓는 순간 의심을 살 것이며, 최악을 극복하지 못하는 순간 명예롭지 못한 방식으로 물러나야 할 걸세. 그럴 바에야 왜 스스로 물러나지 않는가? 사발이라도 구우면서 지나온 시간을 다스리는 걸세. 자기 자신을 쥐어짜는 끔찍한 짓을 언제까지 하려는가?"

침묵이 흘렀다. 남궁두 입가에 옅은 미소가 번질 즈음 이순신이 한 걸음 다가섰다.

"소장은…… 산림에 묻히지 않을 것입니다."

"잃어버린 명예를 되찾고 싶은 게야?"

"아닙니다."

"부하 장졸들을 대신해 설욕하려나?"

"아닙니다."

"하면 어찌하여 다시 바다로 나아가겠다는 것인가?"

"남해 바다를 적들에게 빼앗기지 않을 것입니다. 이 싸움에 이기고 싶습니다."

"군선이 대부분 수장되고 수군이 사방으로 흩어졌는데 무슨 재주로 이긴단 말인가. 기적을 바라는 것인가?"

"배의 많고 적음은 문제가 되지 않습니다. 전라도 바닷길이 뚫리면 백성들이 또다시 처참하게 왜놈들 손에 도륙당합니다. 어찌 외면할 수 있겠습니까?"

"안팎으로 큰 어려움을 당할 걸세. 의혹이 가득한 눈들이 자넬 살필 거야."

"아무리 지독한 어려움이 와도 소장은 곧고 바르게 승리할 수 있는 길을 찾을 것입니다. 원균도, 이억기도, 최호도 모두 전사했습니다. 패배에 따른 고통, 목숨을 잃을지도 모른다는 두려움, 가족 걱정, 왜놈들 조총과 장검에 대한 공포를 극복하기 위해서는 장졸들 각자가 스스로를 먼저 이겨야 합니다. 소장은 먼저 소장 자신을 이길 것입니다. 그리하여 장졸들이 소장처럼 욕심도 슬픔도 두려움도 벗어던지도록 이끌겠습니다. 승리의 한 길로 가겠습니다."

남궁두가 호방하게 소리 내어 웃었다. 그리고 웃음을 뚝 그친 후 말했다.

"자기 자신을 이겨 승리를 얻겠다, 이 말이지? 무기를 쥐고 적과 맞서는 일을 득도(得道)를 위한 수행의 길로 받아들이니, 산림으로 몸을 숨길 필요가 없겠으이. 이제 자넨 도자기를 구울 때나 서책을 읽을 때나 활과 칼을 들고 적군과 맞설 때나 한결같은 자세를 가지게 되었군그래. 늙지도 죽지도 않는 법을 전하려 했건만 자넨 더욱 죽음에 가까이 다가갈 운명인 모양일세. 어깨를 부딪혀 그 죽음을 부수고 나아가는 것이 자네의 길이라면, 그 고통의 길을 또 자처하겠다면, 그리하게. 자네가 끝까지 원하는 바를 이루기를 기원하겠으이."

"도원수께서 오셨습니다."

신시(오후 3시) 무렵 권율이 찾아왔다. 이순신은 『장자』를 덮고 방문을 열었다. 용린갑(龍鱗鉀, 갑옷의 일종)을 입고 첨주(籤胄, 투구의 일종)를 쓴 권율이 흘러내리는 땀을 닦을 새도 없이 마당을 가로질렀다.

"이 장군, 오랜만이오."

권율은 잠시 호흡을 골랐다.

"수군 형편이 어려운 듯하오……."

권율은 말꼬리를 흐리며 여운을 남겼다. 두 사람은 사 년이 넘도록 힘을 합쳐 전라도 바다와 육지를 지켜 왔다.

이순신은 가타부타 말이 없었다. 권율은 마른침을 꼴깍 삼킨 후 이야기를 이었다.

"나라에는 국법이 있고 군대에는 군율이 있지 않습니까? 그에 따라 처결하면 기강이 바로 설 것입니다."

"지난 십사일, 원 통제사는 삼도 수군을 이끌고 부산으로 향했소. 그리고 칠천량과 견내량 사이에서 패배하였소."

"……"

"원 통제사가 왜 칠천량에서 왜군과 맞서지 않고 후퇴하였는지

의문이 아닐 수 없소. 전투란 모름지기 물밀듯이 밀어붙이든가 성문을 걸어 잠그고 지키든가 둘 중 하나를 택해야 하오. 한데 무턱대로 달아나다가 퇴로마저 끊겨 큰 낭패를 본 것이오."

이순신은 눈을 감았다가 스르르 떴다.

"이제 와서 잘잘못을 따져 무엇하겠습니까? 앞으로가 문제이지요."

이순신이 서책들 사이에서 해도(海圖)를 꺼냈다. 남해 바다가 소상하게 그려진 지도였다. 손으로 견내량을 짚었다.

"이곳까지 왜군이 들어왔고 우리에겐 남은 군선이 거의 없소이다. 있다손 쳐도 전의를 상실한 장졸들을 이끌고 왜 선단과 맞설 수는 없소. 도원수께서는 어디까지 왜선이 들어오리라 보시오니까?"

권율의 시선이 부산에서부터 천천히 왼쪽으로 내려왔다.

'가덕도, 거제도, 남해도, 한산도, 한산도까지 잃을 각오는 해야겠지.'

권율이 한산도를 손으로 짚었다. 이순신이 단호하게 고개를 젓더니 그보다 훨씬 왼쪽에 있는 완도를 가리켰다.

"최소한 여기까지는 밀린다고 봐야 하오이다."

"그렇다면 남해 바다를 모두 빼앗기는 형국이 아니오?"

"그렇소이다."

"그대가 다시 수군을 맡는다고 해도 그렇단 말이오?"

순간 이순신의 눈이 날카로워졌다. 권율의 속마음이 은연중에 드러난 것이다.

"다른 수가 없소이다. 보화도(寶花島)나 고금도(古今島)에서 군선을 만들고 군사를 모으고 무기를 다듬은 후에라야 왜선과 맞설 수 있소이다. 그때까지 남해 바다는 왜 수군이 점령할 수밖에 없소. ……그리고 이 몸도 그 일을 감당할 수 없소이다."

권율이 말꼬리를 물고 들어왔다.

"그대가 아니라면 누가 이 일을 하겠소? 원 통제사와 이억기, 최호 등도 모두 목숨을 잃었다 하오. 이제 남은 사람은 그대뿐이오."

이순신이 차분한 어조로 말했다.

"도원수께서 아무리 소생을 천거하셔도 조정에서는 이 몸을 다시 중용하지 않을 것입니다. 전하께서 무군지죄를 범한 죄인에게 군권을 맡기실 리 있소이까? 괜히 이 몸을 편들다가 도원수께서 곤란에 빠질까 걱정이오이다. 속히 다른 사람을 찾으시지요."

권율은 물러서지 않았다.

"성심(聖心)이 잠시 흐려진 것은 원 통제사가 그대를 모함하는 장계를 줄기차게 올렸기 때문이오. 이제 원 통제사도 없고 수군을 거의 잃다시피 한 지경이라, 필경 전하께서도 마음을 돌리실 것이외다. 아무 염려 마시오. 내 도체찰사 영감과 조정 대신들께 청하여 그대가 꼭 다시 통제사에 오르도록 하리다."

"어허! 괜한 고생 마십시오. 이 몸은 그 일을 담당하기에는 너무나도 보잘것없는 사람이외다. 보시다시피 몸도 마음도 말라비틀어진 촌늙은이예요. 군선에 오를 힘도 군사들을 독려할 자신도 없소이다."

"도와주오, 이 장군! 어명을 기다릴 것이 아니라 오늘 밤에라도 당장 조선 수군의 상황이 어떠한가를 살펴주었으면 하오. 부디 밤을 좇아 노량으로 가 주시오."

송대립을 비롯한 아홉 명의 군관을 내어 주겠다는 말을 남기고 권율은 서둘러 자리를 떴다.

논의를 끝마치고 마당으로 나왔을 때는 이미 깜깜한 밤이었다. 잠시 남동쪽 하늘을 바라보았다. 거기 어딘가에서 나뒹굴고 있을 조선 수군들 시체가 눈에 선했다.

二, 북녘에 도사린 전운戰雲

칠월 이십일일.

콸콸콸콸, 물 흐르는 소리에 이끌려 앞마당으로 나섰다. 별빛 하나 흐르지 않는 적막한 밤이다. 붉나무에 기대어 좌우를 두리 번거리는데 다시 콸콸콸 물소리가 심장 박동처럼 들려왔다. 그 소리를 쫓아 정신없이 달렸다. 평야를 한참 동안 내달리니 가파 른 산등성이가 앞을 막아섰다. 산자락을 부여잡고 끙끙대는데 어 느새 보름달이 두둥실 떠올라 등을 비추기 시작했다. 멀리서 청 호반새가 울었다. 주위를 둘러보니 거대한 너럭바위 사이로 샘물 이 흘러나오고 있었다. 너비는 한 장이 넘고 깊이는 석 장을 헤 아렸다. 바위에 새겨진 글씨를 살피니 옥궤주(玉饋酒)라고 적혀 있었다. 샘 옆에 놓인 옥잔을 들어 샘물을 떴다. 그러자 샘에서 는 다시 딱 한 잔 분량의 샘물이 흘러나왔다. 천천히 잔을 입으로 가져갔다. 휘황스런 달빛이 눈 속으로 젖어들었고 혀끝에선 감미로운 향내와 함께 뜨거운 기운이 온몸을 후끈 달아오르게 했다. 샘에서 흘러나온 것은 물이 아니라 술이었다. 그는 곧 취기를 느꼈고 편안해졌다.

이대로 시간이 멈춰 버린다 해도 아무런 미련이 없을 듯했다.

"나리!"

누군가가 귓불을 핥았다. 겨우겨우 취기를 누르고 눈을 떴다. 희고 고운 젖가슴이 시야를 가렸다. 청향의 것이다. 고개를 돌려 방안을 살폈다. 어둠 속에서도 누추한 살림살이가 쉽게 눈에 띄었다.

"어머, 깨어나셨네."

청향은 포옹을 풀 생각도 하지 않고 볼에 입을 맞추었다. '옥 궤주' 세 글자가 뇌리를 떠나지 않았다.

"여……기가 어디냐?"

"압록강을 건너기 전에 소첩을 안고 싶으시다고, 객사(客舍)를 몰래 빠져나온 일이 기억나지 않으세요?"

'그랬는가?'

그제야 지난밤 술자리가 떠올랐다. 조선으로 왔다가 환국(還 國)하는 명나라 사신을 따라 여행길에 오른 것이 지난 칠월 이일이다. 한양을 출발하여, 서경, 정주, 선천을 거쳐 어제 아침 의주에 당도한 것이다. 성대한 송별연이 열렸고 그 자리에서 만취한 것까지는 알겠는데, 그 후 청향 손을 끌고 이곳까지 온 것은 기억이 나지 않았다. 그러나 청향이 젖가슴을 드러낸 채 곁에 누위 콧노래를 흥얼거리는 것을 보면, 석별의 정을 나누기 위해 밤길을 재촉했던 것은 틀림없는 사실이었다.

이달과 한호가 떠난 후 울적해 하던 청향에게 이번 여행은 최고의 선물이었다. 청향은 황해도와 평안도 땅을 처음 밟는다고 했다. 허균도 강원도를 거쳐 삭방(朔方, 함경도 지역)으로는 허봉의 흔적을 찾거나 임진년 전쟁을 피해 갔더랬지만, 황해도와 평안도 땅이 낯설기는 청향이나 마찬가지였다.

산자수명(山紫水明).

자연은 아름다웠으나 사람들의 눈 밑에는 전쟁의 상처가 짙게 드리웠다. 왜군이 다시 하삼도를 위협하고 있다는 소식을 접한 고을 수령들은 걱정스런 얼굴로 그곳 전황을 물어 왔다. 또다시 군왕과 대신들이 평안도로 몽진을 오는 것이 아니냐는 물음이었다. 그런 물음을 접할 때마다 허균은 정확한 답을 주지 못해 괴로웠다. 한양이라고 해서 이곳보다 사정이 나을 리 없었다. 조정 대신들은 주먹구구로 승리를 장담하거나 몽진을 조심스레 입에 올렸다. 임진년에 전쟁이 터진 지 오 년이 흘렀지만 나아진 것은 아무것도 없었다.

상처받고 피 흘리고 절망하는 쪽은 착하디착한 백성이다. 한양을 떠나올 때, 서애 류성룡은 서북방 수령들이 하삼도 전황을 묻거든 승전보가 탑전에 매일 그득 쌓이는 중이니 안심하라고 대답하도록 시켰다. 그러나 허균은 차마 거짓을 말할 수 없었다. 승전보는커녕, 왜군이 경상도 땅을 대부분 점령할 때까지 관군은 명나라 원군을 기다리며 전투다운 전투를 치르지도 못했다.

명나라로 가라고 류성룡이 권고했을 때, 허균은 전혀 받아들일 마음이 없었다. 오히려 전라도나 충청도로 내려가서 전황을 직접 살피고 싶었다. 류성룡은 허균을 집으로 은밀히 불러 명나라로 가야 하는 까닭을 들려줬다.

"자넨 평소에도 서책 욕심이 많지 않았는가? 이참에 가서 서책도 많이 사고 그러게."

"지금은 서책이나 들여올 때가 아니지 않습니까? 더구나 명나라 사신들이 거들먹거리는 꼴은 눈뜨고 못 보겠습니다. 다른 사람을 보내시지요."

조선이 원병을 청하자, 명나라는 병부 좌시랑 형개(邢玠)를 총독 군문(總督軍門)으로 삼고, 우첨도 어사 양호(楊鎬)를 경리 조선 군무(經理朝鮮軍務), 도독 마귀(麻貴)를 총병(總兵)으로 삼았다. 그리고 50,000여 명군이 속속 압록강을 건너왔다. 부총병 양원(楊元)은 남원, 유격 장군(遊擊將軍) 진우충(陳愚衷)은 전주까지 내려가서 왜군과 일전을 준비하고 있었다. 원군이 들어오자 명나라 사신들도 왕래가 잦았다. 그중에는 터무니없는 요구를 하는 사신도 있었다. 인삼과 비단을 요구하는 것은 흔한 일이고, 하늘을 나는 매까지 잡아 달라고 했다. 이번에 들어온 사신도 그런 부류에 속했다. 천자 뜻을 전하는 것은 뒷전이었고 황후와 공주들에게 선물할 보석들을 내놓으라고 호통을 쳐 댔다.

"도대체 세자 저하께 무슨 말씀을 아뢴 겐가? 자넬 만난 후 저하 심기가 매우 불편하시다 들었네."

류성룡은 속에 감춘 이야기를 꺼내 놓았다.

"별일 아닙니다. 누군가 전쟁 책임을 져야 한다고 말씀드렸습죠."

"그게……, 그게 지금 저하께 드릴 말씀인가? 책임을 지라니? 말조심하라고 그렇게 일렀거늘!"

류성룡은 오른손으로 이마를 짚으며 혀를 끌끌 찼다.

"스승님! 그게 무슨 큰일이라고 이러십니까? 전쟁이 터지고 수많은 백성이 목숨을 잃었으니 마땅히 그 책임을 져야 할 것이 아닌지요? 그리고 책임을 따진다면야 응당 주상 전하와 세자 저하께서……"

"닥치게. 멸문지화를 당하고 싶은가?"

"제 뜻은……"

"자네 형이 귀띔해 주었어. 대간(臺諫, 사헌부 관원인 대관과 사간원 관원인 간관을 아울러 이르는 말)들이 이 일을 문제 삼을지도 모른다고 하네."

"어떻게 세자 저하와 소생이 나눈 대화를 그들이 알고 있단 말이옵니까?"

허균이 놀란 눈으로 물었다.

"쯧쯧, 주상 전하와 세자 저하 처소에는 담벼락에도 눈이 달렸고 문지방에도 귀가 붙어 있다네. 대간들은 내가 만나 볼 터이니, 자네는 잔소리 말고 잠시 한양을 떠나 있게. 자네가 다치면 자네 형은 물론이거니와 자네 집안이 모두 위험해지네. 알겠는가?"

"비겁하게 피하고 싶지 않습니다."

"그리 생각 말게나. 자네에게 내 특별히 부탁할 일도 있다네."

류성룡은 잠시 말을 끊고 턱수염을 쓸었다.

"의주 근처를 살펴 주게. 아직 위험한 상황은 아니네만. 전세가 어찌될지는 아무도 모르는 일 아닌가? 만에 하나 충청도 방어선이 허물어진다면 몽진을 떠날 수밖에 없어. 그러니 자네가 미리 가서 그쪽 민심과 군사들 동정을 살펴봐 주게. 그리고 명나라에 들어가거든 조정 분위기를 되도록 자세하게 파악하게. 이곳에 오는 사신들은 워낙 허튼소릴 많이 해서 대국 조정 공론이 무엇인가를 제대로 알 수가 없다네. 중요한 일이니 은밀하면서도 꼼꼼하게……. 알겠는가?"

꼼꼼하게 살필 필요도 없었다. 평안도로 접어들자마자 가난과 병고에 지친 백성들 한숨이 가슴을 짓눌렀다. 백성들은 전쟁을 두려워하고 있었고 그 전쟁 불길이 몽진 대열을 쫓아 다시 평안도로 들어서는 것을 원하지 않았다. 임진년 전쟁을 치르는 동안 겹으로 고통 받았던 백성들이다. 밖으로는 왜군과 맞서 싸워야 했고 안으로는 몽진을 나선 임금과 조정 대신들에게 양식과 옷을 갖다 바치며 수족 노릇까지 해야 했다.

"청향아!"

허균은 봉긋한 젖가슴을 어루만졌다. 윗몸을 더욱 앞으로 밀착시키며 청향이 대답했다.

"예. 나리."

"너는 이곳이 좋으냐?"

청향이 고개를 끄덕였다.

"무엇이 그리 좋으냐?"

"산도 높고 강물도 거울처럼 깨끗하고……."

청향의 허리를 감싸 안으며 다시 물었다.

"청향아! 우리 이대로 도망칠까? 심심산천으로 들어가 화전(火田)이나 일구며 살까?"

청향이 겸지로 그 목을 어르더니 볼에 입을 맞추었다. 곱다. 금강초롱처럼 곱다.

"내가 못할 성싶으냐? 너만 좋다면 지금 당장이라도 가자꾸나."

청향의 눈가에 웃음이 감돌았다.

"나리, 나리는 손곡 선생과 다른 분이세요. 소첩은 그걸 알고 있지요. 나리는 노자와 장자의 세계를 동경하시지만 결코 속세를 등질 분이 아니에요. 이곳까지 오면서, 소첩은 나리가 숱하게 한숨 내쉬는 것을 보았답니다. 나리는 지친 백성들 얼굴을 볼 때마다 차마 외면하고 돌아서지 못하셨지요. 한데 나리께서 그들을 버리고 심심산천으로 들어가시겠다고요?"

청향을 와락 끌어안았다. 정신없이 눈과 코와 입과 귀와 목과 가슴에 입을 맞추었다. 답답해서 터져 버릴 것 같은 속내를 청향은 알고 있었다. 단 한 사람만이라도 이 심정을 헤아려 준다면 삶이 완전히 절망적이지는 않다.

청향은 천천히 몸을 좌우로 흔들며 급히 서두르는 허균 몸을 감쌌다. 꽃봉오리에 갇힌 꿀벌처럼 허균 몸짓이 점점 느려졌다. 손길이 닿을 때마다 청향의 하얀 몸은 발갛게 익으며 수만 가지 빛깔로 탈바꿈했다. 압록강을 가로질러 달려드는 황소바람(좁은 틈으로 세차게 불어 드는 바람) 소리가 더욱 크게 들렸다. 멀리서 개들이 컹컹 짖었고 이름을 알 수 없는 오랑캐 피리 소리도 구슬펐다.

급류가 흘러간 뒤 안온한 평화가 찾아들었다. 팔베개를 하고 누운 청향이 손톱으로 그의 젖꼭지를 살짝 긁어 댔다.

"나리, 부디 많이 보고 많이 읽고 많이 깨우쳐서 돌아오세요. 나리 뜻을 펼치기 위해서는 더 많은 공부가 필요할 테니까요. 언젠가 손곡 선생님께서 그러셨지요. 서책이 손에 잡히지 않을 때는 여행을 떠나는 것이 최고라고. 낯선 땅에서 새로운 사물, 사람, 풍경을 접하다 보면 공부가 절로 된다고. 나리께서 명나라에 들어가 계시는 동안 소첩도 세상 공부를 해 볼까 해요. 모름지기 시는 몸에서 나오는 것이니까요. 구차한 이별은 번거로울 것 같으니 이 밤에 소첩은 떠나겠어요."

허균이 깜짝 놀라며 몸을 돌렸다.

"북삼도를 홀로 여행하겠다는 것이냐? 아니 된다. 여자 혼자 몸으로 이토록 험한 곳을 어찌 다니겠다는 것이냐? 말도 안 되는 소리! 잔말 말고 내일 당장 한양으로 가도록 해라. 내가 함께 갈 사람을 구해 주마."

청향이 눈을 동그랗게 뜨고 고개를 가로저었다.

"아니에요. 소첩도 소첩만의 시를 짓고 싶어요. 언제까지나 손곡 선생과 나리의 시를 흉내 내고만 있을 수는 없답니다. 한양에 갇혀 있으면 결코 나리 품을 벗어날 수 없어요. 아무리 말리셔도 소첩은 떠나겠어요. 그래서 나리가 큰 뜻을 이루시는 데 조금이라도 보탬이 되고 싶어요."

"청향아!"

허균은 망연자실 할 말을 잃었다. 청향은 몸을 일으켜 촛불을 밝히고 옷을 찾아 입었다. 도포를 입고 갓을 쓰고 수염을 붙이니 옥구슬처럼 맑은 눈망울을 제외하고는 영락없는 서생(書生)이었다.

허균도 주섬주섬 옷을 입었다. 청향의 뜻을 꺾을 수 없다는 것을 알고 있었다. 이 나라 조정에 품고 있는 허균의 분노만큼이나 삶의 깊이를 헤아리는 시를 짓고자 하는 청향의 욕구 또한 강렬했다. 입버릇처럼 되뇌던 말이 떠올랐다.

"규방에서 사랑 타령이나 늘어놓는 가사(歌辭) 따윈 짓지 않겠어요. 소첩은 이백이나 두보의 시를 따르고 싶어요."

미소년으로 변한 청향이 다소곳이 작별의 큰절을 올렸다.

"부디 몸조심하세요. 훗날 한양에서 다시 만나 서로 시를 품평하기로 해요."

허균은 품에서 급히 아기 주먹만 한 금덩이를 꺼냈다. 어머니가 만일을 생각해서 넣어 주신 것이다. 청향은 자기에게도 노잣돈이 있다며 손을 저었다.

"넣어 두게. 내 마음이야."

한사코 거절하던 청향의 양손에 금덩이를 쥐어 주었다. 청향 눈에서 눈물 한 방울이 뚝 떨어져 내렸다. 허균은 청향을 안고 말없이 등을 쓸었다.

"목숨을 부지하고 나서야 시도 있고 사랑도 있는 게야. 조금이라도 위급한 일을 당하면 지체 없이 한양으로 돌아가도록 해. 알겠는가?"

청향이 빙긋 웃으며 고개를 끄덕인 후 밖으로 나갔다.

"청향!"

허균이 방문을 열고 마당으로 따라 나섰지만 청향 모습은 어느새 간 곳이 없었다. 오직 그 이름과도 같은 첫새벽 맑은 향내만이 코끝을 간지를 뿐이었다.

'옥인(玉人)! 부디 깊은 깨달음과 아름다운 시어 많이 얻기를 비오. 꼭 다시 만납시다.'

다음 날 오후 예정대로 허균 일행은 압록강을 건넜다. 강가에 군졸 열 명을 거느리고 나왔던 강상 수검 어사(江上搜檢御史, 조선시대 압록강을 왕래하는 사람들이 금지하는 물품을 소지하고 있는가를 수색하는 벼슬아치)는 역관 조충서와 귓속말을 나눈 후 사행 재거 절목(使行賣去節目, 사신이 가지고 가는 물품에 대한 조목)이 적힌 서책을 옆구리에 낀 채 빙긋 웃으며 되돌아갔다. 조충서는 강을 건너기 전에 사람들 사이를 돌아다니며 값나가는 금붙이며 서책, 옷 따위를 거두었다.

"무엇 때문에 이딴 걸 모으는가?"

허균은 명나라 사신에게 뇌물을 주기 위해 모으는 줄 알고 강력히 따졌다. 그러나 조충서는 사행 반전(使行盤纏, 외국에 나갈 때 여비로 은자를 주는 것)은 물론 명나라 사신들로부터도 값비싼 비단이며 보석을 건네받았다. 궁금증이 더욱 커졌지만 조충서는 두고 보라고만 했다.

압록강은 고요하고 잔잔했다. 사행선(使行船, 사신을 태운 배)은 빙판 위를 미끄러지듯 단숨에 강을 건너 건너편에 닿았다. 그러자 갑자기 길게 울려 퍼지는 말울음 소리와 함께 백여 명이나 되는 사내들이 언덕을 넘어 허균 일행을 향해 달려왔다. 말로만 듣던 여진 오랑캐였다. 허균은 두려움에 몸을 떨었다. 목숨을 잃을 수도 있었다.

조충서가 기다렸다는 듯이 양손을 휘휘 저으며 쑥 나섰다. 선두에서 달리던 여진족 대장이 조충서 앞에서 말을 내렸다. 두 사람은 한참 동안 실랑이를 벌였다. 저잣거리에서 물건값을 흥정하는 것처럼 보였다. 숨을 헉헉대며 돌아온 조충서가 낭패스러운 얼굴로 허균에게 말했다.

"오늘따라 길 값을 많이 부르는뎁쇼. 우리가 거둔 걸로는 어림도 없겠습니다."

"길 값이라니?"

"명나라까지 무사히 들어갈 수 있도록 우리를 보호해 주는 값입죠."

"그 무슨 소린가? 여기는 명나라 영토가 아닌가? 한데 왜 저 야인들에게 길 값을 내야 한단 말이야?"

조충서는 고개를 설레설레 저었다.

"이곳은 이미 여진 땅입니다요. 저들의 대추장 건주위(建州偉, 누르하치를 이름)가 만주 곳곳에 흩어진 여진인들을 하나로 모았습니다. 명나라도 이제 저 야인들을 함부로 못합죠."

"뭣이라고?"

허균은 거대한 쇠뭉치로 뒷머리를 얻어맞은 기분이었다.

'여진족이 명나라와 맞설 만큼 강대해졌다? 그렇다면 북삼도도 위태로운 지경이 아닌가?'

왜와 벌이고 있는 전쟁만이 문제가 아니었다. 이 전쟁에서 승리한다손 치더라도 다음에는 여진족이 만신창이가 된 조선을 먹으려고 압록강과 두만강을 건너올 것이다. 이렇게 놀라운 사실을 조정에서는 아무도 모르다니. 참으로 큰일이 아닐 수 없었다.

조충서가 명나라 사신들과 의논을 하고 돌아왔다.

"어떻게 되었는가?"

"저들 청을 들어주기로 했습죠."

"저들 청이 무엇인가?"

"일단 우리가 거둔 것들을 받은 다음, 부족한 양은 우리들 각자가 지닌 것에서 골라 취하겠다는 것입니다. 그리고 일행 중에 여자가 있으면 순순히 내어놓으랍니다."

"그, 그것은 약탈이 아닌가? 어찌 저놈들이 명나라 사신과 조선 신하에게 함부로 손을 댈 수 있단 말이냐?"

조충서는 귀찮다는 듯이 말했다.

"자꾸 이러시면 나리 목숨이 위태롭습니다."

"무엇이라고?"

"앞은 여진족이고 뒤는 압록강입죠. 피할 곳이 없다, 이 말씀입니다."

조충서가 손뼉을 짝짝 두 번 쳤다. 그러자 명나라 사신을 필두로 방금 압록강을 건너온 사람들이 길게 일렬로 줄을 지어 섰다. 말에서 내린 여진 사내들이 좌우로 벌여 서 있는 그들에게 다가 갔다. 여진 사내들은 책이며 칼, 옷 따위를 마음 내키는 대로 빼 앗았다. 노략질하는 저들은 환하게 웃었고 노략질을 당하는 조선 인들 얼굴은 창백하게 변해 갔다.

허균은 강 이쪽과 저쪽을 번갈아 살폈다. 마음만 먹는다면 저 들이 압록강을 건너는 것은 손바닥 뒤집는 것보다도 쉬우리라. 그러나 저들은 강 이쪽에서 상납하는 물건만 받고 있다. 인간의 욕심이란 끝이 없는 법. 어찌 저들이라고 압록강을 건너가서 더 많은 물건을 빼앗고 싶은 욕망이 없겠는가. 그러나 저들, 여진족 들은 아직까지 조선 영토를 직접 공격하지 않고 있다. 왜일까?

'때를 기다리는 것이리라. 조선을 단숨에 무너뜨리고 한반도를 송두리째 집어삼킬 기회를 엿보는 것이리라.'

허균은 드넓은 요동 벌판과 그 위를 내달리는 여진족들을 상상 해 보았다.

'수만 기병이 압록강을 건너온다면 왜와 벌이고 있는 전쟁보다 더 끔찍하고 힘든 전쟁이 시작되리라.'

등줄기를 타고 식은땀이 흘러내렸다. 어떻게든지 살아 돌아가 서 이 일을 조정에 알려야만 했다.

"어찌하시렵니까?"

조충서가 뾰로통한 얼굴로 물었다.

"……맨 끝줄에 가서 서겠네."

조충서는 그렇게 대답할 줄 알았다며 씨익 웃었다. 허균은 줄이 끝나는 곳으로 터덜터덜 걸음을 옮겼다. 까마귀 한 마리가 머리 위에서 까악까악 시끄럽게 울어 댔지만 허균 시선은 요동의 돌투성이 흙바닥에서 벗어날 줄을 몰랐다.

三, 곤양에서 출사할 뜻을 적어 보내다

칠월 이십이일 갓밝이.

고기떼를 만났는지 바닷새들이 시끄럽게 울어 댔다. 이순신은 밀린 잠을 잠시 접어 두고 갑판으로 올라갔다. 상쾌한 남실바람이 온몸으로 훅 밀어닥쳤다. 멀리 언덕에 핀 각시취가 어른거렸다. 십팔일 밤에 초계를 출발한 이순신 일행은 폭우 속에 길을 재촉해 삼가, 단성, 진주를 지나서 어제 아침 곤양에 도착했다. 동헌으로 처소를 옮기자는 주위 권유도 뿌리치고 납작코가 인상적인 거제 현령 안위(安衛)의 판옥선에서 밤을 지냈다.

전선을 살피는 이순신 얼굴은 싸늘한 기운이 감돌았다. 판옥선 안내를 맡은 거제 현령 안위를 돌아보며 나직이 물었다.

"이게 단가?"

"그러하오이다. 판옥선은 여덟 척뿐입니다."

33

"격군 수는?"

갑작스런 질문에 안위가 말을 더듬었다.

"사, 사백 명이 조금 못 되오이다."

"사백이라고? 판옥선 네 척도 제대로 움직이지 못할 숫자가 아닌가? 다른 군사들은 다 어디로 갔는가?"

"……흩어져 알 수 없게 되었습니다."

탈영한 것이다. 안위는 안색이 새파랬다. 이순신이 성큼 걸음을 옮겨 다른 판옥선들을 둘러보았다. 송대립과 안위가 뒤를 따랐다. 이순신이 다시 물었다.

"배 수사는 어디에 있는가?"

"잠시 적정(敵情)을 살피러 나가셨습니다."

"우수사가 직접 척후를 나갔단 말인가?"

"척후가 아니옵고……"

곤양에 머무르는 것도 불안하여 혼자 물러난 것이다.

"지금 전령을 보냈으니 내일 아침엔 오실 겁니다."

우수사가 군영을 떠나 있으니 탈영병이 느는 건 당연했다.

"나머지 배들도 모두 이 배와 같은가?"

안위가 허둥지둥 대답했다.

"그러하오이다."

"전투를 벌인 흔적이 전혀 없군. 왜군과 맞서기도 전에 퇴각했단 말인가?"

이순신 눈초리가 날카로웠다.

"배 수사께서 직접 퇴각 명령을 내리셨습니다."

안위는 책임을 배설에게 미루었다. 이순신이 목소리를 높였다.

"삼도 수군이 모두 출정하지 않았는가? 하면 모든 군령은 통제사가 직접 내리는 법이다. 배 수사가 통제사가 내린 퇴각 명령을 그대들에게 전한 것인가……? 하나 이상하지 않으냐? 어떻게 경상 우수영 군선들만 무사히 견내량을 빠져나왔지? 원 통제사가 경상 우수군에만 퇴각 명령을 내렸을 리는 없지 않은가?"

"그, 그건……"

"아니면 배 수사가 독단으로 내린 명령이었는가? 전우들이 피 흘리며 죽어 갈 때 경상 우수군만 도망친 것인가? 전우들 목숨을 담보로 목숨을 건졌다, 이 말인가?"

안위는 답을 못했다. 침묵이 흘렀다. 삐걱삐걱, 판옥선이 파도가 밀려오는 대로 좌우로 흔들렸다.

이순신은 오늘 살핀 격군들을 떠올렸다. 어깨는 늘어지고 눈동자에는 생기가 전혀 없었다. 군량미가 제대로 조달되지 않아서 겨우 풀죽 한 그릇으로 하루를 나는 처지였다. 노를 저을 힘도 왜군과 맞설 의지도 남아 있지 않았다. 더군다나 경상 우수사 배설은 장졸들을 독려하며 사기를 북돋우기는커녕 저 혼자 살 궁리를 하기에 바빴다. 이렇게 사나흘만 더 지난다면 배에 남아 있을 격군이 없을 터였다.

안위의 판옥선으로 돌아온 이순신은 저녁도 먹지 않고 문방사

우 곁에 머물렀다.

류성룡에게 보낼 서찰을 썼다가 찢고 다시 쓰다가 찢기를 반복했다. 방문 앞에는 날발이 바위처럼 서서 잡인들의 출입을 막았다.

가슴 저 밑바닥에서 뜨거운 불덩어리가 치솟아 올라왔다. 두 눈이 불에 그은 것처럼 뜨거웠다.

'침착하자, 침착하자!'

이순신은 거듭 자신을 진정시켰다. 백의종군을 당한 후로 툭하면 매서운 열기가 눈까지 확 밀고 올라오곤 했다. 그때마다 앞을 볼 수 없을 만큼 눈이 쓰렸다. 의원들은 안질(眼疾)이라고 했지만 이순신은 알고 있었다. 이것은 단순한 안질이 아니라 그의 몸이 분노의 불길로 조금씩 타들어가는 징표였다.

새 종이를 다시 펴고 붓을 들었다가 점 하나 찍지 않고 내려놓았다. 한숨이 흘러나왔다. 눈을 감고 턱을 치켜들었다. 가족들 얼굴이 먼저 스치고 지나갔다. 아버지와 형제들, 아내와 자식들, 그리고 어머니, 어머니!

오른 뺨이 가볍게 떨렸다. 칠천량에서 전사한 장수들 얼굴도 또렷하게 떠올랐다. 반백의 수염이 흔들릴 때마다 원균, 이억기, 최호와 함께 보낸 시절이 별처럼 반짝였다. 만 명이 넘는 눈동자가 한꺼번에 그를 덮쳐 왔다. 임진년 이후 바다에서 목숨을 잃은 조선 수군들의 눈동자였다.

다시 붓을 들었다.

갑자기 밖이 시끄러웠다.

이순신이 왔다는 소식을 듣고 견내량에서 살아 돌아온 장졸들이 안위의 판옥선으로 몰려온 것이다. 총탄에 다리를 다쳐 절룩대는 이도 있었고 칼에 어깨를 베인 외팔이도 있었으며 화염에 눈썹과 코와 입술을 잃어 문둥이처럼 된 군졸도 있었다. 그들은 해안에 무릎을 꿇고 엎드려 땅을 치며 외쳤다.

"장군, 저희를 구해 주소서!"

"이 원통함을 풀어 주소서."

"우리에겐 장군뿐입니다. 장군! 우리를 버리지 마소서."

이순신은 붓을 든 채 한동안 꿈쩍도 하지 않았다. 장졸들 외침이 클수록 이순신은 더욱 깊은 고요에 빠지는 듯했다.

이윽고 이순신이 붓을 내려놓고 자리에서 일어섰다. 그러곤 마침내 갑판 위에 그 모습을 드러냈다.

"장군께서 나오셨다!"

"장군이시다!"

장졸들이 고개를 치켜들었다. 이순신이 그 자리에 서 있다는 것만으로도 벌써 눈물을 떨어뜨리는 이도 있었고, 조금이라도 더 가까이에서 그를 보려고 무릎걸음으로 다가서는 이도 있었다. 이순신은 그들 한 사람 한 사람과 전부 눈을 맞출 듯이 차례차례 살폈다. 그리운 얼굴들이었다. 통제영을 떠나 한양으로 끌려갈 때부터 잠시도 잊은 적이 없는 바로 그 눈빛들이었다. 통제사 이순신의 명이라면 물불을 가리지 않고 목숨까지 내던지던 충직한 부하들이었다.

'검극을 높이 들고 승전고를 울리던 저들을 누가 패잔병으로

만들었는가. 누가 저들의 몸을 다치게 하고 마음을 부수었는가.'

이순신은 소리 높여 외쳤다.

"일어들 나라. 조선 수군은 결코 무릎을 꿇지 않는다. 무기를 들어라. 싸움은 아직 끝나지 않았다.

어깨를 펴라. 창검을 더욱 꼿꼿하게 들고 저 푸른 하늘을 올려다보아라. 칠천량에서 분투하다 전사한 전우들의 최후가 보이는가? 핏발 선 눈동자, 부르튼 입술, 각궁을 움켜쥔 손가락을 잊지 마라.

두려워 마라. 살기 위해 발버둥치지도 마라. 임진년 봄부터 나는 그대들과 함께 남해 바다를 지켰다. 단 한 차례도 왜놈들에게 이 바다를 내어준 적이 없어. 군선이 부족하고 돌림병이 돌고 간교한 이간책이 어지러운 상황에서도 조선 수군은 이겼다. 이기고 또 이겼다.

행동을 진중히 하고 다시 왜선과 맞설 채비를 하라. 「견도(犬韜)」에 이르기를 죽음을 두려워하지 않고 부상당하는 것을 즐겨하는 병졸을 일컬어 모인의 군사(冒刃之士)라 하고, 적의 쇠북을 깨뜨리고 깃발을 빼앗을 수 있는 병졸을 일컬어 용력의 군사(勇力之士)라 하였느니라. 나는 그대들이 칼날도 두려워하지 않고 적진을 완파하는 강병이라 굳게 믿는다.

청사(靑史)는 그대들 한 사람 한 사람을 똑똑히 기억할 것이다. 그대들의 굳은 의지를 도원수께 전한 후 반드시 돌아오겠다. 그대들과 함께 저 잔악한 왜놈들을 응징하러 가리라!"

장졸들이 굵은 눈물을 쏟으며 하나둘 무릎을 펴고 일어섰다.

이순신이 두 주먹을 높이 치켜들었다. 희망의 횃불이 다시 불꽃을 날리는 순간이었다.

이순신이 다시 배 안으로 들어온 후에도 한참이나 읍소하고 웅성거리는 바깥 소리는 그치지 않았다. 그러나 먹을 가는 이순신 손놀림엔 흔들림이 없었다.

'내가 해야 한다. 내가 필승의 길을 찾아야 한다.'

그러나 단 한 뼘의 여유도 없었다. 조선 수군이 거의 궤멸하고 바다를 잃은 지금, 전라도가 도륙당하고 강화도를 지나 도성마저 불바다가 되는 참극을 막는 길은 너무나 좁고 위태로웠다. 그래도 이순신의 마음에는 망설임이 없었다. 류성룡에게 써 보낼 편지 문구가 하나하나 조약돌처럼 단단히 영글었다.

'서애 대감께 목숨을 버려 출사(出師)할 뜻을 알리리라.'

눈을 떴다. 붓을 들어 단심을 내려적기 시작했다.

먹구름이 곤양의 밤하늘을 떠나지 않습니다.

조선 수군이 칠천량에서 대패한 후 왜군이 경상 우도를 지나 전라 좌도까지 넘보고 있으니, 이제 조선은 승(勝)하느냐 패(敗)하느냐의 위급한 때입니다. 그동안 영상께서 이 전쟁을 하루라도 빨리 끝내기 위해 밤낮없이 노력하셨다는 것을 소장 잘 압니다. 하나 정유년 왜군이 다시 경상 좌도로 건너온 후부터는 더 이상 좋은 말로 과거의 은혜를 일깨우고 귀한 재물로 창검을 치우도록 권하는 자리는 헛될 뿐입니다.

소장은 본디 가난한 무부로 영상의 보살핌이 없었다면 장졸들을 이끌고 군선에 올라 작은 재주를 세상에 드러내지도 못했고 당상관인 수사의 반열에 오르는 광영도 누리지 못했을 것입니다. 소장이 목숨을 구하고 도원수 막하에서 백의종군할 수 있었던 것도 영상께서 지난 인연을 가벼이 여기지 않으셨기 때문입니다.

소장 감히 한 가지 청이 있어 어리석은 붓을 들었습니다.

바다를 잃으면 모든 것을 잃습니다.

이 뜻을 조정에 간곡히 깨우쳐 주십시오. 생각하건대 이제 수군이 전멸하였으니 바다를 버리고 수군을 뿔뿔이 흩어지게 하는 논의가 시작될까 두렵습니다. 우리가 바다를 포기한다면, 왜군들은 비선을 타고 동해와 남해 그리고 황해로 나뉘어 동시에 우리 장졸과 백성을 괴롭힐 것입니다. 바닷길을 열어 두고 왜군과 맞서 승전하는 것을 꿈꾸는 것은 문이란 문은 모두 열고도 도둑맞지 않기를 바라는 것과 다르지 않습니다.

패전 소식이 퍼지면 민심이 어지럽고, 이 틈을 타서 흉악한 무리들이 사사로운 이익을 위해 변방의 장수들을 흔들 것입니다. 이 전쟁을 끝내지 못한 잘못을 칠천량에서 전사한 수군에게 돌릴지도 모릅니다. 영상께서 그런 자들에게 임진년부터 지금까지 수군의 전과를 상세히 가르쳐 꾸짖어 주십시오. 수군이 없었다면 명군이 압록강을 건널 시간을 벌 수 없었을 것이고, 수군이 없었다면 조정이 다시 한양으로 돌아오는 것이 힘들었을 것입니다.

지금도 그 사정은 크게 다르지 않으니, 수군을 더욱 강건하게 만들어 남해 바닷길을 지키는 것만이 한 줌 왜군이 다시 준동하는 것을 막는 길임을 살펴 주십시오.

소장, 성심을 흩은 죄 또한 아직 씻지 못하였으나, 조선 수군과 함께 저 푸른 바다에 끝까지 머물기를 감히 청합니다. 단 한 번도 지지 않았던 지난 전투를 되새기며 오직 승리할 방도를 찾아 섬과 섬 사이를 오가고 싶습니다. 출사를 염원하는 소장의 마지막 바람을 헤아려 주십시오.

생사(生死)도, 빈부(貧富)도, 명예와 불명예도 소장과 무관합니다. 소장은 오직 바다만 바라보고 그 너머에서 들려오는 피울음에만 답하려 합니다.

四, 죄인에게 다시 기회를 주는 이유

칠월 이십이일 오후.

선조는 대신과 비변사 당상관들을 모두 별전으로 불렀다. 한산도로 갔던 선전관 김식(金軾)이 돌아왔을 뿐만 아니라 경상 우수사 배설의 장계가 연이어 도착한 것이다.

연락을 받은 대신들이 속속 별전으로 들어섰다. 비보를 접한 탓에 안색들이 어둡기 그지없었다. 용상 앞에는 전라도, 경상도, 충청도를 모두 아우르는 거대한 지도가 놓여 있었다. 먼저 도착한 판중추부사 윤두수와 우의정 김응남이 지도를 살피며 귀엣말을 주고받다가 지중추부사 정탁과 병조 판서 이항복이 들어서는 것을 보고 이야기를 멈추었다. 몸이 불편한 영의정 류성룡은 아직까지 모습을 드러내지 않고 있었다.

김응남이 먼저 이항복에게 물었다.

"전멸한 것이오?"

"그런 줄 아옵니다."

이항복이 짧게 대답했다. 설명을 늘어놓다가는 시비가 붙을 수도 있다. 윤두수가 그 말을 받았다.

"그런 줄 안다? 그게 한 나라 병조 판서가 할 말씀이오? 조선 수군이 완전히 남해 바다에 수장되었는데 '그런 줄 안다.'라니? 병판은 삼도 수군을 제대로 살피기는 하셨소?"

정탁이 이항복을 변호하고 나섰다.

"말씀이 지나치시외다. 임진년 이후 조선 수군이 전투를 벌이는 시기와 장소는 모두 통제사에게 일임되어 왔어요. 다들 그 일을 묵인하셨으면서도 이제 와서 병판만 나무라시면 어찌하시오니까?"

김응남이 혀를 찼다.

"쯧쯧쯧, 나는 삼도 수군 통제사란 자리를 만드는 것 자체가 탐탁지 않았소이다. 일개 장수에게 전라도, 경상도, 충청도 바다를 모두 아우르도록 한다는 것이 말이나 되오니까? 통제사 자리를 만들자고 극구 주장한 영상 대감이나 여기 계신 병판 잘못이 참으로 크오이다."

마른기침을 쏟으며 류성룡이 들어섰다. 심하게 앓은 탓인지 몰라보게 야위었다. 언성을 높이던 김응남과 정탁이 이야기를 멈추고 류성룡 안색을 살폈다. 윤두수가 인사를 건네었다.

"영상 대감! 이렇게 불편한 몸을 이끌고 입궐하시다니요. 지금이라도 돌아가서 누우시지요. 대감이 빨리 기력을 회복해야 이 전쟁에서 승리할 수 있어요."

류성룡이 엷은 미소를 보였으나 곧 다시 잔기침을 쏟았다.

"고, 고맙소. 늙고 병든 이 몸 때문에 걱정을 끼쳐 참으로 죄송하오이다. 하나 오늘은 견딜 만하니 과히 염려 마시오. 그나저나 병판! 삼도 수군은 피해가 어느 정도인가요?"

"배설이 이끄는 경상 우수영 판옥선 여덟 척을 제외하곤 모두 격침되었다 하옵니다."

류성룡이 고개를 치켜들며 눈을 꼭 감았다. 눈썹과 입술에 미세한 경련이 일었다.

"통제사 원균은 물론 전라 우수사 이억기, 충청 수사 최호가 모두 전사했다는 것이 사실이오?"

"그렇습니다. 김식이 올린 보고와 배설이 보낸 장계로 볼 때 틀림없는 사실이옵니다."

류성룡이 양손으로 가슴을 부여잡으며 휘청 물러섰다. 곁에 있던 정탁이 황급히 류성룡을 부축했다. 대신들이 주위로 모여들었다. 류성룡은 숨을 들이마시며 손을 내저었다.

"괜……찮소이다. 잠시 어지러웠던 것뿐이오."

이항복이 물기 어린 목소리로 권했다.

"대감, 쉬셔야 하옵니다. 조정 일은 저희에게 맡기시고 우선 몸을 돌보도록 하세요. 주상 전하께는 따로 말씀 올리겠습니다."

류성룡이 이항복의 손등을 토닥거리며 웃었다.

"허허허! 괜찮다는데 왜들 이러시오? 내 나이 겨우 쉰여섯이오이다. 물러날 나이는 아니지요."

류성룡 고집을 꺾을 사람은 없었다. 대신들도 류성룡이 입궐하기를 바라고 있었다. 선조가 진노할 것은 불을 보듯 뻔한 일인데, 그에 맞서 조리 있게 답할 사람은 류성룡뿐이었다.

류성룡이 자리를 잡고 서자 선조가 용안을 잔뜩 찌푸리고 별전으로 들어왔다. 강심수(江心水, 강 한복판을 흐르는 물. 이 물을 임금이 썼음.)를 거듭 마셔도 목이 타는 모양이다. 대신들은 고개를 숙인 채 불호령이 떨어지기만을 기다렸다.

"병판! 충청, 전라 양도(兩道)에는 군선이 몇 척이나 남았는가?"

"배설이 이끄는 군선 여덟 척이 남았다 하옵니다."

"여덟 척? 배설이 끌고 온 배가 전부란 말이냐? 원균이 군선이란 군선을 모조리 이끌고 절영도 앞바다를 향해 갔다, 이 말이렸다?"

"그러하옵니다."

이항복은 딱 부러지게 대답했다. 책임을 지고 물러날 때 물러나더라도 엉거주춤 피할 생각은 없었다. 선조가 시선을 윤두수에게 돌렸다.

"판중추부사는 어찌 생각하는가? 한산도에서 호표(虎豹)가 버티듯 지키기만 해도 지난 오 년간 왜선들이 얼씬 못했다. 원균도 수군 단독으론 출정하기 어렵다고 거듭 아뢰지 않았는가? 한데 군선을 모조리 끌고 나가 남해 바다에 빠뜨렸다. 원균이 그렇게 어리석은 장수인가?"

"아니옵니다. 원균은 용맹과 지략을 아울러 갖춘 장수이옵니다. 전황을 오판하고 나갔을 리 만무하옵니다."

윤두수가 대답하자 선조가 고개를 끄덕였다.

"듣자 하니 원균은 처음부터 출정하지 않으려 했고 배설 또한 군율에 따라 죽임을 당할지언정 군사들을 사해에 빠뜨릴 수 없다 며 전투를 피해 돌아왔다고 한다. 그렇다면 원균과 배설에게 출정을 독촉한 자가 누구인가?"

류성룡은 표정이 눈에 띄게 어두워졌다. 선조는 이미 원균과 배설이 칠천량으로 나가기에 앞서 어떤 태도를 보였는가를 훤히 알고 있었다. 그렇다면 원균과 권율의 갈등도 알 것이다.

"도원수 권율과 도체찰사 이원익이옵니다."

김응남이 기다렸다는 듯이 답했다.

"권율과 이원익이 짜고 원균 등을 떠밀었다면 정녕 그들을 살려 둘 수 없다. 명나라 원군은 조선 수군이 남해안을 굳게 지킨다는 전제 아래 남원을 비롯한 전라도에 주둔하지 않았는가. 도독 마귀가 이끄는 군사가 만여 명, 부총병 양원이 이끄는 군사도 삼천 명을 넘지 않는다. 한데 왜 수군이 경상, 전라 바다를 완전히 장악하고 강화도 근처까지 배를 몰아 들이친다면, 어찌 우리가 이 전쟁에서 승리할 수 있겠는가. 하삼도가 적 수중에 들어가는 것은 이제 시간문제로구나."

윤두수가 맞장구를 쳤다.

"속히 강화도에 군사들을 배치하여야 하옵고 의주 방면으로 논의되던 몽진 계획도 취소해야 하옵니다."

"그렇지. 강화도로 올라올 왜선이면 평안도까지 못 올라갈 이유가 없지. 영상! 어찌해야 하겠는가?"

선조의 물음이 드디어 류성룡에게 날아들었다. 류성룡은 고개를 깊이 숙인 채 아침 내내 준비한 답을 아뢰었다.

"우선 하삼도 민심을 수습하는 것이 급선무이옵니다. 수군이 전멸하였으니 하삼도 백성들은 물론 군사들 사기가 땅에 떨어졌을 것이옵니다. 속히 통제사와 각 도 수사를 새로 임명하여 흩어진 민심을 추스르고 군사들을 모을 필요가 있사옵니다. 수군 으뜸 장수가 전사한 상황에서 육군 으뜸 장수까지 바꾼다면 하삼도 방어선이 한꺼번에 무너질 가능성이 크옵니다."

"그렇군. 하면 누가 새로 수군 통제사가 되어야 하겠는가?"

선조의 물음이 허공에서 떠돌다가 사라진 후에도 대신들은 의견을 내지 않았다. 답답한 듯 선조가 먼저 장수들을 거명했다.

"배설은 어떠한가?"

이항복이 반대 의견을 냈다.

"아니 되옵니다. 배설은 군령을 어기고 전쟁터에서 달아난 자이옵니다. 유방찬극(流放竄殛, 순 임금이 사흉에게 베푼 네 가지 형벌)에 처해야 마땅한 자를 통제사에 임명할 수는 없사옵니다. 통촉하시옵소서."

"배설이 물러난 것은 군사들 목숨을 아끼는 마음에서 비롯되었다고 한다. 지금 남아 있는 군선과 군사들이 모두 경상 우수영 소속이니 배설을 임명하면 쉽게 전열을 재정비할 수 있지 않겠는가?"

윤두수가 이항복을 두둔하고 나섰다.

"전쟁터에서 한 번 등을 보인 자는 그런 난국을 다시 만나면 또 뒷걸음질칠 뿐이옵니다. 배설을 통제사에 앉히면 군선과 군사들을 지킬 수는 있사오나, 전투를 기피하고 남해 바다를 모두 왜군에게 내줄 것이옵니다. 배설에게는 엄히 문책하는 교서를 띄우고 경상 우수사에 그대로 둠이 마땅하옵니다."

"그래……? 판중추부사 뜻도 그러하다면 배설은 안 되겠군."

선조는 윤두수를 흘깃 살피며 자기 뜻을 거두어들였다. 배설을 경상 우수사로 발탁한 사람이 윤두수였는데, 그가 스스로 배설은 통제사를 맡을 그릇이 아니라고 하니 어쩔 수 없었다.

"지중추부사는 어찌 생각하는가?"

선조가 정탁을 지목했다. 정탁은 고개를 약간 들고 큰소리로 아뢰었다.

"전하! 현재 조선 수군을 부활시킬 장수는 이순신뿐이옵니다."

김응남이 곧바로 반대 의견을 냈다.

"이순신은 아니 되옵니다. 무군지죄를 범한 죄인으로 언제 역심을 품을지 모르는 자이옵니다. 차라리 당분간 통제사 자리를 비워 두시옵소서."

"영상 생각은 어떠한가?"

선조가 류성룡 의향을 물었다.

"이순신은 백의종군을 한 지 아직 일 년도 되지 않았사옵고 그간 죄를 씻을 만한 큰 공도 없사옵니다. 하나 전하께서 통제사를 맡기실 뜻이 있으시다면 반대하지는 않겠사옵니다."

'반대하지는 않겠다?'

선조는 자기 질문을 미꾸라지처럼 유유히 비켜 가는 류성룡이 싫지만은 않았다. 명나라 원군을 끌어오고 하삼도에 방어선을 구축한 것도 따지고 보면 류성룡이 고비마다 유연하게 대처한 덕분이다. 이항복이 정탁을 지원하고 나섰다.

"도체찰사 이원익과 도원수 권율도 이순신을 중용할 걸 원하고 있사옵니다."

"판중추부사는 뜻이 어떤가?"

선조가 마지막으로 윤두수를 지목했다.

"신의 생각으로도 이순신밖에 다른 장수가 없을 듯하옵니다. 다행스럽게도 지금 이순신은 도원수 권율 휘하에 배속되어 전라도 땅에 머물고 있사오니, 교지를 내리면 통제사 직무를 즉시 행할 수 있으리라 사료되옵니다."

"그렇다면 좋다. 삼도 수군 통제사 겸 전라 좌수사는 이순신으로 하고 배설은 그대로 경상 우수사에 두도록 하겠다. 하면 전라 우수사와 충청 수사는 누가 좋겠는가?"

류성룡이 제일 먼저 의견을 냈다.

"모름지기 전투는 손발이 맞아야 제대로 싸워 승리할 수 있사옵니다. 이순신을 통제사로 삼으시겠다면 그 휘하 수사는 마땅히 이순신과 함께 오랫동안 남해 바다를 지킨 장수 중에서 뽑아야 할 것이옵니다."

"이억기나 최호 외에 누가 또 있단 말인가?"

"전(前) 수군 절도사 권준이나 이순신(李純信)이라면 능히 통제사를 보필할 것이옵니다."

김응남이 이의를 제기했다.

"권준이나 이순신(李純信)은 군량미를 빼돌리고 백성들을 괴롭힌 죄로 삭탈관직 된 자들이옵니다. 어찌 그런 자들에게 다시 벼슬을 내릴 수 있단 말입니까? 절대로 아니 되옵니다."

류성룡이 거듭 아뢰었다.

"임진년 전쟁이 일어난 후 대장군 이일을 비롯한 수많은 패장들에게 성은을 내리시어 전공을 세울 기회를 주신 전하시옵니다. 지금 수군에는 변변한 장수가 남아 있지 않사옵니다. 이런 때에 수군 절도사까지 올랐던 장수가 있다면, 대역 죄인이 아닌 이상 다시 불러 공을 세울 기회를 주어야 하옵니다. 통촉하시옵소서."

선조는 잠시 생각에 잠겼다. 김응남은 계속 반대 의견을 냈고 이항복과 정탁은 류성룡을 두둔했다. 윤두수와 류성룡은 고개를 숙인 채 하명만을 기다렸다. 이윽고 선조가 결정을 내렸다.

"전라 우수사는 차후에 뽑기로 하고 우선 권준을 충청도 수군 절도사로 삼겠다. 더 이상 이 문제는 논의하지 말라."

어전 회의가 끝이 났다. 교지를 만들고 선전관을 급파하는 일은 승정원과 병조 판서 이항복이 맡아서 처리하기로 하였다. 선조는 별전을 나와 광해군 처소로 걸음을 옮겼다.

선조가 직접 광해군을 찾는 것은 드문 일이다. 더구나 아직도 해가 중천에 떠 있었다.

광해군 처소에 거의 다다를 즈음 선조가 문득 황소걸음을 멈추었다. 대들보 뒤에서 인기척을 느꼈기 때문이다. 선조가 걸음을 멈추자 대들보에 숨었던 사내가 발각된 것을 알고 스스로 모습을 드러냈다.

"아니, 너는 허준이 아니냐?"

"그러하옵니다. 전하!"

허준의 품에는 서책이 가득했다. 허리를 숙여 예를 표할 수도 없을 정도였다. 광해군 처소에서 나오다가 잠시 몸을 숨긴 듯했다.

"그것들이 다 무엇이냐?"

"의서(醫書)이옵니다."

"네가 지은 것이냐?"

"예, 전하!"

"그렇게 많은 의서를 세자에게 왜 가져갔던 것이냐?"

"그, 그것은……"

허준은 우물쭈물 답을 못했다. 선조가 앞으로 나서며 다시 물었다.

"속히 대답하렷다."

"세자 저하께서 찾을 부분이 있다고 하시며 가져오라 하셨사옵니다."

"무슨 병을 다루는 책이냐?"

"도, 돌림병이옵니다."

"돌림병? 세자가 돌림병을 알아서 무엇 한단 말인가?"

"여기에 적힌 것들은 임진년에 전쟁이 일어난 후로 새롭게 생긴 돌림병 종류와 증상, 그리고 그 치유법들이옵니다. 어제 아침 세자 저하를 뵈었사온데 한번 가져와 보라고 하시기에……"

선조가 다시 서너 걸음 다가갔다. 허준 이마에서 식은땀이 줄줄줄 흘러내렸다.

"하면 도모(掏摸. 소매치기)라도 하다가 들킨 놈처럼 대들보 뒤로 숨은 까닭은 무엇이냐?"

"갑자기 전하께서 납시는 것을 보고 놀라기도 했사옵고……, 신 꼴이 하도 우스꽝스러워서 그만……"

선조가 그 말을 자르며 호통을 쳤다.

"이놈! 뉘 앞이라고 감히 거짓을 아뢰는 것이냐? 과인이 이곳으로 오고 있다는 연통을 받고 급히 세자 거처에서 나온 것이 아니더냐? 한데 어찌 과인을 보고 놀랐다고 하는고?"

"……저, 전하!"

허준의 두 팔이 아래로 축 처지는가 싶더니 들고 있던 서책이 떨어져 나뒹굴었다. 허준은 그 자리에 무릎을 꿇은 후 이마를 땅바닥에 대고 엎드렸다. 임금을 속였으니 죽어도 할 말이 없는 것이다. 두 눈에서 하염없는 눈물이 흘렀다. 그동안 저술한 의서를 편찬하지 못하고 이대로 죽을 수는 없었다.

선조는 내관과 궁녀들을 멀리 물리고 천천히 허준에게 다가섰다. 그리고 친히 팔을 잡아 일으켜 세웠다.

"전……하!"

허준의 얼굴은 눈물로 온통 범벅이 되었다. 선조가 어깨를 다독거리며 나직이 위로했다.

"그만 그쳐라. 과인은 네가 누구보다도 과인을 위한다는 것을 잘 알고 있느니라. 한데 너는 오늘 이상하게도 과인을 피해 대들보 뒤로 숨었다. 무엇 때문이냐?"

"저, 전하!"

"아무 걱정 마라."

"전하!"

"말해 보래도."

선조는 눈빛이 점점 차가워졌다. 허준은 이것이 그가 회생할 마지막 기회임을 직감했다.

"세자 저하께서……"

"세자가 왜?"

"동궁에서 의서를 살피는 것을…… 비밀로 하라 하셨사옵니다."

"아무에게도 알리지 말라고 했다 이 말이렷다?"

"예, 전하!"

허준의 어깨를 잡은 선조의 손에 힘이 들어갔다.

돌림병에 특효가 있는 약재라도 찾으면 크게 민심을 얻을 일이겠지. 고이헌! 장차 성군이 될 것이라는 소문을 퍼뜨릴 수작인 게지.

바람 소리가 귓전을 때렸다. 나뭇잎 바스락대는 소리까지도 크게 들렸다. 불호령 대신 선조의 작고 낮은 목소리가 내려왔다.

"잘 듣거라. 이제부터는 동궁에서 돌림병에 관한 서책을 찾으면 먼저 내게 보인 후 가져가도록 하거라. 알겠느냐?"

"……예!"

"어서 일어나서 서책을 챙겨라. 그리고 당장 사라져!"

"예, 전하!"

허준은 서책들을 끌어 모아 그 자리를 떴다. 목숨을 살려준 은혜에 감사할 겨를도 없었다.

광해군은 마당까지 나와서 선조를 기다리고 있었다.

"어서 오시옵소서, 아바마마!"

선조는 광해군의 인사도 받는 둥 마는 둥하고 방으로 들어섰다. 말끔하게 정리된 방 어디에도 허준이 다녀간 흔적은 없었다. 책상에는 『시경(詩經)』이 놓여 있었다.

"서책을 읽고 있었느냐?"

"「왕풍편(王風篇)」을 읽고 있었사옵니다."

"오늘 읽은 부분을 어디 외워 보아라."

광해군은 거리낌 없이 시를 읊기 시작했다.

"저기 기장 이삭 늘어지고 피까지 돋아났네(彼黍離離 彼稷之苗)/ 갈수록 걸음이 느려지고 슬픔은 물결처럼 출렁거리네(行邁靡靡 中心搖搖)/ 내 마음 아는 사람이야 시름이 가득하다 하겠지만(知我者 謂我心憂)/ 내 마음 모르는 사람이야 무엇 때문에 그러느냐 하겠지(不知我者 謂我何求)/ 아득하게 뻗은 푸른 하늘이여, 이는 누구의 탓이옵니까(悠悠蒼天 此何人哉)."

"아주 서책을 열심히 읽었구나. 당장 보위를 이어도 손색이 없겠어."

"송구하옵니다."

"몸 생각도 하면서 쉬엄쉬엄 읽도록 하라. 아무리 서책을 많이 읽고 세상의 이치를 깨닫는다 해도 병들어 죽어버리면 소용 없느니라."

광해군 표정을 살피는 선조의 눈매가 날카로웠다. 광해군은 조금도 흐트러지지 않고 단정하게 답했다.

"명심하겠사옵니다, 아바마마! 한데 이 시각에 이곳까지 어인 행차이시온지요?"

'너도 별전에서 무슨 대화가 오갔는지 궁금하겠지?'

광해군은 먼저 묻는 법이 없었다. 스물세 살의 장성한 청년 광해군. 그 나이에 선조는 이미 용상에 앉아 있었다. 광해군이라고 해서 못할 까닭이 없는 것이다. 광해군은 두 차례나 분조를 이끈 경험까지 있다.

요즈음 선조는 아침 문후를 받을 때마다 점점 광해군이 두려웠다. 이 영특하고 겁 없는 아들은 분조를 이끌면서 하삼도 민심을 사로잡았을 뿐만 아니라, 젊고 똑똑한 신진 관료들의 지지도 받고 있다.

전쟁이 끝나고 태평한 시절이 오면 틀림없이 전쟁 책임을 묻게 된다. 그때 상처를 입을 사람은 선조 자신이고 광해군은 정치적 기반을 더욱 굳게 다질 것이다. 임진년에 거병한 의병장들도 대부분 광해군과 은밀히 서찰을 교환하고 있다지 않은가. 생각 같아서는 당장에 폐세자(廢世子)하고 싶었다. 그러나 아직은 때가 아니었다. 벌써 육 년 넘게 전쟁을 치르느라 왕실 권위가 눈에 띄게 흔들리지 않았는가. 뛰어난 장수들이 백성들 신망을 얻고 청의(淸議, 깨끗하고 공정한 사림의 언론)를 이끄는 사림 지도자들이 조정 공론을 좌지우지하고 있다. 이럴 때 왕실 내부에서 분란을 일으키는 것은 신권(臣權)을 강화하는 결과를 초래할 뿐이다. 우선 광해군 마음을 살펴 감싸 안는 것이 필요하다.

"통제사와 충청 수사, 전라 우수사가 모두 죽었다. 알고 있느냐?"

"예, 아바마마!"

"별전에서 대신들과 이 일을 의논하였느니라. 세자는 누가 새로 수군을 맡아야 한다고 보는가?"

"수군이 전멸하였다고 들었사옵니다. 군사와 군선이 없는데 장수만 임명해서 무엇하겠사옵니까?"

"경상 우수영 군선 여덟 척이 있느니라. 전라 좌우도 바다엔 군선이 몇 척 더 있을 것이다. 영상과 병판은 바다를 빼앗기면 이 전쟁에서 승리하기 어렵다고 주장했다. 세자 생각은 그와 다른가?"

"아, 아니옵니다. 하나 겨우 여덟 척으로 왜선 수백 척과 어찌 대적할 수 있겠사옵니까? 새로 통제사가 되는 장수는 반드시 죽을 따름이옵니다."

선조의 목소리에 힘이 실렸다.

"세자도 그리 생각하는가?"

"올해 바다를 건너온 왜선은 임진년 왜선과 다르옵니다. 판옥선과 맞서기 위해 틀림없이 더 크고 단단한 배를 만들었을 것이고 어쩌면 총통까지 배에 장착했을 수도 있사옵니다. 또한 바닷길 방향과 물살 세기까지 소상히 알고 있을 터인즉 쉽게 무너질 상대가 아니옵니다. 차라리 당분간 수군을 도원수 권율 휘하로 배속한 다음, 강화도 근방에서 수군을 새로 훈련시키면서 명나라 수군이 오기를 기다리는 편이 어떠하올런지요?"

"이순신을 통제사로 임명하기로 결정을 보았느니라."

그 순간 광해군 표정이 이상야릇하게 바뀌었다. 안심하는 미소 같기도 하고 놀라는 표정 같기도 했다.

"충청 수사와 전라 우수사는 어찌하셨는지요?"

"이순신이 통제사가 된 이상, 옛 부하 장수들이 중용되는 것을 막을 수는 없다. 권준을 충청 수사로 임명했느니라."

광해군은 분조를 이끌고 하삼도로 내려갔을 때 권준을 만난 적이 있었다. 키가 작은 백면서생이었으나 제갈 공명보다도 병법에 밝은 사내, 이순신의 오른팔이었다.

"제아무리 이순신이라고 해도 수군을 재건하고 남해 바다를 지키는 일은 매우 힘들 것이옵니다."

"대신들은 이순신에게 한 번만 더 기회를 주자고 아뢰었다. 기적을 바라는 것이겠지. 과인이 이순신을 수군 통제사에 재임명한 것은 왕실이 자비로움을 산고(散告, 널리 퍼뜨려 알림)하고 훗날에 있을 화근을 미리 제거하기 위함이다. 이순신이 다시 패한다면 국법에 따라 엄히 다스릴 것이야."

선조의 목소리가 오늘따라 더욱 차고 날카로웠다. 이순신을 통제사에 앉힘으로써 명분과 실리를 모두 취하려는 생각은 절묘한 인사(人事)를 통해 정치를 풀어 가는 아버지다웠다. 이제 주사위는 다시 이순신에게 넘어갔다.

五、별자리를 읊어 목숨을 살리는 법

"대승을 감축드립니다요."

임천수는 무릎을 꿇고 엎드려 예를 갖춘 후 고개를 들자마자 축하 인사부터 정중하게 건넸다. 상석에 앉은 고니시 유키나가는 고개를 돌린 채 답이 없었다. 임천수가 다시 아뢰었다.

"주님의 넓고 깊은 보살피심 덕분이겠습요."

"그 더러운 혀로 주님, 주님 하지 마라."

고니시가 발끈하며 자리를 박차고 일어섰다. 임천수는 당황한 표정을 감추며 이마를 차디찬 바닥에 대었다가 뗐다.

"이번엔 또 무슨 소릴 지껄이려고 예까지 온 게야? 한 달 전까지만 해도 조선 통제영에 물품을 대던 놈이 우리들 대승을 주님 이름으로 감축드린다고? 아무리 돈밖에 모르는 어리석은 장사치라고 해도 파렴치하구나."

"대승을 거두셨으니 감축드리는 의미에서 약소하지만 선물을 조금 가지고……"

"필요 없다. 각다귀 같은 놈! 이제 다신 널 만나고 싶지 않구나."

고니시는 임천수 답을 기다리지도 않고 방을 나가 버렸다. 그 뒤를 따라 장졸들이 우르르 통통걸음을 옮겼다. 이제 방에는 임천수와 와키자카만이 남았다.

"따라오너라!"

와키자카가 고니시가 나간 방향과 정반대 문을 열고 앞서 걸었다. 임천수는 무릎을 꿇고 앉아 있느라 피가 잘 통하지 않은 왼발을 절뚝거리며 따랐다. 와키자카의 발길이 닿은 곳은 객관이었다. 왜병 십여 명이 장창을 들고 그 집을 뺑 둘러쌌다. 와키자카가 먼저 방으로 들어섰다. 임천수는 깊게 심호흡을 한 다음 바삐 걸음을 놀렸다.

"얼마나 운을 믿는 편인가?"

자리에 앉자마자 와키자카가 물었다. 임천수는 밝은 목소리로 답했다.

"돈이 곧 운이 아니겠습니까요? 돈은 운을 만들 수도 있고 지울 수도 있다 생각합죠."

"돈이 운을 만든다! 임천수다운 답이군. 하면 오늘 운은 어떠한가? 길운인가 불운인가?"

"운의 좋고 나쁨을 하루 만에 딱딱 정할 수는 없다고 봅니다요. 적어도 한 달, 아니, 일 년 정도 긴 흐름 속에서 살펴야 합죠. 크고 작은 일이 많았지만 지난 일 년 동안 소인 놈은 운이 좋았습니다요. 오늘도 또 내일도 그 좋은 운이 이어지리라고 봅니다요."

와키자카 눈빛이 점점 날카로워졌다.

"고니시 님 꾸중을 듣고도 운이 나쁘지 않다? 대단한 배짱이로군. 고니시 님은 너와 거래를 끊겠다고 하셨다. 너도 듣지 않았느냐? 거래를 끊는다는 것은 네가 두 번 다시 이곳에 발걸음을 할 수 없다는 뜻이다. 불운 중에서도 가장 큰 불운이 드리운 게야."

임천수의 얼굴이 조금씩 굳어졌다.

"난 네가 이렇게 빨리 우릴 찾아오리라 생각하지 못했다. 바닷길이 열린 마당에 너를 환대하리라 생각한 것은 아니겠지? 이제 너와 거래하지 않더라도 우린 본토에서 군량미를 안전하게 받을 수 있고 또 남해와 황해로 진출할 수도 있다. 또한 우리는 조선 수군의 유당(遺黨, 죽지 않고 남은 무리)을 통해, 임천수 네가 너와 의형제를 맺었던 천무직을 조선 수군에 장수로 보냈을 뿐만 아니라 통제영에 많은 유황과 왕대와 또 의복과 곡물을 계속 바쳐 왔음을 알았다. 우리가 절체절명 위기에 빠졌을 때는 네 도움이 필요했으나 이젠 네가 없더라도 우린 이 전쟁을 계속할 수 있어."

"소인 놈 목숨을 고니시 대장님께 맡기기 위해 이곳으로 왔습죠."

와키자카가 말꼬리를 잡아챘다.

"목숨을 맡긴다?"

"어차피 조선 팔도는 곧 다시 귀국에게 점령될 것입니다요. 남해와 황해가 뚫렸으니 도성이 함락되는 것은 시간문제입죠. 소인 놈은 조금 손해를 보더라도 미래에 조선 팔도를 다스릴 분들과 친분을 돈독히하고 싶습니다요."

와키자카는 잠시 질문을 멈추고 임천수를 노려보았다.

'조삼모사란 옛말도 있으나 임천수, 이 조선 장사꾼의 변심은 혀를 내두를 지경이로구나. 이전까진 어느 쪽이 승리할지 몰랐으므로 양쪽에 모두 물품을 거래했는데, 이제 승산이 확실한 우리하고만 거래를 하겠다는 뜻인가.'

"정녕 이 전쟁에서 최후 승자가 우리라고 보느냐?"

"그러합죠."

임천수는 왜군과 운명을 함께하기로 마음을 정한 것이다. 와키자카의 오른 눈초리가 가늘게 떨렸다.

"조선이 마지막 승자라는 말보다는 듣기가 낫구나. 하나 그렇다고 널 계속 하삼도 최고 장사꾼으로 인정할 순 없지. 거래는 오늘로 끝이다."

임천수가 순순히 응했다.

"알겠습니다요. 소인 놈도 급히 서두르고픈 마음은 없습죠. 다시 조선 상인과 거래를 틀 일이 생기시면 소인 놈을 가장 먼저 불러 주십시오."

"한데 아직 못 다 치른 의복과 곡물 값이 있다 들었는데……"

와키자카가 말끝을 흐렸다. 임천수가 양손을 방바닥에 나란히 대고 고개를 넙죽 숙였다.

"받지 않겠습니다요. 소인 놈이 지금까지 장사를 계속 한 것도 따지고 보면 부산에 귀국 군대가 떡 하니 버티고 있었기 때문입죠. 작은 선물을 준비했으나 받지 않으시겠다니 차라리 그 값을 모두 제하는 것으로 조그마한 성의 표시를 할까 합니다요."

"고맙군. 하면 그 빚은 없는 걸로 치세……. 그런데 말이야. 우리가 쓰시마나 본토에서 곡물과 의복을 나르려면 숙련된 선원들이 가득 탄 상선이 필요해. 이왕 선물을 준다 하였으니 가져온 상선들을 우리에게 넘기는 게 어떻겠는가? 아니, 그냥 가지면 도둑놈과 다를 바 없으니 한 십 년만 쓰는 걸로 하지. 빌려주겠는가?"

임천수는 자신이 지닌 상선 절반을 부산까지 끌고 왔다. 뱃길을 가로막는 조선군 판옥선은 없었다. 십 년 동안 빌려 쓴다는 것은 그냥 가져가겠다는 뜻과 다르지 않다.

"그리……합지요. 소인 놈이 지닌 상선 절반이 바로 저 부산 앞바다에 정박해 있습죠. 그걸 드리겠습니다요."

"좀 많이 필요해. 그것도 받고, 네가 거느리고 오지 못한 상선들이 있는 위치만 알려 줘. 우리 비선들이 휑 하니 다녀올 테니."

절반이 아니라 전부를 빼앗겠다는 뜻이다. 임천수는 비로소 와키자카의 기분 나쁜 웃음이 무슨 뜻인지를 어렴풋이 느끼기 시작했다. 고니시와도 이미 상선 전부를 빼앗는 것으로 마음을 합친 것이다. 임천수로서는 더 이상 물러설 수 없었다.

"절반이라면 모를까 전부 다 바치고 나면…… 소인 놈은 어떻게 바닷길을 오가며 장사를 합니까요? 절반을 바칩죠. 아니 소인이 가진 것의 열에 일곱까지는 드릴 수 있습니다요. 하나 셋 정도는 남겨 주십쇼. 소인 놈도 먹고 살아야 하지 않겠습니까요?"

"그런 걱정은 마라. 네가 바닷길을 오가며 장사를 벌이는 일은 두 번 다시 없을 것이다."

"예? 어인 말씀이신지?"

"오늘부터 특별한 지시가 있을 때까지 넌 여기에 머무른다. 허락을 받지 않고 방문 밖으로 한 걸음이라도 내디딜 경우에는 당장 목이 달아날 것임을 명심하렷다."

임천수의 목소리가 다급해졌다.

"자, 장군! 하면 소인 놈을 오늘부터 이곳에 가둔다는 말씀이십니까요? 소인 놈은 장사를 하러 왔지 이런 객관에 갇히려고 온 게 아닙죠. 고니시 대장님을 속이고 통제영에 군량미와 여러 무기들을 거래한 것은 사실입니다만 그만큼 또 부산까지 실어 날랐으니 그 공을 살펴 주십쇼. 장군, 옛정을 생각해서라도 소인 놈을 선처해 주십시오. 이 은혜 잊지 않겠습니다요."

"군령이 벌써 내렸다. 네 운이 여기까지라고 생각해라. 당장 죽이지는 않을 테니 이것저것 원하는 서책을 말하면 구해 주겠다."

와키자카는 은혜를 베풀 뜻이 없었다. 임천수가 강울음(억지로 우는 울음)을 울었다.

"장군! 소인 놈이 통제영과 거래를 한 것이 그토록 큰 죄입니까요? 소인 놈은 조선 장사꾼이니, 조선에서 장사를 하려면 도원수 권율과 통제사 원균의 눈 밖에 나서는 아니 됩죠. 소인 놈이 물품을 대지 않았다면 다른 누군가가 그 일을 맡았을 것입니다요. 어차피 누군가 할 일을 소인 놈이 했다 하여 이렇듯 가두시는 것은 억울합죠. 그동안 부산포까지 나른 곡물과 의복 값만 해도 수만 냥입니다요. 그 돈을 받지 않겠다고 미리 말씀을 올렸습죠. 그러니 이 정도에서 소인 놈과 인연을 정리하면 아니 되겠습니까요? 풀어 주시면 다시는 대장님 앞에 나타나지 않겠습니다요. 한 번만 옛 인연을 생각하여 선처해 주십시오."

임천수 두 눈에서 굵은 눈물이 흘러내렸다. 그러나 와키자카의 자세는 변함이 없었다.

"이곳에서 조용히 다음 군령을 기다리도록 해라. 그동안 네가 어떤 거래를 하였는지 좀 더 소상히 살핀 연후에 너에 대한 마지막 군령이 내려올 게다."

와키자카가 자리에서 일어서자 임천수가 발목을 품에 안고 매달렸다.

"대장님! 이대로 가시면 안 됩니다요. 소인 놈을 차라리 죽여 주십시오. 당장 돌아가서 또 거래할 일들이 많습죠. 그 약속들을 어기면 소인 놈이 그동안 쌓아 온 인맥들이 한꺼번에 무너지고 맙니다요. 대장님! 고니시 대장님께 한 번만 더 말씀 올려 주십시오. 와키자카 대장님께서 원하시는 것이라면 뭐든지 해 드리겠습니다요. 대장님! 어리석고 가여운 꼽추 한 번만 돌아봐 주십시오. 이 은혜 평생 잊지 않겠습니다요. 제발, 제발!"

"벌써 끝난 일이라고 하지 않느냐? 자꾸 눈물을 쏟으면 이 자리에서 베어 버릴 수도 있다. 조용히 기다려라. 알겠는가?"

와키자카가 나가자 임천수는 무릎을 꿇고 허리를 숙여 앞이마로 방바닥을 쳤다. 그 자세로 임천수는 한참을 울었다. 하루아침에 그 많던 재산을 다 날리고 알거지로 전락하여 죽을 날만 기다리게 된 것이다. 와키자카를 조금이나마 믿고 의지한 것이 문제였다. 칠천량의 큰 승리로 기세가 올라 있으리라 예상은 했지만 몇 년 동안 이어온 거래를 단숨에 끊을 줄은 몰랐다. 한순간의 방심이 모든 것을 무너뜨린 것이다.

'무직아!'

홀로 남으니 천무직의 빈 자리가 더욱 커 보였다. 갇혀 있더라도 천무직과 함께라면 이렇듯 외롭고 슬프지는 않으리라. 천무직은 임천수가 홀로 기기묘묘한 계책을 써서 위기를 넘기고 조선 제일 거상이 되었다고 했지만, 임천수 역시 천무직의 우직함에 기대어 여기까지 온 것이다.

'칠천량에서 죽은 것은 아닐까.'

원균과 이억기를 비롯한 장졸들이 모두 전사했다는 비보를 접한 후부터 천무직의 안부가 궁금했다. 그러나 지금까지 아무런 연통도 없었다. 바다에 빠지거나 불타는 배와 함께 사라진 장졸이 수천 명을 헤아린다고 했다.

'그리 쉽게 죽을 놈이 아니다. 원 장군이 무직이를 달라고 할 때 끝까지 버틸 걸 그랬나. 통제영 사정을 더 잘 알아내고 또 원 장군 환심을 사려고 내린 결정이었는데, 오히려 왜장들 심기를 건드린 꼴이로구나.'

사흘이 지났다.

임천수는 주린 배를 채우지 못했다. 세 끼 식사는 꼬박꼬박 나왔지만 밥알을 씹는 것이 모래알을 먹는 것처럼 불편했다. 뜨거운 국물이 식도를 타고 위에 닿기도 전에 구역질부터 나왔다. 밥을 먹지 않으면 목을 베겠다는 와키자카의 불호령이 떨어졌지만 임천수는 제대로 밥을 먹을 수 없었다. 볼이 더욱 해쓱하고 붉은 실핏줄이 두 눈의 흰자위로 퍼졌다. 입술은 갈라지고 콧잔등에도 암갈색 부스럼이 생겼다. 나흘째 아침에 와키자카가 신경질을 내면서 문을 걷어차고 안으로 들어섰다. 쌍별 표창을 꺼내 든 채 물었다.

"왜 굶는 것인가? 군령이 부당하다고 생각하는가? 반항하는 게야?"

임천수가 겨우 몸을 추스르며 꿇어앉았다.

"아, 아닙니다요. 소인 놈이 어찌 감히…… 단지 밥을 먹을 수가 없어서……"

와키자카가 황소걸음(황소처럼 느릿느릿 걷는 걸음)으로 다가와서 왼손으로 임천수 턱을 잡고 치켜들었다. 벌어진 임천수 입에서 침이 질질 흘러내렸다. 눈곱이 새까맣게 끼었고 콧잔등에 난 부스럼에서는 진물까지 나왔다. 비록 꼽추지만 두 눈을 반짝이며 상대 의중을 파악하던 모습은 온 데 간 데 없었다. 와키자카가 턱을 놓고 허리를 펴며 말했다.

"이제 더 굶을 필요도 없다. 내일 해가 밝는 대로 네 목을 베라는 명이 내려왔느니라."

"아!"

임천수는 몸을 가누지 못한 채 모로 쓰러졌다. 혹시나 하던 기대가 한순간에 사라진 것이다.

"옛정을 생각하여 특별히 유서를 남길 기회를 주겠다. 지필묵을 가져다주랴?"

"……"

임천수의 두 눈에서 또 눈물이 하염없이 흘러내렸다.

"유서를 쓰겠느냐?"

겨우 울음을 멈추고 허리를 들어 양팔로 몸을 지탱한 채 답했다.

"아……닙니다요. 남길 말도 없고……, 그 말을 기억할 사람도 없습죠."

"소원 한 가지를 들어주겠다."

"……"

"말해라. 하고픈 일이 있느냐?"

"……오늘밤에 별이나…… 실컷 보게 해 주십시오."

"별을 보여 달라? 맛있는 술을 달라 하면 술을 줄 것이고 예쁜 계집을 달라 하면 계집을 줄 것이다. 한데 별을 보여 달라고? 돈만 밝히는 임천수답지 않은 소원이구나. 좋다. 해가 지면 마당에 평상을 옮겨 둘 테니 그 위에 앉아 해가 뜰 때까지 별을 보도록 해라."

와키자카가 몸을 돌려 방을 나가려고 했다. 임천수의 가늘고 날카로운 음성이 들려온 것은 바로 그 순간이었다.

"이순신……과 맞서 싸워 이길 자신이 있습니까요?"

"어찌…… 알았느냐? 삼도 수군 통제사로 이순신이 다시 임명되었다는 연통이 방금 도착했다. 너는 이곳에 나흘이나 갇혀 있

있는데, 이순신에 관한 일을 어찌 알 수 있지?"

"그걸 꼭 연통을 들어야 알 수 있는 건 아닙죠. 통제사가 될 만한 그릇은 조선 수군 장수 중 셋뿐입니다요. 하나는 이순신, 또 하나는 원균, 마지막 한 사람은 이억기. 이중 원균과 이억기가 칠천량 해전에서 전사했으니 남은 장수는 이순신뿐입죠. 삭탈 관직을 당하고 백의종군하고 있으나 아직 조선 수군에서는 이순신의 신망이 높습니다요. 이순신 대신 원균을 내세웠으나 원균이 대패하였으니 이순신에게 다시 기회를 주자는 중론이 들끓을 것은 불을 보듯 뻔한 일입죠. 그나저나 이순신이 통제사가 되었다면 고니시 대장님이 바라시는 것처럼 쉽게 황해로 진출하긴 어렵지 않겠는지요?"

"이순신이 통제사가 되었다 해도 문제될 건 없느니라. 장수만 오면 무엇 하느냐, 군선이 열 척이나 될까 말까인데? 그 군선 몇 척에 채울 장졸도 부족할 것이야. 제아무리 이순신이라고 해도 이런 형편에서 바닷길을 지키기란 불가능하다."

"그럴까요? 하나 이순신 그자는 만만한 인물이 아닙죠. 처음 전라 좌수영에 부임했을 때, 전라 좌수군은 임진년 대승을 거둘 때처럼 강하지 않았습니다요. 이순신이 겨우 일 년 만에 좌수군을 최강병으로 바꿔 놓은 것입죠. 물론 그때보다 군선도 적고 장졸도 부족하며 군량미도 거의 없겠으나 이순신이라면 바닷길을 지키기 위해 최선을 다할 것입니다요."

"그건 네가 걱정할 일이 아니니라. 꿈이나 잘 꾸도록 해라. 내일 삼도천 가는 길은 꽤 험할 게다."

와키자카 야스하루가 물러간 후 임천수는 계속 방을 빙빙 돌았다. 돌고 또 돌았지만 이번엔 정말 살아날 방법이 없었다.

'이렇게 죽을 순 없다. 난 아직 할 일이 있어.'

"할 일? 네가 할 일이 무엇인가?"

고개를 들었다. 천장에 붙어 있던 검은 그림자가 거미줄을 타듯 허공을 수직으로 베며 내려왔다.

"당신은 윤 도주? 당신은 이미 죽었지 않나?"

"임천수, 너도 내일이면 나와 같은 꼴이다. 하루 일찍 만난다고 달라질 건 없지."

"삶과 죽음의 구분이 엄연하거늘 어찌 이렇듯 함부로 경계를 넘어와서 말을 거는가?"

윤 도주가 얼굴을 가까이 들이밀며 긴 혀를 쏙 뽑았다가 넣은 후 답했다.

"삶에 집착하는 네 꼴이 하도 우스워서 나왔지. 이제 슬슬 삶을 정리해. 미련을 버리라고. 그래야 편안히 죽음을 받아들일 수 있어. 끝까지 삶에 집착하면 죽어서도 고생이거든."

"저리 가. 난 죽은 사람과 대화하고 싶지 않아."

"할 일이 남아 있다? 그게 뭐야? 넌 이미 날 죽임으로써 복수를 했고 또 돈과 재물을 거둬들여 조선 제일 장사꾼이 되었지. 이루고 싶은 걸 다 이루고도 남은 일이란 게 대체 뭐냐 말이야?"

"넌 몰라도 돼. 말하고 싶지 않아."

"말하지 않는다고 내가 모를 것 같아? 내가 어디 한번 맞혀 볼까?"

"네까짓 게 뭘 안다고 나불대는 거야? 어서 사라져."

"임천수, 넌 욕심이 너무 많아. 처음엔 복수만 생각했겠지? 복수를 하고 나니 조선 제일 거상이 되고 싶었고. 거상이 된 후로는 미천한 신분을 바꾸고 싶은 게야. 탑전에 몇 번 꿇어 엎드리고 조정 중신 몇 명을 만난 후로는 더욱 그런 욕심이 커졌겠지. 많은 돈을 들여서라도 양반을 사고 싶고 또 벼슬길에 나아가고도 싶고. 돈과 명예를 모두 거머쥐려는 게 아닌가? 하나 어림도 없는 소리. 네가 아무리 많은 돈을 갖다 바쳐도 넌 양반이 될 수 없어. 벼슬이야 음서로 한직을 얻을 순 있겠지. 하나 그런다고 네 명예가 높아지는 건 아니지."

"닥쳐. 난 그런 욕심 내 본 적이 없어."

"또 세 치 혀로 당나발을 부는군. 부인해도 상관없지. 그것 외엔 네가 하고픈 일이 없으니까. 더 깊이 따져 볼까. 제대로 명예를 얻으려면 음직을 얻는 것 정도론 아니 되지…… 그러니까 네가 높은 벼슬을 할 수 있는 길을 따로 찾으려는 게 아닌가. 도성 명문가 서얼인 누구누구에게 재물을 바치고 또 교산 허균을 비롯한 풍운아들과 어울리는 이유도 거기에 있지 않나?"

"아니야, 아니야!"

"어서 나오시오."

눈을 떴다. 차디찬 바닥에 엎드려 깜박 잠이 들었던 모양이다.

벌써 해가 졌는지 깜깜했다. 눈을 비비며 겨우 마당으로 내려섰다. 약속한 대로 평상 하나가 덩그러니 마당에 놓여 있었고 왜병 십여 명이 장창을 들고 평상을 둘러쌌다. 문 밖에도 담벼락을 따라 십여 명이 더 있었다.

임천수는 평상에 가부좌를 틀고 앉아 하늘을 올려다보았다. 그러나 보고 싶던 별은 하나도 반짝이지 않았다. 짙은 먹구름이 밤하늘을 전부 가렸던 것이다. 참았던 눈물이 두 볼을 타고 내렸다. 왜군 진영에서 목이 잘리는 것으로 삶을 마감하고 싶지는 않았다.

덩치 큰 군졸의 왼손을 본 것은 바로 그 순간이었다. 왼손을 등 뒤로 돌려 주먹을 쥐었다가 펴기를 반복하고 있는 것이다. 임천수 입가에 옅은 미소가 번졌다. 오늘밤 임천수를 지키는 책임을 맡은 왜장이 가까이 다가와서 물었다.

"별도 보이지 않으니 그만 들어가지?"

평상보다는 방에 가두는 편이 지키기에 편했다. 임천수를 방에 가둔 후 자신은 잠시 마루에 앉아 눈이라도 붙이려는 것인지 모른다. 그러나 임천수는 턱을 좀더 높이 치켜들고 외쳤다.

"별이 참 많습니다요. 저 별 다 보려면 밤을 꼬박 새워야 되겠습죠. 저 별이 하늘나루로군요. 아, 저건 하고대성이고 또 저건 직녀성!"

왜장은 눈을 들어 밤하늘을 살핀 후 침을 탁 뱉으며 낮게 읊조렸다.

"미친 꼽추 새끼!"

임천수는 계속 밤하늘을 우러르며 감탄사를 쏟아 냈다. 기억나는 별자리와 그 별자리에 얽힌 사연들을 모두 토해 냈다. 처음에는 인상을 찌푸리던 왜병들도 임천수가 계속 조선말로 별에 대한 이야기를 늘어놓자 이내 무덤덤한 얼굴로 돌아갔다. 고욤나무에 기대어 꾸벅꾸벅 조는 놈도 있었다. 그들은 조선의 허약한 꼽추 장사꾼 하나를 지키는 데 스무 명이나 동원된 이유를 납득할 수 없었다. 평상에 앉혀 놓으라는 와키자카의 군령도 이해하기 힘들었다. 그냥 방에 가두고 군졸 두 명만 문 앞에 지키고 서 있으면 끝나는 일이 아닌가.

삼경을 넘어서자 군졸들의 자세는 더욱 흐트러졌다. 왜장은 마루에 앉아 대들보에 머리를 기댄 채 코를 골았고 나머지 군졸들도 겨우 장창을 부여잡고 서 있는 정도였다. 오직 임천수에게 왼주먹을 보였던 덩치만은 꼿꼿하게 서서 정면을 응시했다.

"아, 이제 더 이상 논할 별이 없구나."

임천수가 긴 한숨과 함께 이야기를 멈추자 덩치가 휙 몸을 돌려 장창을 던졌다. 임천수가 그 창을 받아 쥐는 순간 천무직은 벌써 등에서 도끼 두 자리를 뽑아 들었다. 눈빛을 교환한 두 사람은 빠르게 걸음을 놀렸다. 임천수는 섬돌 위로 올라서서 왜장 가슴에 창을 꽂았고 천무직은 졸고 있던 왜병들 목을 닥치는 대로 잘랐다. 비명 소리와 함께 문밖에서 왜병들이 몰려들었지만 이미 쌍도끼를 휘두르는 데 재미를 붙인 천무직의 손놀림을 당해 내지 못했다. 다섯 목숨을 더 빼앗자 나머지 군졸들은 나설 엄두를 못 내고 뒤돌아서서 줄행랑을 놓았다.

"추격하지 마라. 우선 피하고 보자."

"형님! 다치신 데는 없우?"

천무직은 걱정스런 눈으로 임천수의 얼굴과 몸을 살폈다.

"넌 어떠냐? 칠천량에서 물고기 밥이 된 줄 알았다."

"물고기 밥이 되려면 노량 앞바다에서 오래전에 됐우. 뛸 수 있겠우? 힘들면 업히슈."

"괜찮아."

임천수는 고개를 저었지만 두 다리를 놀릴 수 없었다. 벌써 열 끼도 넘게 굶은 탓이다. 천무직이 쌍도끼를 든 채 왼 무릎을 꿇으며 넓은 등을 내보였다.

"어서 업히슈."

임천수는 다시 거절하려다가 먼 산에서 일렁이는 횃불을 보고 얼른 업혔다. 천무직이 가볍게 무릎을 펴고 일어섰다.

"목을 단단히 잡으시우. 이제 갑니다. 전라도까지만 들어가면 안전하우."

천무직은 물매화 둘러 핀 울타리를 넘어 어둠 속으로 사라졌다. 양손에 든 도끼도 등에 혹처럼 붙은 임천수도 그의 발놀림을 느리게 만들지 못했다. 임천수를 만났다는 기쁨에 콧노래를 흥얼거릴 정도였다. 왜병들 추격 따윈 더더욱 관심 밖이다. 동쪽 하늘에서부터 어둠이 서서히 걷혔다. 어느새 파랑새 한 마리가 어둠을 뚫고 튀어나왔다. 완전히 새로운 삶의 아침이었다.

六. 새로이 모여드는 장졸들

팔월 삼일 어슴새벽.

어둠을 뚫고 달리는 이영남은 발걸음이 가볍기 그지없었다. 어제 아침 옥과를 출발한 이후 왜군 복병을 피해 산등성이만을 타고 하루 종일 달렸다. 이기남은 옥과에 그냥 머무르면서 좀 더 상황을 보자고 했지만 더 이상 참고 기다릴 수 없었다. 원 통제사가 전사한 지도 보름이 가까웠는데 아직까지 신임 통제사가 임명되지 않은 것이다. 경상 우수사 배설이 통제사가 될지도 모른다는 풍문이 퍼졌다. 마침내 그는 운곡(雲谷)으로 직접 가서 이순신을 만나기로 결심했다.

이영남은 이순신이 통제사로 복귀하는 것을 기정사실로 받아들이고 있었다. 그러나 매일 매일을 기대 반 실망 반으로 보내다보니 점점 딴생각이 들었다. 이 기회에 수군을 없애고 육군만으로 왜적과 맞서야 한다는 소문까지 돌았다.

수군이 없어지거나 배설이 통제사로 임명되면 그야말로 낭패였다.

'이런 꼴을 보자고 목숨을 부지한 것이 아니지 않는가.'

이순신을 직접 만나 앞으로 계획을 들을 작정이었다. 전라도 각지에 흩어져 숨은 수군 장졸을 하나로 묶어세울 사람은 이순신 뿐이다.

이순신은 운곡 정개산성(鼎蓋山城) 근처, 아름드리 검팽나무가 멋들어진 손경례(孫景禮) 집을 숙소로 쓰고 있었다. 이영남은 단숨에 정개산성으로 내달렸다. 작은 마당에 꽃구절초가 피어 있는 허름한 초가집에 이르니 어둠이 걷혔다. 굴뚝새 빙빙 도는 마당으로 들어서는데 마루에 걸터앉은 사내가 철퇴를 휘돌리며 막아섰다.

"멈춰! 누구냐?"

이영남은 걸음을 멈추었다. 두 사람은 새벽 어스름 속에서 상대 얼굴을 뚫어지게 노려보았다.

"배 조방장이 아니오니까?"

"이 부사, 살아 있었군. 반갑네. 반가워!"

배흥립이 철퇴를 내리며 성큼성큼 달려와 덥석 이영남을 껴안았다. 이영남은 두어 걸음 뒤로 물러서며 곤혹스러운 표정을 지었다.

"배 조방장은 원 통제사와 함께 전사했다고 들었는데, 어찌 죽음을 면하시었소?"

"죽을 뻔했지, 허허허. 하나 구사일생으로 목숨을 건졌다네."

"김 조방장은?"

김완 안부를 물었다.

"아직 돌아오지 않고 있네. 니미럴, 죽었다고들 그러지만, 나는 그치가 꼭 살아 있을 거라고 믿어. 이 부사나 나처럼 말이지. 자세한 것은 차차 이야기함세. 자, 우선 장군을 뵈어야지?"

"벌써 기침하셨습니까?"

"밤을 새우는 버릇은 여전하시다네. 저길 보게. 아직 불빛이 새어나오고 있지 않은가? 자, 따르시게."

배홍립이 성큼성큼 앞서 걸었다.

"장군! 이 부사가 왔습니다."

문이 덜컥 열렸다. 백의(白衣)를 입은 이순신이 버선발로 마당까지 뛰어나왔다. 이영남이 땅바닥에 무릎을 꿇고 엎드렸다.

"장군! 소장입니다. 이영남입니다! 용서……하십시오."

이순신이 가만히 그 어깨를 안아 일으켰다.

"아무 소리 말게. 자네 마음 내 다 알아. 암, 알고말고. 자, 어서 안으로 드세. 조방장은 술상을 준비해 주게나."

두 사람은 천장과 벽에서 흙이 부스스스 떨어지는 누추한 방으로 들어갔다. 이영남이 단정하게 큰절을 올렸다.

"자네들이 전한 서찰은 내 이미 읽었네. 이곳으로 오지 말고 잠시 기다리라고 한 것은 아직 내게 아무 권한도 없기 때문이야. 어쨌든 잘 왔네. 이젠 항상 내 곁에 있어 주게. 알겠는가?"

"예, 장군!"

"나대용, 이기남, 이언량도 다들 잘 지내는가?"

"장군이 부르시기만을 학수고대하고 있지요."

이영남이 목소리를 낮추었다.

"한데 장군! 배 조방장은 언제 이곳으로 왔는지요? 가까이 두지 마십시오. 장군이 붙들려 간 후에 곧바로 원 통제사를 찾은 위인입니다."

이순신이 빙긋 웃으며 그 손등을 툭툭 쳤다.

"사람은 말일세……, 자기가 정말 사랑하는 사람만을 배반할 수 있는 법이야. 원 통제사를 버리고 내게 온 자네도 원 통제사를 존경하고 흠모하는 마음은 여전하지 않은가? 배홍립도 마찬가지일 것이야. 이제 원 통제사도 죽었고 군선도 경상 우수군 배 여덟 척, 전라 좌우도에 남은 배들을 이리저리 모으고 고쳐도 열두세 척이 고작일 게야. 이런 때에 편가르기를 해서야 쓰겠는가? 바다에 나가 싸울 줄만 아는 장수라면 내남없이 받아들일 작정이야. 자네도 내 마음을 헤아리고 각별히 신경 쓰도록 하게."

말발굽 소리가 점점 가까이 들려왔다. 배홍립이 소리쳤다.

"장군! 속히 나와 보십시오. 선전관이 옵니다."

이영남이 먼저 방문을 열어 젖혔다. 선전관 양호(梁護)가 말에서 내렸다.

"속히 나와 어명을 받으시오."

이순신은 기다렸다는 듯이 침착하게 마당으로 내려섰다. 이영남 눈에 눈물이 그렁그렁 맺혔다. 이순신이 북쪽을 향해 사은숙배(謝恩肅拜)한 후 무릎을 꿇자 선전관이 큰소리로 교서를 읽어 내려갔다.

"……이제 특히 그대를 상복을 입은 채로 기용하는 것이며, 또한 그대를 평복 입은 곳에서 빼어 올려 옛날같이 전라 좌수사 겸 충청·전라·경상 등 삼도 수군 통제사로 임명하노니, 그대는 도임하는 날 먼저 부하들을 불러 어루만지고 흩어져 도망간 자들을 찾아다가 단결시켜 수군 진영을 만들라……."

이순신은 양호로부터 교서를 건네받기가 무섭게 배홍립과 이영남 그리고 날발을 방으로 불러들였다. 우선 날발로 하여금 나주에서 숨어 지내는 권준에게 서찰을 전하도록 했다. 날발이 복명하고 자리를 뜨자 이영남이 말했다.

"경쾌선을 준비하겠습니다. 경상 우수영 군선들이 전라도 회령포(會寧浦)까지 물러나 있지만 노량에서 한나절이면 다다를 수 있을 겁니다."

이순신이 고개를 저으며 품속에서 경상 전라 양도가 상세히 그려진 지도를 꺼냈다. 운곡에서 회령포까지 내륙을 비스듬히 가로질러 붉은 선이 그어져 있었다. 이미 배홍립과는 부임지까지 가는 길을 의논한 듯했다. 그러나 하루 만에 갈 수 있는 뱃길을 버리고 열흘이 넘게 육로로 가는 것은 이해하기 힘들었다.

'더군다나 지금 왜군은 남원을 치기 위해 서진(西進)을 시작하지 않았는가.'

"급히 가 봐야 소용없는 일이야. 배만 덩그러니 있을 뿐, 배를 저을 격군도 활을 쏠 궁수도 없지 않나. 전령만 뱃길로 보내고 우리는 육로로 가는 것이 어떻겠는가? 가면서 군사도 모으고 옛 부하도 만나고 군량미도 얻고. 일거삼득이 아니겠는가?"

이영남이 답할 틈도 없이 배흥립이 웃음을 터뜨렸다.

"허허허허! 송대립에게 말을 준비하여 급히 오라고 연통을 보냈습니다."

이순신도 따라 웃었다.

"오늘부터 그대 두 사람은 나의 조방장이오. 알겠는가?"

정오 무렵, 지난달 노량까지 동행했던 송대립을 비롯한 군관 아홉 명과 함께 길을 나섰다. 밤새 말을 몰아 두치(豆恥)에 이르니 동이 터 왔다. 팔월 사일 오후 구례로 들어갔고, 오일에는 곡성에 도착했다. 고향으로 돌아와 있던 수군들이 삼도 수군 통제사 이순신이 왔다는 소식을 듣고 속속 대열에 합류하였다. 송대립은 군관들을 이끌고 후미에 뒤처져 왜군 움직임을 살폈다. 남원으로 향하는 왜의 선봉대는 이순신과 한나절 정도 차이를 두고 맹렬히 뒤쫓아 오고 있었다. 이순신이 삼도 수군 통제사로 재임명되었다는 소식이 전해진 것이다. 이영남은 속히 남진(南進)하여 뱃길을 이용하자고 다시 아뢰었으나 이순신은 그 말을 듣지 않았다.

"전화위복일 수도 있지 않겠는가? 왜군이 저렇듯 추격한다면 숨어 있던 장정들은 죽기 싫어서라도 대열에 합류할 걸세. 너무 걱정하진 말게. 저들 목표는 내가 아니라 남원이야. 옥과를 거쳐 해안 쪽으로 내려가면 무사할 걸세."

남원은 경상 우도에서 전라 좌도로 통하는 길목이었다. 그 성에는 이순신 휘하에서 낙안 군수와 조방장을 역임한 신호가 별장(別將)으로 근무하고 있었다. 이순신은 대나무처럼 꼿꼿한 그 성품을 아꼈다. 지금으로서는 신호가 무사히 남원성을 사수하기만을 기원할 수밖에 없었다.

팔월 육일 아침 곡성을 떠나 옥과로 들어섰다. 칠천량을 탈출하여 이곳에서 열흘 동안 몸을 피했던 이영남이 막대잡이(길라잡이)를 맡았다. 천천히 말을 몰아 입구에 큰 홰나무가 서 있는 길로 접어들었다.

"이 부사! 나요. 이기남이오."

군중들 틈에서 키가 작고 어깨가 떡 벌어진 사내가 튀어나왔다. 귀선 돌격장 이기남이었다. 이영남은 말에서 내려 반갑게 손을 맞잡았다.

"통제사께 인사드리시오."

이영남이 턱짓으로 뒤를 가리켰다. 백마를 탄 이순신이 군관들 호위를 받으며 홰나무 아래로 다가왔다. 이기남이 그 자리에 넙죽 엎드렸다.

"장군! 이놈을 죽여 주소서. 귀선을 버려둔 채 혼자 살겠다고 도망쳐 왔습니다."

이기남은 눈물을 뿌리며 중벌을 자청했다. 이순신은 귀선 돌격장인 이언량, 이기남, 박이량에게 귀선과 함께 살고 귀선과 함께 죽기를 틈만 나면 강조했다. 이기남은 귀선 세 척이 모두 바다에 가라앉은 마당에 살아남은 것이 한없이 부끄러웠다.

이순신이 말에서 내려 이기남을 손수 일으켜 세웠다.

"반가우이. 자넬 보니 든든하구먼. 귀선은 비록 격침되었으나 귀선보다 더 용맹한 장졸들이 남아 있지 않은가? 이기남, 자네가 그 선봉에 서 주겠나?"

쏟아지는 눈물 속에서 이기남이 소리쳤다.

"맡겨만 주소서. 뼈가 바스러지고 살이 모두 벗겨지는 한이 있더라도 군령에 따르겠소이다."

이기남을 대열에 합류시키고 곧장 관아로 향했다. 옥과 현령을 만나 군량미와 군사들 징발을 요구할 작정이었다. 많은 사람들이 관아 앞에서 웅성거리며 이순신이 오기만을 기다리고 있었다.

이순신은 동헌 기와지붕이 보이자 말에서 내렸다. 도포를 입고 갓을 쓴 두 사내가 썩 앞으로 나섰다. 나이 들어 보이는 사내가 들창코를 씰룩이며 말했다.

"어서 오십시오, 장군!"

삼도 수군의 군량미와 무기를 관장했던 정사준과 그 아우 정사립이었다. 이순신은 그 어깨를 토닥거리며 노고를 위로했다. 정사준이 침착하게 말했다.

"옥과 현령 홍요좌(洪堯佐)는 병을 핑계로 아침 일찍 사라졌습니다. 우선 제 집으로 가시지요."

"그러지."

정사립이 앞장을 섰다. 옥과에서 제일가는 만석꾼답게 정사준의 집은 관아만큼이나 크고 넓었다. 그러나 집안에는 하인들이 거의 눈에 띄지 않았다. 난을 피해 달아난 자들도 있었고 정사준을 따라 수군이 되었다가 목숨을 잃은 자들도 있었다. 정사준이 일행을 안방으로 안내했다. 이순신은 이영남과 배흥립을 거느리고 방으로 들어갔다. 정사준이 큰절을 올렸다.

"오늘까지 아니 오시면 먼저 떠나려고 했습니다."

정사준도 왜군의 진군 소식을 듣고 있었던 것이다.

"집이 썰렁하군. 가족들은 미리 피했는가?"

"예."

이순신 목소리는 따뜻하고 정이 넘쳤다. 잠시 눈을 감고 아산에 있는 가족을 떠올렸다. 왜군이 북상을 시작했으니 잘못하면 그곳까지 화가 미칠 수도 있다. 삼도 수군 통제사의 가솔들임을 알면 왜병들이 그냥 두지 않을 것이다.

"권 수사께도 연통을 띄우셨는지요?"

"운곡을 떠나올 때 날발을 보냈다네. 회령포로 올 거야."

이순신이 잠시 문 밖을 살피며 목소리를 낮추었다.

"군량미와 무기는 어찌했는가?"

정사준이 들창코를 실룩이며 벙긋벙긋 웃었다.

"지금쯤 군량미를 실은 수레가 순천이나 낙안을 지나고 있을 것입니다. 많이 부족하긴 해도 임시방편은 될 겁니다. 염려 놓으시지요."

이순신의 질문이 이어졌다.

"회령포에 있는 판옥선은 열두 척이야. 각 배에 200명씩 태운다면 2,400명이 필요하네. 그들을 훈련시키고 배를 개삭(改槊, 배를 수리하는 것)하는 동안 장정들이 먹을 양이 되는가?"

정사준이 지체 없이 대답했다.

"제가 준비한 것으로 닷새는 충분하지요. 또한 권 수사도 저보다는 많이 가지고 올 것인즉 우선 보름쯤은 걱정하지 않으셔도 됩니다. 활이나 화살, 총통은 여덟 척에 다 싣지 못할 만큼 있으니 걱정 마십시오."

"알겠네."

그 밤을 정사준 집에서 보내고 다음날 바로 순천을 향해 떠났다. 팔월 칠일에는 석곡강정(石谷江亭)에 머물렀고, 팔월 팔일 아침 부유(富有)를 지나 해질 무렵 순천에 도착했다. 이순신은 그곳에서 행렬을 쉬게 하고 동헌으로 들어섰다.

이영남은 불안했다. 벌써 닷새나 강행군을 하고 있었다. 이순신은 점점 더 말이 줄었고 무명천으로 눈물과 식은땀을 닦는 횟수가 늘었다. 하루라도 빨리 낙안에 당도하여 몸을 편히 쉬이는 편이 나을 성싶었다. 순천에서 지체하다가 왜군이 급습이라도 하는 날이면 참으로 큰일이 아닐 수 없었다.

정사준이 들창코를 앞세우고 이영남에게 다가왔다. 아까부터 이영남 표정을 살피고 있었던 모양이다.

"곧바로 출발하고 싶은 거지요?"

"그렇소이다. 낙안까진 가야 안심이 될 것 같은데……."

"통제사께선 오늘밤 움직이지 않으실 겁니다."

정사준이 손뼉을 짝짝 치며 장담했다.

"그 이유가 무엇이오?"

"통제사께서는 이곳 순천에서 만날 사람이 있소. 지금도 그 사람을 기다리는 중이지."

"누굽니까, 그게?"

"글쎄요. 그냥 알려 주면 재미가 없지 않겠소? 이 밤 내내 곰곰이 생각해 보시구려."

이순신은 그 밤을 뜬눈으로 새웠다. 밤길을 달려 낙안으로 가자는 이영남의 청도 거절했고, 몸을 편히 하여 주무시라는 이기남의 권유도 물리쳤다.

다음 날 아침, 이순신은 수척한 얼굴로 백마에 올라 낙안으로 떠났고 낙안에 도착할 때까지 침묵을 지켰다. 휘하 장수들이 농담을 하고 웃음을 토해도 눈길을 주지 않았다.

낙안에 도착하여 점심 준비가 한창일 때 군마들 한 떼가 순천에서 달려왔다. 키가 크고 광대뼈가 툭 튀어나온 장수가 먼저 말에서 내렸다. 이영남이 그 앞을 막아섰다.

"잘 있었소?"

걸걸한 목소리를 가진 사내는 순천 부사 우치적이었다. 그 순간 이영남은 어젯밤에 이순신이 기다린 사람이 우치적임을 깨달았다.

'하나 왜 통제사께서 우치적을 기다린단 말인가? 우치적이 누군가? 원 통제사 오른팔이 아닌가?'

어느새 이순신이 이영남을 앞질러 우치적 손을 반겨 잡았다. 이순신 얼굴에 다시 웃음꽃이 피어올랐다.

"우 부사, 어서 오시오. 나는 그대가 올 줄 알고 있었소. 고맙소, 우 부사!"

우치적이 무릎을 꿇었다.

"부끄럽소이다, 장군! 장군께서 이놈 목을 취하러 오신다는 풍문을 듣고 잠시 몸을 피했더랬습니다. 오늘 아침 장군께서 남기신 서찰을 읽고야 모든 것이 소장 오해란 걸 알았소이다. 용서하십시오."

"용서라니. 아니오, 우 부사! 그대와 나는 피를 나눈 형제와도 같아요. 임진년부터 지금까지 오직 조선 바다를 지키고 왜군을 몰아내기 위해 목숨을 걸고 싸워 왔지 않소? 나는 그간 한산도를 떠나 있어 전황에 어둡고 군사들 어려움을 잘 모르오. 그러하니 우 부사가 도와주시오. 경상 우수군 호랑이답게 원 통제사 자리를 메워 주시구려."

"과찬이십니다."

우치적은 두 눈이 붉어졌다. 당장이라도 눈물이 떨어질 것만 같았다.

"자, 예서 이럴 것이 아니라 안으로 듭시다."

이순신은 직접 우치적 손을 잡고 방으로 이끌었다. 이영남을 비롯한 이기남, 송대립, 정사립 등은 이해할 수 없다는 표정으로 서로 눈치를 살폈다.

'곤장을 쳐도 시원찮을 사람을 상전 모시듯 하다니.'

정사준만이 이순신을 따르며 벙글벙글 웃었다. 장수들이 모두 방으로 들어서자 이순신이 침울한 목소리로 물었다.

"우 부사! 원 통제사 최후를 보았소?"

"예, 장군. 함께 상륙했소이다. 산을 타고 포위망을 벗어날 계획이었지만, 원 통제사의 성치 않은 몸 때문에 뜻대로 되지 않았지요. 권 도원수가 고성으로 불러 곤장만 치지 않았어도……. 원통제사는 끝까지 검을 놓지 않으셨소이다. 참으로 장렬한 최후였지요."

"그곳이 어디인지 기억하겠소?"

"어찌 잊을 수 있겠소이까."

"잘 기억해 두시오. 우리가 다시 견내량을 되찾는 날, 원 통제사와 사웅이를 위해 그곳에 도래솔(무덤 주위에 죽 둘러선 소나무)을 심고 제사를 지내겠소."

"감사합니다. 장군!"

우치적이 고개 숙여 인사한 후 낮고 단단한 음성으로 말했다.

"원 통제사께서 유언을 전하라 하셨소이다."

이순신이 깜짝 놀라며 물었다.

"내게 말이오? 뭐라 하였소?"

"이렇게 말씀하셨소이다. 꼭 이 치욕을 대신 씻어 달라고……, 전우로서 부탁하는 것이라고 하셨소이다."

"전우로서……."

이순신은 잠시 그 유언을 곱씹었다. 좌중의 여러 장수들도 유언을 곰곰이 되새겼다. 이윽고 이순신이 침묵을 깼다.

"다들 들었소? 원 통제사는 우리에게 치욕을 대신 씻어 달라고 부탁했소이다. 나 이순신은 전우로서 반드시 이 원수를 갚을 것이오. 이제 우리는 물러설 곳이 없소. 임진년 해전에서 선봉에 섰던 원 통제사를, 죽음을 불사하고 돌진하던 그 용맹을 기억해야 할 것이오. 알겠소?"

분위기가 숙연해졌다. 우치적은 고개를 모로 돌린 채 흘러내리는 눈물을 닦았다.

이순신은 오후에 조양창(兆陽倉)을 둘러보러 나섰다가 기어이 낙마를 하고 말았다. 원균이 남긴 유언이 가슴을 뒤흔든 탓이었을까. 이순신은 그 밤부터 시름시름 앓기 시작하더니 고열에 시달리면서 헛소리까지 해 댔다. 그로 인해 팔월 십칠일 아침까지 아흐레를 보성에 머물렀다.

어떤 날은 자리보전을 한 채 꼼짝없이 누워 있었고, 어떤 날은 차도가 있어 가볍게 산책을 나가기도 했다. 그러나 유마(驪馬, 갈기는 검고 배는 흰 말)를 타고 들판을 달리는 것은 무리였다. 그 와중에도 이순신은 조방장들과 남해 뱃길을 의논하고 정사준과 함께 군량미와 무기들을 다시 점검했다. 팔월 십오일에는 선전관 박천봉(朴千鳳)이 가져온 유서(諭書)를 받았다. 수군 패잔병을 수습하여 도원수 권율에게 의탁하라는 내용이었다.

이순신은 병든 몸을 일으켰다. 날발이 부축하며 말했다.

"아직 일어나시면 안 됩니다. 장계는 하루 더 쉬고 쓰십시오."

이순신이 고개를 저었다.

"아니다. 조정에서 지금 수군을 없애려고 하지 않느냐? 바다를 지키지 못하면 이 전쟁에서 승리할 수 없다. 자, 어서 지필묵을 가져오너라."

이순신은 흰 종이 앞에 앉아 잠시 눈을 감았다. 임진년부터 지금까지 벌어졌던 해전들이 눈앞을 스치고 지나갔다. 부산 앞바다에서 전사한 정운과 돌림병으로 죽은 어영담, 고문으로 만신창이가 된 몸을 바라보며 눈물 떨어뜨리던 서애 류성룡도 떠올랐다. 곧 이어 엄청난 울부짖음이 귓전을 때리기 시작했다. 칠천량에서 몰살당한 이억기와 최호를 비롯한 조선 수군들이 내지르는 절규였다. 비명이었다. 탄식이었다. 이순신은 눈을 뜨고 한 자 한 자 정성을 다하여 피맺힌 각오를 적어 나가기 시작했다.

임진년 이후 왜적이 감히 하삼도를 범하지 못한 것은 수군이 바닷길을 막았기 때문이옵니다. 이제 수군을 없애 버린다면, 왜적은 너무나 다행스럽게 여기며 단숨에 호남을 거쳐 한강으로 올라갈 것이오니, 신은 이것이 두렵나이다. 신에게는 아직도 군선 열두 척이 있사오니, 신이 죽지 않는 한 왜적이 감히 조선 수군을 업신여기지 않을 것이옵니다.

팔월 십육일 아침, 배흥립과 이영남은 더 이상 이순신이 육로로 회령포에 가는 것이 힘들다고 판단하여, 배설에게 구미(仇未)까지 판옥선을 타고 마중을 나오도록 전령을 보냈다. 이순신은 일을 번거롭게 말라며 꾸짖었으나 굳이 말리지는 않았다. 그 역시 회령포에 빨리 닿는 것이 급선무라고 생각하고 있었다.

그동안 군사들도 많이 불어 거의 2,000명을 헤아렸다. 이순신 휘하에서 해전을 경험한 사람들도 많았으나 처음 수군을 찾아온

이도 꽤 있었다. 정사준은 하루에 한 끼씩 군사들에게 군량미를
배급했고 이영남은 군사들을 쉰 명 단위로 묶어 간단한 훈련을
시켰다. 직접 전투에 참가하기에는 아직 많이 부족했으나 장정들
사기는 높았다.

팔월 십칠일, 이순신은 가마에 의탁하여 보성을 떠났고 백사정
(白沙汀)을 지나 군영 구미에 이르렀다. 구름 한 점 없는 맑은 날
씨였다. 우치적과 이기남이 군사들을 이끌고 어선을 구해 바다로
나갔으며, 배홍립은 남은 군사로 배후를 맡았다.

이순신은 바다가 보이는 영내 숙소에서 잠시 눈을 붙였다. 가
마를 타고 오는 것도 힘이 들었던 것이다. 마당에 서 있는 이영
남에게 정사준이 함께 산책이나 가자고 권했다.

"통제사께선 늦게까지 주무실 것이오."

이영남이 고개를 저었다.

"배 수사가 올 수도 있으니 그냥 이곳에 있겠소. 혼자 다녀오
시오."

정사준이 웃으며 그의 소매를 끌었다.

"배 수사는 오지 않아요. 내 말을 믿지 못하겠소? 순천에서도
내 말이 옳았으니 이번에도 속는 셈치고 따라오구려. 설령 배 수
사가 온다고 해도 바다를 통해 올 것인즉, 해안으로 산책을 가면
걱정할 게 없지 않겠소?"

여러 차례 권하는 걸 보니 정사준이 무엇인가 할 말이 있는 듯했다. 지는 척하고 정사준을 따라나섰다. 훈훈한 여름 바람과 선선한 가을 바람이 교대로 불어왔다. 한가로이 고기를 잡는 어선 서너 척이 눈에 띄었다.

"이런 평화도 이제 곧 끝이오. 왜놈들이 들이닥치자마자 핏빛 바다가 되고 말겠지."

정사준은 하늘을 올려다보며 혼잣말처럼 뇌까렸다.

"회령포를 지키면 이곳은 안전할 것이외다."

정사준이 킬킬킬 콧소리가 섞인 웃음을 흘렸다.

"미, 미안하오. 무슨 농담을 그렇게 진담같이 하시오?"

"농담이라니요?"

"그럼 농담이 아니란 거요? 열두 척으로 어떻게 회령포를 지킨단 말이오? 우린 회령포에 닿자마자 서쪽으로 서쪽으로 달아나야 하오이다."

"달아난다? 어디까지 말이오?"

이영남이 언성을 높였다.

"적어도 진도까진 물러나야겠지. 어쩌면 그보다 더 서쪽으로 가야 할지도 모르오. 왜놈들이 혹 복병이 있을까 두려워하여 마음대로 들어오지 못하는 곳까지."

"진도라고 했소? 거기까지 도망가느니 차라리 회령포에서 싸우다 죽겠소이다."

정사준이 들창코를 벌렁거리며 또 웃었다.

"고작 회령포에서 죽으려고 견내량에서 도망쳐 왔나요? 견내량

바다에서 죽었더라면 명예라도 지킬 수 있지만, 회령포에서 죽으면 그야말로 개죽음일 뿐이지요. 자, 또 나와 내기를 하겠소? 통제사께서 회령포에 그대로 머무를 것인가 아니면 진도로 물러날 것인가?"

"싫소. 내기 따윈 않겠소."

이영남은 소리를 빽 지르고 성큼성큼 앞서 걸었다. 때마침 썰물이라 백사장이 넓게 펼쳐져 있었다. 정사준이 종종걸음으로 뒤쫓아 왔다.

"미안하오. 농담을 좀 했기로서니 무얼 그리 화를 내시오? 보성에서 보아하니 내내 심기가 불편한 듯 보였소. 어디 아픈 데라도 있소?"

"그딴 것 없소이다."

"허어, 미안하다지 않소? 자, 내게 툭 털어봐 보시구려."

"일없소."

이영남은 고개를 반대편으로 돌린 채 묵묵히 걸었다.

"그렇다면 하는 수 없지. 이 몸이 조방장 속마음을 살펴보리까?"

정사준이 오른손을 들어 육갑을 짚는 시늉을 했다. 그러다가 이마를 탁 치며 말했다.

"알았다! 순천 부사 우치적 때문이구려."

이영남이 놀란 눈으로 고개를 돌렸다.

"그, 그걸 어떻게 아셨소?"

"어디 보자. 통제사께서 우 부사를 지나치게 환대하신다고 생각하는군. 지난날 낭패를 당한 일들을 모두 잊으신 듯이 말이오."

이영남이 순순히 시인했다.

"그렇소이다. 통제사께서 백의종군을 당하신 것은 따지고 보면 원 통제사 때문이고 또한 우 부사 때문이기도 하오. 나는 우 부사가 원 통제사와 함께 한산도로 이 통제사를 잡으러 오던 날을 똑똑히 기억하고 있소이다. 한데 어찌 우 부사를 그렇게 극진히 대하실 수가 있단 말이오."

정사준이 고개를 끄덕였다.

"듣고 보니 과연 그렇구려. 하지만 이 조방장! 분해도 통제사께서 열 곱은 더하시고, 섭섭해도 통제사께서 백 곱은 더하시지 않겠소?"

"……"

"생각을 해 보세요. 지금 회령포에 남아 있는 군선과 군사들은 모두 경상 우수영 소속입니다. 그들은 오랫동안 원 통제사와 생사고락을 함께 했던 장졸들이지요. 배 수사를 따라 몸을 피하긴 했으나 그 누구보다도 원 통제사를 믿고 따르던 사람들이다 이 말이지요. 그들은 아마 이 통제사가 부린 간계로 원 통제사가 목숨을 잃었다고 오해하고 있을지도 모릅니다. 이 통제사께서 직접 회령포로 가시지 않고 전라도를 돌며 군사를 끌어 모은 것도 그 반감을 힘으로 누르기 위한 포석이지요. 하나 어찌 군사들을 힘만으로 누를 수 있겠어요? 궁극적으로는 그들 역시 이 나라 조선의 자랑스러운 수군들이 아니겠습니까? 해서 우리는 그들을 따뜻하게 품을 필요가 있어요. 앙금일랑 말끔히 씻고 말이오. 이 조방장! 원 통제사가 없는 지금 과연 누가 경상 우수영 장졸들을 다독거릴 수 있겠소? 배 수사라고 생각하시오? 배 수사는 아니오. 원 통제사에게 등을 보이고 줄행랑을 친 위인이니 우리보다도 더 장졸들 신망을 잃었소. 그렇다면 누구겠소? 순천 부사 우치적뿐이오. 임진년부터 그림자처럼 원 통제사를 따른 장수, 원 통제사가 가장 믿고 신임한 장수, 원 통제사 최후를 목도한 장수. 우 부사 마음을 얻는 것은 곧 경상 우수영 장졸들을 모두 얻는 것과 진배없습니다. 아시겠소?"

"하나 나는 원 통제사가 했다는 유언을 믿을 수 없소이다. 꿈같은 이야기가 아니오?"

이영남이 계속 의문을 제기하자 정사준이 맞장구를 쳤다.

"그렇지요. 참으로 꿈같은 이야기지요. 하나 원 통제사가 그런 말을 했는지 아니 했는지는 중요하지 않소. 중요한 것은 먼저 우치적 마음을 얻는 것이고, 그 다음으로 경상도 수군들이 원 통제사에게 아직도 품고 있는 존경심을 그대로 이 통제사에게 옮기는 것이지요. 죽은 자는 어차피 말이 없는 법. 원 통제사를 헐뜯고 비난해서 무슨 덕을 보겠소? 차라리 원 통제사에게 있던 장점들, 그 용맹함이라든가 자신감을 부각시키는 편이 낫지 않겠소?"

"하면 통제사께서 지금 거짓으로 저러신단 말씀이시오?"

"허허허! 거짓이 아니지요. 이것이 바로 우리네 인생살이가 아니겠소? 원 장군이 통제사로 와서 맨 처음 한 일을 생각해 보시오. 배흥립, 김완, 그리고 그대를 조방장에 앉히려 했지요. 왜 그랬겠소? 원 통제사도 전라도 장수들이 돕지 않는다면 조선 수군을 움직일 수 없다는 사실을 알고 있었던 게요. 이 통제사께서 배 조방장을 다시 부르신 이유나 우 부사를 만나러 직접 순천까지 갔던 것도 다 같은 이유가 아니겠소?"

이영남은 고개를 숙인 채 아무 말도 못했다. 정사준 주장이 옳았던 것이다.

원균과 이순신.

청룡과 백호처럼 서로가 서로를 죽이지 못해 으르렁대는 앙숙으로만 여기지 않았던가. 그런데 두 사람은 서로 상대 능력을 인정하고 그 명성을 등에 업으려고 부단히 노력해 왔던 것이다. 쟁공을 하면서도 연합 함대를 이루어 왜적과 맞설 수 있었던 것도 그 때문이었는가.

'아, 그것이 사실이라면 나는 얼마나 두 사람 사이를 오해하고 있었는가! 과연 어느 것이 진실이고 어느 것이 거짓인가. 모를 일이다. 정녕 모를 일이다.'

"꼭 알고 싶은 게 있소이다."

"아직도 궁금하신 게 남았소? 무엇이든 물어보시구려."

정사준은 장난기 어린 표정으로 가볍게 걸음을 옮겼다.

"원 통제사가 숨겨 둔 군량미를 달라 했을 때 왜 거짓을 아뢰셨소?"

정사준은 조금도 막힘없이 청산유수처럼 대답했다.

"아, 그 일 말이오? 궁금하기도 할 게요. 이제 모두 지난 일이니 내 특별히 이 조방장에게만 가르쳐 드리리다. 이 조방장은 이 통제사께서 임진년에 연승을 거둔 가장 큰 이유가 무엇이라고 보시오?"

"……"

"그건 모든 일을 치밀하게 준비한 데서 비롯되었소. 조금이라도 실패할 가능성이 있다면 미리 그에 대한 방비를 튼튼히했지요."

"그렇소이다. 통제사께서는 돌다리를 몇 번이나 두드리고 건너시는 분이오."

"계사년(1593년)부터 올 봄까지 통제사께서는 부산을 치라는 어명을 거역했지요. 한 차례 부산 앞바다까지 나갔다 온 적은 있으나 전투를 벌이지는 못했소이다. 참패를 피하기 위해서였지만 어명을 따르지 않는 장수의 최후가 어떠하다는 것은 누구보다도 통제사께서 더 잘 알고 계셨습니다. 통제사 자리에서 물러나면 원 장군이 뒤를 이으리라는 것도 쉽게 예상할 수 있었지요. 하면 원 장군은 십중팔구 군선을 이끌고 부산을 칠 것이고 육군 도움이 없다면 완패할 것이 불을 보듯 뻔했다오. 문제는 그때까지 이 통제사께서 살아남을 수 있을까 하는 것이었소. 권 수사나 나도 그일만은 장담할 수 없었지요. 어명을 거역했으니 대역죄로 다스려질 것이고, 김덕령 장군 예에서 보듯 고문을 받다가 죽든지 더 심하면 참형을 당할 수도 있지요. 목숨은 건지더라도 반신불수가 되어 장졸들을 지휘할 수 없다면 소용없는 일입니다. 하나 그 일은 누구도 장담하지 못하는 것, 통제사께서는 하늘에 맡기자고 하셨지요. 원 장군이 이끄는 수군이 완패한다고 해서 반드시 이 통제사께 재기 기회가 주어지는 것은 또 아닙니다. 원 장군이 없으면 전라 우수사 이억기나 충청 수사 최호가 뒤를 이을 수도 있는 일 아니겠소? 따라서 이 통제사께서 다시 수군을 지휘하는 경우는 단 한 가지뿐이었다오."

"그것이 무엇이오?"

"보시다시피 삼도 수군 통제사와 각 도 수사들이 모두 전사하는 것이오. 하나 이런 최악의 경우가 벌어질 가능성은 거의 전무했어요."

이영남이 복잡한 머릿속을 비워 버리려는 듯 세차게 고개를 좌우로 흔들었다.

"하면, 오늘 같은 날을 미리 내다보고 군량미를 내놓지 않았다, 이 말이오니까?"

"티끌만 한 희망을 품었을 뿐이지요. 군량미를 그때 원 수사께 드렸다면 다 낭비했겠지만, 잠시 선의로 거짓말을 하였기에 이렇듯 요긴하게 쓰는 것이 아니겠소? 자, 이제 돌아갑시다. 말을 많이 했더니 배가 몹시 고프군요."

정사준이 들창코를 벌렁대며 뒤돌아섰다.

배설은 끝내 마중 나오지 않았다. 이순신은 자정 무렵 잠시 일어나 늦은 저녁을 먹은 후 다음 날 닭울녘까지 깊은 잠에 빠져들었다.

七, 은혜 위에 한 번 더 은혜를 베풀다

"장군. 주무십니까? 소장 우치적입니다."

어둠이 완전히 가시지 않은 새벽이다. 마당에는 우치적과 이기남, 이영남이 서 있었다. 그들 앞에는 결박당한 두 사내가 무릎을 꿇은 채 고개를 숙였다.

"방금 전에 깼네. 무슨 일인가?"

"왜놈 간자 둘을 잡아 왔습니다."

"소인 놈들은 간자가 아닙니다요."

꼽추 임천수가 고개를 들고 항변했지만 이기남은 주먹으로 먼저 뒤통수를 갈겼다. 천무직이 자리에서 일어섰지만 우치적이 오른발로 정확하게 아랫도리를 쳤다.

"들어오게."

우치적이 천무직을 맡고 이기남이 임천수를 끌어 방으로 들어섰다. 이영남이 방문을 등 뒤에서 닫고 맨 마지막으로 자리를 잡았다. 『소학』을 넘기던 이순신이 고개를 들어 임천수와 천무직 얼굴을 살폈다.

"임 도주와 천무직이 아닌가?"

"그렇습니다요. 다시 통제사가 되신 것을 감축드립니다요. 소인 놈들은 우 장군을 보고 반가운 마음에 달려와 인사한 것인데, 갑자기 이렇게 오랏줄로 꽁꽁 묶더라고요. 장군! 어서 이것부터 풀어 주십시오. 소인 놈들은 왜놈 간자도 아니고 그저 장사꾼일 뿐입니다요."

우치적이 두 눈을 부릅뜨고 임천수를 노려본 후 이순신에게 시선을 돌렸다.

"칠천량에서 크게 패한 후에야 저 두 놈이 부산포를 드나들며 왜군들에게 군량미와 의복을 거래해 왔다는 걸 알았습니다."

"확실한가?"

"분명합니다. 원 장군과 헤어져 겨우 목숨을 보전하고 전라도 쪽으로 움직이다가 왜병 두 놈을 만났습니다. 그놈들도 본진으로부터 떨어져 낯선 땅을 헤매고 있었습니다. 한 놈은 목을 베었고 나머지 한 놈은 조선말을 하기에 일단 살려 뒀습니다. 칼로 위협하니 이름과 직책을 술술 털어놓았는데 부산포에서 군량미와 의복을 담당하였노라고 하였습니다. 그자가 하는 말에, 이름은 알수 없으나 등이 심하게 휜 꼽추와 쌍도끼를 잘 다루는 거한이 매달 물품을 배로 날라다 주었다고 했습니다. 저 두 놈이 분명합니다."

이영남도 거들었다.

"임천수가 거느린 상선들이 거제도 쪽으로 다람쥐 담 구멍 드나들 듯 움직인다는 연통은 오래전부터 있었습니다. 그때마다 통제영에서 그냥 묻어 두라 하여 넘어갔습니다만, 이제 보니 통제영 사정을 왜적에게 알려 왔던 거군요. 칠천량 패전도 이놈들이 미리 우리 함대 출정 경로를 적에게 넘겨주었기 때문이 아니겠습니까? 명령만 내리십시오. 당장 목을 베겠습니다!"

임천수가 거듭 허리를 굽히며 눈물을 쏟았다.

"아닙니다요. 소인 놈들은 왜의 간자가 아닙죠. 통제영 사정을 왜군에게 알려준 적은 천만 없습니다요. 소인 놈이 왜군 간자라면 우 장군을 보고 어찌 먼저 아는 척을 했겠습니까요?"

"거래를 한 건 사실이고?"

이순신의 날선 물음이 날아들었다. 임천수는 주저주저하다가 이마를 바닥에 대고 울먹거렸다.

"이제 와서 어찌 거짓을 아뢰겠습니까요? 부산까지 가서 거래한 건 맞습니다. 돈에 눈이 어두워 행한 짓입죠. 하나 단지 거래만 했을 뿐입니다요. 의복과 곡물을 팔고 돈을 받은 것뿐입니다요. 그 이상은 아무 짓도 하지 않았습니다요."

우치적이 오른손을 들어 천무직을 가리켰다.

"저자는 임천수의 의형제 아우로, 원 장군 눈에 띄어 특별히 돌격장에 임명되었습니다. 이제 생각하니 간자 노릇을 시키기 위해 일부러 통제영에 넣었던 듯합니다."

이번에는 천무직이 항변했다.

"장수 노릇 하기 싫다고 그렇게 말했는데도 억지로 시킬 때는 언제고, 이제 와서 간자 노릇 하려고 통제영에 끼어들었다고 모함하는 게요? 그때 우 장군께서도 곁에 계시지 않았우? 내 쌍도끼 춤이 마음에 든다고 부득부득 통제영에 눌러앉힌 이가 누구요? 바로 원 통제사 아니었우?"

"닥쳐라, 이놈이!"

우치적은 당장이라도 천무직 턱을 발로 걷어찰 기세였다.

"포박을 풀게."

이순신이 짧게 명령했다.

"장군! 아니 됩니다. 천무직은 포악하기가 범보다 더한 놈입니다."

"그리고 자네들은 나가 있어."

"장군!"

"나가 있으래도."

이영남이 천무직과 임천수를 묶은 포박을 푼 후 우치적, 이기남에게 눈짓을 하고 함께 나갔다.

"몰골이 그게 뭔가? 유걸(流乞, 거지)이 따로 없군."

이순신은 고개를 들지 않고 지나치듯 물었다. 임천수가 기어이 울음을 터뜨렸다. 이순신은 임천수가 울음을 그칠 때까지 책장을 넘기며 침묵했다. 그 침묵을 참지 못하고 천무직이 입을 열었다.

"와키자카 대장에게 갇혀 있던 형님을 구해 겨우 포위망을 뚫고 피하던 길이었우. 우리가 왜군 간자라면 왜군에게 쫓길 이유가 없지 않겠우?"

"와키자카!"

이순신이 그 이름을 어금니로 씹으며 고개를 들었다. 임천수가 재빨리 끼어들었다.

"그렇습죠. 왜장 와키자카 야스하루를 기억하시죠? 그자가 소인 놈을 포박하여 가두고 죽이려 했습니다요."

"왜 너를 죽인단 말이냐? 몇 년 동안 의복과 곡물을 거래해 톡톡히 덕을 보았을 게 아닌가?"

이번에는 천무직이 답했다.

"이놈이 통제영 돌격장이 되는 바람에 형님만 고생한 거요. 되레 형님을 조선 수군 간자로 몬 게지요."

이순신이 고개를 끄덕였다.

"하면 너희 두 놈은 조선과 왜국에서 동시에 간자로 지목받았구나. 전쟁 중에 양측을 오가며 거래한 놈은 너희들뿐이니 그런 오해를 받는 것도 당연한 일이다. 이쪽에 가선 저쪽 욕을 하고 저쪽에 가선 이쪽 욕을 했을 터, 스스로 자초한 일이니 누구 탓을 하랴. 순순히 운명을 받아들여라."

죽음을 각오하라는 통첩이다. 임천수가 다시 큰 목소리로 애원했다.

"왜군들은 곧 남해 바닷길을 열어 황해로 올라갈 것입니다요. 저들은 이제 이 장군에 대한 두려움을 버린 듯합니다. 군선 십여 척으로 무엇을 하겠느냐고 비아냥거리기까지 했습니다요."

이순신의 목소리가 갑자기 독백조로 바뀌었다.

"그랬더냐? 겨우 십여 척으로 무엇을 하겠느냐고? 이순신이라

해도 별 수 없을 것이라고? 두려움은 이미 벗어던졌다고? 그랬단 말이지……, 그랬단 말이지?"

"예, 장군!"

이순신이 고개를 들어 임천수를 똑바로 쳐다보고 물었다.

"너는 어찌 생각하느냐?"

"무, 무엇을 말입니까요?"

임천수의 목소리가 가늘게 떨렸다.

"임천수, 너는 내가 두려우냐?"

"……두렵습니다."

"무엇이 그리 두려우냐?"

"당장 소인 놈 목을 베라 명하시지 않을까 두렵습니다요."

"그렇구나. 결국 넌 내가 지닌 권한이 두려운 것이로구나. 죄인 목을 벨 수도 있고 살려줄 수도 있는 힘 말이다."

임천수는 즉답 대신 이순신 표정을 살폈다. 우는 것 같기도 하고 웃는 것 같기도 한 기기묘묘한 얼굴이다.

"하면 왜군들은 이제 내게 힘이 없다 생각하는 것인가? 이 바닷길을 지킬 힘이 없어졌다고?"

"……"

임천수는 이번에도 대답을 미루었다.

"너도 그렇게 생각하기 때문에 부산으로 갔던 게 아니냐?"

휜 등이 움찔할 만큼 놀란 기색을 감추지 못했다.

"솔직히 말하라. 거짓을 아뢰면 당장 목을 베서 네 두려움을 확인시켜 주마. 너는 통제사 이순신이 더 두려우냐, 왜장 고니시 유키나가가 더 두려우냐? 조선 수군이 칠천량에서 참패했다는 연통을 접한 직후 넌 어찌 생각하였느냐?"

임천수가 작은 목소리로 답했다.

"……솔직히 고니시 대장이 더 두려웠습니다요. 그 많은 군선이 수몰되었으니 이제 바다는 왜 수군이 독차지하게 되었다고 생각했습죠."

"그래서 부산으로 갔던 게로군."

"죽여 주십시오."

임천수는 머리로 바닥을 두드려 댔다. 뒤에 앉은 천무직도 따라서 이마를 찧었다. 침묵이 흘렀다.

"왜군 주장이 옳아. 난 이제 두려운 상대가 아니지. 임천수, 네가 부산으로 간 것도 이문을 좇아 움직인 너다운 일이다. 상대가 두려움을 느껴야 장수로서 위엄이 서는 법이거늘……. 사기가 바닥에 떨어진 장졸을 위해 몇 사람 목숨이 필요하겠구나. 몇 마디 말로 사기를 올릴 수 있다면 더없이 좋겠지만, 그게 힘들다면 탈영병이나 간자 목을 베는 것 또한 군영에선 흔한 일이다. 그 위에 우 장군이나 이 장군은 너희 둘의 목을 베고 싶어 한다."

'끝이구나. 정말 내 목을 베려는 것이구나.'

눈앞이 캄캄하고 이가 덜덜덜 떨렸다. 이순신이 참형을 명하면 더 이상 회생할 방법이 없었던 것이다. 그동안 악연을 생각한다면 은혜를 베풀 까닭이 없었다. 다시 이순신 이야기가 이어졌다.

"나도 목이 잘려 저잣거리에 높이 걸리는 상상을 했던 적이 있지. 꿈에 직접 그 모습을 보기도 했다. 자기 목이 걸려 있는 장창 끝을 쳐다보는 기분, 알 수 있겠느냐? 목에서 피가 뚝뚝 떨어지고 그 아래 붉은 글씨로 '대역죄인' 넉 자가 휘날리지. 내가 그토록 사랑했던 백성들이 손가락질하며 침을 뱉고, 아, 낯익은 얼굴들이 쌍학흉배를 양손으로 가린 채 내 얼굴을 쳐다봐. 이렇게 죽을 수 없다고 말하고 싶은데 길게 뽑힌 혀는 움직이지 않지. 저물녘 하늘은 또 얼마나 붉고 산람(山嵐, 저녁 나절 멀리 보이는 산 같은 데서 떠오르는 푸르스름하고 흐릿한 기운)은 또 얼마나 푸르스름한지. 살고 싶은데, 하루만이라도 더 살고 싶은데……. 살고 싶으냐?"

"예에……"

갑작스러운 물음에 임천수는 말끝을 잇지 못했다.

"……살려 주마."

이순신은 그들 목숨을 빼앗지 않겠다고 말했다. 임천수는 제 귀를 의심하며 이순신 얼굴을 쳐다보았다. 당황하기는 천무직도 마찬가지였다.

"살려 주겠다고 했다."

이순신이 다시 말하자 임천수가 겨우 감사 인사를 했다.

"이 은혜를 어찌 갚을지 모르겠습니다요. 소인 놈은 가진 것이라곤……"

"한 가지만 약조를 해라."

이순신이 말허리를 잘랐다.

"다시는 조선군이든 왜군이든 거래하지 않겠다고. 군영 근처엔 얼씬도 하지 않겠다고. 약조할 수 있겠느냐?"

"물론입죠. 약조하겠습니다요. 하나 이 은혜를 조금이라도 갚기 위해서는……"

"내가 은혜를 베풀고 네가 그 은혜를 재물로 갚는 것 역시 거래다. 다시 거래하자고 입을 열면 이 자리에서 베겠다. 조건도 없고 이유도 없다. 널 살려 주겠다. 이제 네가 살고픈 곳에 가서 살아라. 다시는 내 주위에 나타나지 마라. 부산포에도 가지 마라. 자, 떠나라. 더 이상 지체하면 살 뜻이 없는 것으로 받아들이겠다."

임천수와 천무직은 서둘러 방을 나섰다. 마당에서 기다리던 우치적이 장검을 뽑아 들고 막아섰다.

"어딜 가는 게야?"

천무직이 가슴을 들이밀며 퉁명스럽게 대답했다.

"떠나라는 명을 받았우."

"떠나라는 명을 받았다고?"

이영남이 섬돌 위로 올라서자 방 안에서 이순신 음성이 들려왔다.

"그냥 보내라."

우치적이 외쳤다.

"장군! 아니 됩니다. 이놈들을 그냥 보내면 틀림없이 또다시 왜군에게 붙어 뒤를 칠 겁니다. 목을 베어야 합니다."

"당장 보내지 못할까!"

그제야 우치적은 오른쪽으로 한 발 비켜섰다. 임천수와 천무직은 그 틈으로 쏜살같이 달아났다. 우치적과 이기남은 분을 이기지 못하고 뛰쳐나갔다. 마당에는 이영남만이 남았다.

"장군! 아침 준비를 할까요?"

"생각 없네. 잠시 들어오게."

문을 열고 들어가니 이순신이 두 손바닥으로 눈을 어루만지고 있었다.

"너무 일찍 기침하셨습니다. 시간이 있으니 조금 더 주무시지요."

"아닐세. 이제 두 눈이 뻑뻑할 나이도 되었지. 자네도 임천수와 천무직을 방면한 것이 불만인가?"

"납득이 되지 않습니다. 장군께서 떠나시자마자 원 통제사에게 빌붙었고, 게다가 부산포까지 드나들며 왜군과 거래를 했다면 열 번 목이 달아나도 할 말이 없지 않겠습니까?"

"그렇지. 자네 말이 옳으이. 그자들은 죽어 마땅해."

"한데 왜 살려 보내셨습니까?"

이순신이 갑자기 허허롭게 웃었다.

"살려는 의지 말일세."

"살려는 의지라 하셨습니까?"

"그래, 어떻게든지 살아남으려는 의지! 임천수는 바로 그런 의지를 지녔지. 누군 그걸 욕심이라고 하고 누군 그걸 질투라고도 하지만, 의지란 말이 딱 어울릴 거야. 삭탈관직을 당하고 도성까지 끌려가는 동안 내 안에는 그 의지가 꿈틀대고 있었다네. 이대로 죽을 순 없다. 어떻게든지 살아서 남해 바다로 돌아가야 한다. 내 사랑하는 장졸들 곁으로 가야 한다……. 아까 임천수 눈을 보자니 바로 그 의지가 보이더군. 문득 살려 주고 싶었어. 그 끝을 보고 싶었다면 이해할 수 있겠나?"

"왜군 간자일지도 모릅니다."

"그래, 간자 노릇을 했을지도 몰라. 이문을 남기는 일이라면 물불 가리지 않는 사람이니까. 하나 왜군 간자라고 해도 지금 우리들로부터 무엇을 얻어 갈 수 있겠는가? 우 장군을 보고 반가워 스스로 신분을 밝혔다는 것도 꾸민 일은 아닌 듯싶네. 임천수와 천무직은 내가 왜군만큼이나 미워하는 자들일세. 하나 오늘은 살려 주고 싶으이."

"알겠습니다. 하나 다음에 또 그들을 만나면 소장이 먼저 베겠습니다."

이순신이 천천히 고개를 끄덕였다.

"그리하게나."

八、마침내 돌아와 선봉에 서다

동이 트는 것과 동시에 일행은 군영 구미를 출발하여 육로로 회령포까지 내려갔다. 전날 푹 쉰 덕분인지 가마에 앉은 이순신 안색이 조금 나아졌다. 회령포 입구에 이르자 먼저 말을 타고 떠난 우치적이 경상 우수영 장수들을 이끌고 마중을 나왔다. 배설은 역시 보이지 않았다. 우치적이 민망한 듯 고개를 숙이고 아뢰었다.

"배 수사는 뱃멀미 때문에 나오지 못했소이다. 내일은 틀림없이 통제사를 뵈러 올 겁니다."

이순신이 선선히 대답했다.

"그렇소? 하면 교서는 내일 배 수사가 오면 읽도록 합시다."

삼도 수군 통제사로 임명된 것을 장졸들에게 알리고 경상 우수사 배설로부터 지휘권을 넘겨받는 의식을 내일로 미룬 것이다. 이기남처럼 성미가 급한 장수는 당장 가서 배설을 잡아 오겠다고

111

했으나 정사준이 좋은 말로 타일렀다. 아직까지 배설은 정삼품 수군 절도사이므로 함부로 치도곤을 안길 수 없다는 것이 그 이유였다.

이순신은 우치적 안내를 받아 판옥선 한 척을 숙소로 정했다. 영내에 따로 숙소를 마련했지만 한사코 배에 머물기를 고집했다.

이물 쪽 갑판에 서서 남동쪽 바다를 바라보았다. 몇 년 동안 공들여 요새로 만들었던 통제영 한산도를 눈으로 훑었다. 쇠유리새 한 쌍이 때마침 그곳으로 훠이훠이 날아갔다.

'다시 가리. 내 꿈과 장졸들 피땀이 서려 있는 섬이여! 내 긍지, 내 기쁨, 내 전부인 바다여!'

"장군! 전령이 오고 있습니다."

이기남의 고함 소리를 듣고 일제히 고개를 돌렸다. 허리춤에 붉은 깃발을 꽂은 사내가 질풍같이 돈점박이(몸에 돈짝만 한 점들이 박혀 있는 말)를 몰았다. 전라 병사가 급파한 전령이었다.

"무슨 일인가?"

이영남이 물었다.

"팔월 십육일, 남원성이 함락되었사옵니다."

뒤에 서 있던 이순신이 깜짝 놀라며 앞으로 나섰다.

"다시 말해 보아라. 남원성이 어떻게 되었다고?"

"팔월 십삼일, 조선군은 남원성을 포위한 고니시 유키나가의 왜군과 맞서 용맹하게 싸웠으나 사흘 만에 함락되었사옵니다. 부총병 양원은 도망쳤으나 총병 중군 이신방(李新芳), 접반사(接伴使) 정기원(鄭期遠), 병사 이복남(李福男), 방어사 오응정(吳應井),

조방장 김경로(金敬老), 별장 신호, 부사 임현(任鉉), 판관 이덕회(李德恢), 구례 현감 이원춘(李元春) 등은 모두 목숨을 잃었사옵니다."

"신호가 죽었다고? 낙안 군수를 지낸 별장 신호가 죽었다, 이 말이냐?"

이순신의 눈이 솔방울만큼 커졌다.

"그러하옵니다, 장군!"

굵은 눈물 한 줄기가 이순신의 뺨을 타고 주르륵 흘러내렸다.

"신호가 죽다니……, 검술의 달인 신호가 죽다니……! 군령을 목숨보다 중히 여기던 신호가 죽다니……."

이순신은 넋이 나간 사람처럼 계속 신호 이름을 되뇌었다. 장수들도 할 말을 잃고 눈시울을 붉혔다. 이순신은 신호를 불러 조방장으로 삼고 수군을 재건할 계획이었다. 신호라면 아무리 힘든 상황에 처하더라도 대소사를 공명정대하게 처리할 것이며 장졸들을 하나로 묶어 줄 수 있으리라고 믿었다.

'하늘이 조선 수군을 버리시는가.'

이순신은 암담한 마음을 가눌 길 없었다. 정사준이 다가와서 위로했다.

"장군! 이러시면 아니 됩니다. 슬픔이 지나쳐 몸이라도 상하실까 걱정이 되는군요. 신 별장도 장군께서 이러시는 것을 원치 않으실 것입니다. 장군! 마음을 굳게 다지시고 안으로 드시지요. 경상 전라 충청을 잇는 요충지 남원이 왜적 수중에 들어갔다면 이제 전라도로 진격하거나 한양으로 북상하는 왜군을 막기는 거의 불가능해졌습니다. 왜 육군이 전라도를 치면 왜 수군 역시 머지않아 전라도 해역으로 몰려올 겁니다. 서둘러 방책을 세우셔야 합니다."

이순신은 눈물을 훔치고 갑판 아래로 내려갔다. 그날 밤 늦게까지 이순신 방에는 촛불이 꺼지지 않았고 간간이 탄식과 물기 많은 울음이 흘러나왔다.

새벽 무렵. 신호가 죽은 걸 슬퍼하기라도 하듯 소나기가 퍼부었다. 팔월 십구일. 아침부터 남은 배들이 나란히 정박한 회령포 해안으로 장졸들이 모여들었다. 갑옷과 군복을 입은 경상 우수영 장졸 400여 명이 앞줄을 지켰고, 그 뒤로 이순신이 전라도를 지나오는 동안 합류한 2,000여 장정들이 늘어섰다. 이기남과 배흥립은 질서정연하게 줄을 맞추느라 부산하게 뛰어다녔다. 경상 우수영 장졸들은 패전의 상처와 배고픔으로 안색이 창백했다. 우치적이 큰소리로 독려했지만 반응은 그다지 신통하지 않았다.

갑옷과 투구를 쓴 이순신이 갑판 위에 모습을 드러내자 장졸들이 일제히 환호성을 질렀다. 교서를 양손에 받쳐 든 이영남이 뒤를 따랐다. 이순신은 손을 들어 환호에 답하며 해안으로 내려섰다. 우치적이 난감한 표정으로 다가왔다.

"아직…… 배 수사가 오지 않았소이다."

이순신 얼굴이 딱딱하게 굳었다. 그 순간 장졸들이 다시 손뼉을 쳐 댔다. 경상 우수영 지휘선에서 갑옷을 입은 배설이 모습을 드러냈기 때문이다. 천천히 배에서 내려 거들먹거리며 걸어왔다. 보다 못한 우치적이 소리쳤다.

"신임 삼도 수군 통제사이오이다!"

배설이 주위를 두리번거리며 우치적에게 물었다.

"누가 통제사란 말인가? 내 눈에는 백의종군을 당한 죄인밖에 보이지 않네."

이순신이 침착하게 배설에게 말했다.

"교서를 받으시오."

배설이 물었다.

"그 교서 내용이 무엇이오? 누구를 통제사로 임명했단 말이오?"

보다 못한 이영남이 외쳤다.

"무엄하다. 뉘 앞이라고 감히 망발을 늘어놓는 것인가?"

이순신이 왼손을 들어 이영남 말을 가로막은 후 입가에 옅은 웃음까지 머금은 채 대답했다.

"나요. 백의종군을 당했던 나 이순신을 다시 삼도 수군 통제사로 삼는 교서라오."

배설이 갑자기 장검을 빼 들었다. 우치적과 이기남이 이순신 앞을 막아섰다. 배설이 눈을 부라리며 소리쳤다.

"믿을 수 없다. 어찌 무군지죄를 범한 죄인이 통제사가 될 수 있단 말인가? 이것은 틀림없이 누군가가 거짓으로 교서를 꾸민 것이다. 이노옴! 하늘이 무섭지 않으냐?"

"장군! 소장이 베겠소이다."

이기남이 뒤돌아보며 허락을 청했다. 이순신이 단호하게 고개를 저었다. 배설을 그대로 경상 우수사에 둔다는 유서(諭書)가 함께 내려왔던 것이다. 어명으로 정한 장수를 함부로 벨 수는 없다. 이순신이 정사준에게 물었다.

"당상관인 수군 절도사가 곤장을 맞을 정도의 죄를 지으면 어찌하는가?"

정사준이 또박또박 답했다.

"죄를 지은 수군 절도사를 가까이에서 받드는 영리(營吏, 아전)를 붙들어 대신 곤장을 쳐 왔습니다."

이순신이 고개를 끄덕이며 배흥립에게 명령했다.

"그리하도록 하게. 곤장 치는 소리가 들리지 않도록 멀리 나가서 말이야."

"알겠습니다."

이순신이 한 걸음 나서며 우치적에게 속삭였다.

"다치지 않게 장검을 빼앗은 후 지휘선에 가두시오. 절대 무례해선 아니 되오. 알겠소?"

"예, 장군!"

명령이 떨어지기가 무섭게 우치적은 배설에게 달려들었다. 배설이 두어 걸음 물러서며 검을 휘둘렀으나 우치적의 우악스런 힘에 검을 놓치고 입까지 틀어막혔다. 우치적이 황급히 배설을 끌고 지휘선으로 사라졌다. 늘어선 장졸들은 이순신과 배설이 다투는 까닭을 궁금해하며 웅성웅성댔다. 이순신이 장검을 빼들어 머리 위로 치켜 올렸다. 칼날에 반사된 푸른빛이 사방으로 멀리멀

리 퍼져 나갔다. 그제야 웅성거림이 사라졌다. 이순신이 고개를
돌려 이영남에게 명령했다.

"교서를 읽게. 큰 소리로!"

"예, 장군!"

이영남이 언덕에 올라서서 우렁차게 교서를 읽기 시작했다. 장
졸들은 숙연한 표정으로 끝까지 경청했다. 이영남이 교서를 읽고
물러나자 이순신이 장검을 오른손에 들고 썩 나섰다. 그리고 삼
도 수군 통제사로 다시 부임한 뒤 첫 연설을 시작했다.

"우리에겐 군선이 열두 척밖에 없다. 왜선은 1,000척이 넘는다
고도 하고 2,000척이 넘는다고도 한다. 왜선이 많아서 무서운가?
우리 군선이 적어 힘이 빠지는가?

『사마병법(司馬兵法)』에 이르기를, 적군이 사기가 떨어져 겁을
먹고 있다면 지체 말고 공격하라 하였느니라. 그대들이 두려움
없이 당당하게 적과 맞선다면 왜군은 결코 이곳까지 밀고 오지
못할 것이며, 그대들이 지레 겁을 먹고 벌벌벌 떤다면 왜군과 싸
우기도 전에 궤멸하고 말리라.

나 이순신은 그대들과 함께 승리하기 위해 이곳에 왔다. 나는
내 휘하 장졸이 다치거나 죽도록 내버려두지 않을 것이다. 나는
그대들을 지킬 것이다. 나와 함께 다시 일어서자. 내가 선봉에
서겠다. 나를 따르라!"

九, 모든 것을 버리고 새로 시작하는 길

이영남은 꼭두새벽부터 이순신 군막에 들었다. 우치적과 이기남이 미리 와서 기다리고 있었다. 이순신은 또 뜬눈으로 밤을 지새운 모양이다. 두 눈에는 핏발이 섰고 입술은 갈라졌다. 갑옷도 어제 입은 그대로다. 이순신은 이영남이 자리를 잡고 앉자마자 끼고 있던 팔짱을 풀고 물었다.

"며칠이나 더 견딜 수 있겠는가?"

이영남이 준비한 답을 말했다.

"아껴 먹으면 닷새는 충분합니다만……."

배설로부터 배를 넘겨받았다고 모든 문제가 해결되지는 않는다. 2,000명을 헤아리는 장졸을 먹이고 입힐 군량미와 의복이 문제였다. 정사준이 간수해 놓았던 식량을 가져왔고 전라도를 돌며 많은 도움을 받았으나 장졸들 뒤를 대기엔 아직 턱없이 부족했

119

다. 이러다간 전투를 시작하기도 전에 굶주린 배를 부여잡아야 할 판이다. 우치적이 나섰다.

"소장이 급히 전라도 땅을 한 번 더 돌겠습니다."

이기남도 목소리를 높였다.

"소장도 동행하겠습니다. 허락해 주십시오."

"아니오. 서두르지 마오. 이미 전라 좌도와 우도 백성들은 우리를 위해 많은 의복과 군량미를 냈소. 다시 그들에게 짐을 지우고 싶지는 않소."

이영남이 끼어들었다.

"하지만 이대로 군량미가 떨어지는 걸 보고만 있어야 하는지요? 권 도원수 쪽 사정도 그리 좋지는 않은 듯합니다. 백성들에게 이런 사정을 널리 알려 양해를 구하고 추수한 곡물들을 거두는 것이 좋겠습니다."

이순신은 그래도 계속 주저했다.

'통제사가 전라도 곡물을 임의로 거두는 것 역시 월권으로 나중에 비난받을까 저어하시는 것인가. 하나 이곳은 삶과 죽음을 넘나드는 전쟁터다. 굶주린 장졸로는 결코 승리를 거둘 수 없다.'

"어디나 군량미가 부족하긴 마찬가지요. 권 도원수께 폐를 끼칠 수는 없소. 백성들도 이미 충분히 우릴 도왔고."

이영남은 마음이 급했다.

"이대로 머물 수는 없습니다. 대책을 간구해야만 합니다."

"배가 옵니다."

문득 군막 밖에서 날발이 아뢰었다. 장수들 시선이 일제히 출구 쪽으로 향했다.

"들어오라."

날발이 바람처럼 들어와 왼 무릎을 꿇었다.

"왜군 군선인가? 벌써 여기까지 온 게야?"

날발이 이순신과 눈을 맞추며 답했다.

"아닙니다. 군선이 아니라 상선(商船)입니다. 군량미와 전복을 가득 실은 협선들이 줄줄이 들어오고 있습니다."

군량미와 전복을 가득 실은 배!

이순신이 자리에서 일어서자 나머지 장수들도 뒤따랐다.

날발이 보고한 대로 줄잡아 스무 척이 넘는 협선들이 일정한 간격을 유지하며 입항하고 있었다. 갈매기 떼가 허공에서 원을 그리며 따라왔다. 맞바람이 불 때마다 배에 부딪힌 파도는 흰 물보라를 일으켰고 돛은 더욱 팽팽하게 바람을 싸안았다. 움직임이 느리고 힘겨운 것을 보니 화물을 많이 실은 듯했다. 갑판까지 쌀가마니가 쌓여 있었다. 협선들은 여러 척이 함께 돌아다니는 데 매우 익숙한 듯 바람과 파도의 변화에도 크게 흔들리지 않았다.

선두에서 다가오던 배가 뭍에 닿자 이순신이 성큼성큼 그 앞으로 갔다. 갑판 위에 서 있는 거한 등 뒤로 시퍼런 도끼날이 번뜩였다.

"저, 저놈은 천무직입니다."

우치적이 소리쳤다. 그 옆에 선 꼽추는 임천수가 분명했다. 갈매기들을 쫓으며 배에서 내린 두 사람은 이순신에게 곧장 와서 읍을 하여 예의를 갖추었다.

"다시 내 눈에 띄면, 군영 근처에 얼씬거리면, 청알(請謁, 인정이나 뇌물로 사사롭게 뵙기를 청함)을 하면 목을 베겠다고 했느니라!"

이순신 말에 이영남은 명령이 떨어지기만을 기다리며 장검을 꽉 쥐었다. 임천수가 찢어진 실눈을 감으며 넌덕(너털웃음을 치며 재치 있게 말을 늘어놓는 일)을 부렸다.

"헤헤헤, 장군께 꼭 필요한 것이겠기에…… 챙겨 왔습죠."

우치적이 코를 벌름거리며 물었다.

"알거지가 된 줄 알았는데, 저 많은 군량미와 의복들을 어디서 구했느냐?"

임천수가 시선을 우치적에게 옮기며 답했다.

"마지막 장사 밑천은 하늘이 갈라져도 품고 있는 법입죠."

"마지막……이라면, 이제 더 이상 숨겨 둔 재물이 없다는 뜻인가?"

이영남이 묻자 천무직이 끼어들었다.

"몽땅 가져왔우. 동전 한 닢 남기지 않고……. 형님은 저 배들까지 통째로 통제사께 바치겠다 했우."

이순신이 임천수를 향해 물었다.

"배까지 다 바치겠다고? 이번엔 또 무슨 거래를 하려는 속셈이지? 거래를 하겠다고 덤비면 당장 베겠다는 내 말을 잊었나?"

이영남이 검을 반쯤 뽑고 한 걸음 나섰다. 임천수가 머리를 조아리며 답했다.

"거래가 아닙죠. 거래를 할 생각은 전혀 없습니다요."

"목숨을 구해 준 은혜를 갚는 것이라 해도 베겠다고 했느니라."

이순신은 쉬지 않고 임천수를 몰아세웠다. 세 치 혀를 자유롭게 놀릴 여유를 주지 않으려는 것이다. 임천수도 말을 더욱 빨리 했다. 이렇듯 몰아세울 것을 예상한 것이다.

"단지 목숨을 구해 주신 은혜 값만 내는 것도 아닙니다요."

"하면 무엇이냐? 무엇 때문에 저 많은 군량미와 의복 그리고 협선들까지 내게 주겠다는 게야?"

"답할 기회를 주시는 겁니까요? 번뜩이는 검을 보니 입술까지 나왔던 말이 다시 목울대 아래로 내려가 버립니다요."

임천수는 몹시 두렵다는 듯 양손을 들어 얼굴을 가리는 시늉을 했다. 이순신이 손을 젓자 이영남이 다시 검을 집에 꽂고 물러섰다. 임천수는 양손을 모은 채 한 걸음 나아와서 차디찬 땅에 무릎을 꿇었다.

"장군 은혜를 입어 목숨을 구하고 군영을 벗어나자마자 전라도 나주에 숨겨 둔 재물을 찾으러 갔습죠. 가면서 내내 어리석었던 소인 놈 삶을 주욱 훑어보았습니다요. 단 한 번도 이문이 없는 일은 한 적이 없습죠. 또 이문이 있는 일이라면 아무리 먼 곳도 마다 않고 갔습죠. 그 이문을 주는 자가 조선 사람인지 대국 사람인지 왜국 사람인지 구별하지 않았습니다요. 그렇게 이문을 좇는 이유를 저대로는 이러쿵저러쿵 달았습죠. 부모 원수를 갚기 위해서 돈을 모아야 한다고 주장하기도 했습니다요.

그러나 윤 도주를 죽이고 난 후에도 이문을 따르는 소인 놈 발걸음은 조금도 느려지지 않았습니다요. 오히려 더욱더 빨라졌습죠. 하삼도와 북삼도 상권을 대부분 장악한 후에는 또 더 큰 욕심이 생겼습니다요. 조선 제일 장사꾼이 되면 조금 여유를 갖겠다는 말도 거짓이었던 것입죠. 그러자 이런 생각이 들었습니다요. '임천수, 이 사람은 한뉘 이문만 쫓다가 죽기로 이미 하늘에서 정한 것만 같다……'

생각이 여기에 미치자 막 서러워졌습니다요. '이문과 상관없는 일을 단 한 번이라도 하자.' 그래야 억울하지 않을 것 같았습죠. 그 생각이 점점 자라 여기까지 오게 되었습니다. 억울함을 풀 수 있도록 장군께서 도와주십시오. 소인 놈 말을 믿지 못하시겠다면 이 자리에서 목을 베십시오. 그래도 여한이 없습니다요. 이미 의복과 곡물을 배에 가득 싣고 오는 것으로 이문을 쫓지 않는 모습을 보였으니까요."

이순신 시선이 곁에 선 천무직에게 향했다.

"형님 말이 다 맞다우. 이런 적이 없는데, 갑자기 협선을 모두 가져오라 하여 여기까지 온 거요."

임천수 이야기가 이어졌다.

"장군과 제 악연을 여기서 다시 되새길 필요는 없습죠. 대부분 소인 놈 성품이 고약하여 저지른 짓들입니다요. 소인 놈을 믿지 못하시겠다면, 남해와 황해를 모두 빼앗기고서는 뱃길 장사 자체를 못하기 때문에 임천수 저놈이 또 수작을 부리는 것이라 생각하셔도 좋습니다요. 한뉘 살면서 무엇인가 한 가지 끊어 내고 싶을 때가 누구에게나 있고, 소인 놈은 어리석어 바로 이런 방식으로 그 끊음을 드러냅니다요. 정말 이제 악연을 끝내야 합죠. 다시는 장군 앞에 나타나지 않겠습니다요."

침묵이 흘렀다. 이순신이 과연 임천수가 싣고 온 군량미와 전복 그리고 협선들을 받을 것인가. 우치적은 천무직을 쏘아보며 이를 갈았고 이영남의 오른손은 여전히 검자루를 움켜쥐고 있었다. 답답한 듯 임천수가 말을 보탰다.

"꼽추 임천수가 보낸 것이 아니라 그냥 조선 수군을 돕고 싶은 어떤 돈 많은 이가 보낸 걸로 여기십쇼. 죄는 소인 놈에게 있지 군량미와 의복에 있는 건 아니지 않습니까요. 남해 바닷길을 열고 황해로 올라가라는 고니시 군령이 이미 내렸는지도 모릅니다요. 어서 장졸들을 배불리 먹이고 따뜻하게 입혀 일사불란하게 기강을 바로 잡으십시오."

임천수 말이 빨라질수록 이순신 손놀림은 느릿느릿했다. 턱수염을 쓸어내리던 오른손이 가슴을 지나 무릎까지 가는 동안 임천수는 잔기침을 세 차례나 했다. 다시 오른쪽 어깨를 꽉 눌러 쥐었던 왼손이 팔꿈치와 손목을 지나 무릎 위에서 오른손과 포개지는 데도 잔기침 네 번이 더 필요했다. 이순신은 두 손을 다시 턱수염과 오른 어깨로 옮긴 다음 입을 열었다.

"내게 이 모든 걸 주고 가면 넌 무얼 할 작정이냐?"

임천수가 뒷머리를 긁적이며 답했다.

"장사를 처음부터 다시 시작해얍죠. 어려서부터 배운 게 이문을 좇는 것뿐입니다요. 딴 걸 배우기엔 너무 늦었습죠."

'처음부터 다시 시작한다?'

스무 살 청년이라면 그 말이 낯설지 않으리라. 서른 살이라고 해도 탓할 나이는 아니다. 마흔에 막 들어설 무렵이라면 조금 늦었지만 노력하라 충고했겠지. 그러나 임천수는 그 나이를 훌쩍 지나 이제 지천명이었다. 그런데 다시 처음으로 돌아간다 한다. 스무 살 때 열정으로 돌아가서 다시 성공 탑을 쌓아 보겠다고 한다. 늙은 나이를 극복할 재물도 돈도 없이, 장사를 처음 시작하던 청춘 시절보다도 더 가난하게.

"밑바닥에서부터 시작하는 건…… 힘든 일이야. 이미 늦었는지도 모르지."

임천수가 잠시 답을 미루고 이순신 얼굴을 보았다. 조금씩 마음을 연다는 느낌을 받은 것이다. 임천수는 이제 준비한 이야기를 꺼낼 때가 되었다고 판단했다.

"외람된 말씀이오나 장군께서도 두 차례나 백의종군을 하지 않으셨습니까? 그래도 이렇게 다시 삼도 수군의 으뜸 장수로 돌아오셨습죠. 장군처럼 대단할 순 없지만 소인 놈 또한 포기하지는 않겠습니다요. 어차피 이 지긋지긋한 전쟁이 끝나면 처음부터 다시 시작하는 사람이 많을 테니까요."

이순신 앞에서는 간도 쓸개도 없는 것처럼 비굴하게 굴었지만, 임천수는 자존심이 강한 사내였다. 이순신은 임천수를 잘 알았다.

'그런데 마치 나를 자기 삶을 비추는 거울인 양 말하는구나. 믿을 수 없는 일이다.'

"왜 내게 이러는 것이냐?"

이순신의 짧은 물음에 임천수가 고개를 들었다.

"장군께서는 왜 소인 놈에게 그러신 겁니까요?"

임천수가 되묻자 이순신은 잠시 고개를 들고 긴 숨을 몰아쉬었다.

　임천수를 방면한 일은 이영남만 이상하게 생각한 것이 아니다. 누구보다도 임천수 자신이 낯설었다. 임천수가 군량미와 전복을 가져온 것만큼이나 이순신이 임천수를 풀어 준 것 또한 이해하기 힘든 일이었다. 두 사람은 서로 납득하기 힘든 배려를 하고 있었다.

　"사람은 쉽게 변하지 않는 법. 이건 전혀 임천수 너답지 않은 짓임을 너도 알겠지? 차라리 다시 나와 손을 잡고 싶다고 지금이라도 녹두방정(버릇없이 까부는 말이나 행동)을 떠는 게 어떻겠느냐? 아무런 꿍꿍이도 없이 저토록 많은 곡물과 의복과 협선까지 내놓겠다는 게 말이나 되느냐? 넌 평생 돈밖에 모르는 놈이 아니냐? 돈이라면 조선군이든 왜군이든 가리지 않던 놈 아니냐? 한데 다시 맨주먹으로 돌아가겠다? 그동안 벌어들인 모든 것을 내게 넘겨주겠다? 어허, 참인가? 정녕 그러한가!"

　"믿고 아니 믿고는 장군 뜻대로 하십시오. 소인 놈은 이제 전쟁이 끝나기 전에는 두 번 다시 장군 앞에 나타나지 않겠습니다요. 다음에 또 소인 놈이 장군 앞에 나타난다면 그땐 정말 무조건 베십시오."

　"어디로 가려는가?"

　"어디든 가얍죠. 입에 풀칠이라도 하려면 부지런히 살아야 합니다요. 장사를 할 만한 곳이라면 물불 가릴 처지가 아니니까요. 하나 되도록이면 남해에서 먼 곳으로 가려 합니다요. 괜한 오해를 사고 싶지 않으니 말입죠. 임천수란 이름 석 자도 버릴 것이니, 소인 놈을 찾을 생각은 마십시오."

"이름을 버리겠다고? 그 이유는 뭔가?"

임천수가 웃으며 답했다.

"그래도 장사꾼들 사이에선 임천수 이름 석 자가 꽤 유명하죠. 그 이름 들이밀며 이 돈 저 돈 모으고 싶지 않아서 이럽니다요. 임천수는 버리고 딴 이름으로 완전히 다른 장사꾼이 되어 볼까 합니다."

"완전히 다른 장사꾼!"

이순신은 그 말을 곱씹었다.

"부디 남해와 황해 바닷길을 지켜 주십시오. 소인 놈은 그만 물러가겠습니다요."

임천수와 천무직이 큰 절을 했다. 임천수 눈에서 굵은 눈물이 주르륵 흘러내렸다. 슬픔이나 절망의 눈물이 아닌 기쁨과 희망의 눈물이었다.

이영남과 우치적도 그 눈물을 보고서야 의심을 거뒀다. 이순신은 천천히 자리에서 일어섰다. 다가가서 임천수 손을 잡는다거나 작별 인사를 건네지는 않았다. 다만 임천수의 굽은 등을 그윽하게 바라볼 뿐이었다.

군영을 나온 임천수는 북쪽으로 방향을 잡았다. 특별히 정해 둔 곳은 없었다. 천무직이 가래침을 탁 뱉은 후 성큼성큼 임천수를 따랐다.

"형님! 정말 솔직하게 말해 보슈. 장사 밑천을 다 준 건 아니지?"

"다 줬다. 이놈아!"

"에이, 거짓부렁 마우. 나한테까지 숨길 게 뭐요. 다 이해하니까 말해 보시우. 어디에 숨겨 뒀우? 전주요, 광주요? 산이요, 들이요?"

임천수가 걸음을 멈추고 고개를 돌렸다. 천무직이 벙글벙글 웃으며 가슴을 디밀었다. 임천수 눈가에 얼핏 미소가 머물다 사라졌다.

"없어. 이제 네가 장사 밑천을 장만해야지?"

"뭐라고 했우? 나더러 밑천을 장만하라? 내가 뭘 어떻게 마련해요? 난 이제부터 노라리(건달처럼 건들건들 놀며 세월만 허비하는 짓)나 할라우."

"토끼라도 잡아라. 노루나 멧돼지면 더욱 좋고. 네 쌍도끼 솜씨는 아직 녹슬지 않았겠지?"

천무직이 고개를 끄덕이다가 문득 볼멘소리를 해 댔다.

"통제사에게 전부 다 줄 게 뭐요? 조금만 남겨 뒀으면 사냥꾼 노릇 아니 해도 되지 않우? 소싯적에 북삼도로 갈 때와 똑같아졌구려. 그 긴 나달 동안 벌어들인 거 다 잃고……."

임천수가 작은 목소리로 뇌까렸다.

"다 잃은 건 아니다. 이젠 정말 장사꾼이 될 수 있을 것 같아. 이문도 남겨야 하지만 그보다 더 중요한 걸 따질 줄도 아는 장사꾼 말이지. 이 통제사와 내 인연을 악연이라 여겼는데 꼭 그런 것만은 아닌 듯해. 통제사를 뵙지 못했다면, 돈이야 그래도 벌었겠지만 천하디천한 장사꾼으로 한뉘를 보냈을 테니까."

천무직은 이해할 수 없다는 듯 두 눈만 멀뚱멀뚱 떴다. 임천수가 품에서 서찰 한 장을 꺼내 놓았다.

"뭐요, 그게?"

"삶을 완전히 새로 시작하려면 지난 빚은 깨끗이 갚아야겠지?"

그러면서 서찰을 펴 낮게 읽어 주었다.

칠천량 분패 소식은 임천수 자네도 들었으리라 믿네. 나 역시 억울하고 원통하여 며칠 밤을 폭음하였다네. 내가 꾸어준 돈 대신 꼭 한 번 내 부탁을 들어주겠다는 약조를 잊지는 않았겠지? 원균, 이억기, 최호 등 수장(水將)들이 대부분 전사하였으니, 이제 조선 수군을 재건할 장수는 이순신뿐일세. 다만 전선(戰船)은 격침당했고 장졸들은 뿔뿔이 흩어졌으니 다시 군사들을 불러 모아 결진(結陣)하는 것조차 힘겨울 터. 자네가 이 장군을 도와주게. 군량과 의복만 충분하다면, 이 장군은 틀림없이 남해 바다를 지켜 낼 걸세. 이제 자네와 나 사이엔 아무런 빚도 없는 거야. 부탁하이.

"교산 그 양반이 왜 이런 서찰을 보냈을까? 이 장군을 돕는 게 자기에게 무슨 이득이 있다고?"

천무직이 고개를 갸우뚱거렸다.

"이유가 있긴 있겠지. 하나 어떤 이득이 있는지는 영특한 교산

이 알아서 할 일이야. 우린 이제 출가하듯 지난 세월과 인연을
끊으면 돼."

"그 부탁 때문에 쌀과 옷을 가져갔우?"

"바보 같은 소리 마. 넌 어째 끝까지 허튼소리만 하는 게냐.
난 통제사 이순신 장군을 진심으로 돕고 싶다. 이 세상에 돈보다
더 소중한 것이 있다는 걸 일깨워 준 분이니까. 삼도 수군 장졸
들이 장군을 존경하고 흠모하는 것도 바로 장군의 놀라운 지혜와
넓은 아량, 그리고 삶을 꿰뚫어 보는 통찰 때문이지. 장수의 길
뿐만 아니라 인간의 삶을 정말 제대로 이해하는 분이야. 밝은 면
뿐만 아니라 지극히 어둡고 왜곡된 어두운 심연까지도 말이지."

천무직이 귀찮은 듯 길게 하품을 해 댔다. 임천수가 천무직 이
마를 딱 소리 나게 쳤다.

"가자, 이놈아! 당장 오늘밤 요깃거리부터 잡아야지? 갑자기
뱀탕이 먹고 싶구나. 실뱀이라도 한 무더기 잡아 보아라. 아, 배
고파."

임천수가 앞서 가자 천무직이 목소리를 높이며 뒤따랐다.

"형님! 뱀탕이라고 했우? 난 사냥꾼이지 땅꾼은 아니우. 뱀이
라면 딱 질색이다, 이 말씀이야. 정 먹고 싶으면 형님이 잡으시
우. 난 싫으니까. 뱀은 정말 싫어."

十. 먼저 간 전우를 기억함

　구월 십오일 아침 이순신이 진도 벽파진(碧波津)에서 급히 철군령을 내렸을 때 장수들은 벽파진에서 죽기 살기로 싸우자며 전라우수영으로 후퇴하는 걸 반대했다. 근 한 달 동안 후퇴에 후퇴만을 거듭하였던 탓이다.

　팔월 이십일 회령포를 떠난 조선 수군은 이진(梨津)으로 갔다가 어란진(於蘭津)과 벽파진을 전전하며 왜선과 맞섰다. 왜군은 성급하게 조선 수군을 공격하는 대신 사후선(伺候船, 척후선)을 보내 동정을 살폈고, 그때마다 이순신은 군선과 군사 수를 부풀리려고 해안에 노적봉을 쌓거나 아낙네들로 하여금 강강술래를 돌게 했다. 그리고 적 척후선이 나타난 다음 날에는 어김없이 군선을 이끌고 다른 곳으로 물러났다.

　왜선은 부산에서 진도 앞바다까지 마음대로 뱃길을 누비고 다

넜고, 조선 수군은 사기가 바닥을 기었다. 이순신이 군선들을 이리저리 옮길 때마다 탈영병이 속출했다. 거대한 적에게 공포를 느끼고 야음을 틈타 달아나는 것이다. 급기야 구월 이일에는 경상 우수사 배설까지 살 길을 찾아 군영을 떠났다. 팔월 이십육일. 새로 전라 우수사에 부임한 김억추(金億秋)도 이순신과 다른 목소리를 냈다.

더 이상 시간을 끌 수 없었다.

조선 수군이 공포심을 키워 가는 만큼 왜 수군은 두려움을 지워 나가고 있었다. 단 한 번만이라도 조선 수군이 건재함을 보여 주는 것이 필요했다. 칠천량에서 대승을 거두었지만 왜군은 아직도 조선 수군을 두려워했다. 이순신이 다시 삼도 수군 통제사로 임명된 후로는 전라 우도와 충청도에 숨겨 둔 군선이 있을지도 모른다는 소문으로 꺼림칙한 마음이 더했다.

강화도까지 물러설 수는 없는 노릇이다. 그렇게 되면 남해, 동해, 서해 바다를 모두 왜적에게 내주는 꼴이 된다. 왜선이 하삼도 전역에 군사들을 풀어놓으면 이 전쟁은 왜의 승리로 끝난다. 우선 조선 수군이 진도에서 왜선의 서진(西進)을 틀어막고 수원에 방어선을 구축한 조명 연합군이 승리하기를 기원할 수밖에 없었다.

저녁을 먹은 후, 이순신은 장수들을 지휘선으로 불러 모았다. 그리고 엄한 얼굴로 명령을 내렸다.

"잘 들으시오. 병법에 이르기를 '반드시 죽고자 하면 살고 살고자 하면 죽는다.' 하였소. 또한 이르기를 '한 사람이라도 길목을 굳건히 지키면 천 명이라도 두렵게 한다.'하였소. 이 두 문장은 지금 우리를 두고 이르는 것이외다. 그대들은 이번 전투에서 살려고 생각지를 마오. 장수들이 목숨을 걸고 나아가야 군졸들도 뒤를 따를 것이오. 조금이라도 군령을 어기면 엄히 다스리겠소."

장수들은 누구 하나 이의를 달지 않았다. 이순신은 다시 그들에게 왜 선단에 겁먹고 물러나지 말 것을 다짐 받았다. 이순신 명을 받은 권준이 판옥선들을 마지막으로 점검하고 판옥선 뒤에서 전투를 응원할 어선들도 챙긴 후 지휘선으로 돌아왔다. 잠시 눈을 붙인 이순신이 갑판으로 올라왔다.

"장군! 아직 인시(새벽 3시)이오이다. 눈을 더 붙이시지요. 건들바람이 제법 쓸쓸합니다. 몸이라도 상하시면 큰일이 아닙니까."

이순신은 씨익 웃기만 했다.

"그대야말로 벌써 며칠째 뜬눈으로 밤을 지새우고 있지 않소? 내 걱정은 말고 어서 가서 나비잠(두 팔을 머리 위로 벌리고 편히 자는 잠)을 청하도록 하오."

권준을 바라보는 이순신 눈은 따뜻하기 그지없었다.

"이달이 고비일 터이지요. 조명 연합군이 청야(淸野) 전법으로 맞섰으니 왜군은 배를 곯아 가며 북상 중일 겁니다. 다음달부터는 댕기물떼새(물떼샛과의 겨울 철새) 날아드는 초겨울로 접어들어요. 추위와 배고픔을 이겨낼 장사는 없으니, 왜군은 어떻게든 속전속결로 한양을 차지하려 들 것입니다."

권준 설명을 들으며 이순신은 고개를 끄덕였다. 류용주가 가져온 류성룡 서찰에도 시월만 넘기면 상황이 반전될 수 있다고 적혀 있었다.

"어찌될 것 같소?"

"고니시 유키나가가 익산을 거처 부여로 올라가고 가토 기요마
사가 청주로 향하고 있지요. 아마도 직산 근처에서 합류하여 수
원으로 치고 올라갈 겁니다. 수원까지 이르기 전에 맞서야겠지
요. 승산은 반반입니다. 수원을 잃으면 조정은 다시 몽진을 떠날
것이고. 그리되면 전쟁은 장기전으로 돌입할 수밖에 없어요. 누
구보다도 서애 대감께서 이 사정을 잘 아실 터이니 총력전을 펼
치시겠지요."

꼼꼼하고 빈틈 없는 설명이었다.

"울돌목에는 지금 누가 나가 있소?"

"조방장 배흥립이 날발과 함께 판옥선을 이끌고 나가 있습
니다."

"바닷물 흐름은 살펴보았소?"

"예, 장군! 어 조방장이 적어 놓은 대로 오시가 끝날 즈음 북
서류(北西流)가 남동류(南東流)로 바뀌었답니다."

이순신은 고개를 끄덕이며 밤하늘을 올려다보았다.

갑오년(1594년)에 죽은 어영담의 주먹코가 문득 떠올랐다. 남도
물길을 제 손바닥 보듯 훤히 꿰뚫던 어영담의 구수한 옛날이야기
한 자락이 그리웠다. 돌림병에 걸려 죽기 직전에 어영담은 해도
몇 장을 이순신에게 내놓았다. 섬들이 오밀조밀하게 붙어 있고
물살 흐름이 수시로 바뀌어 지형을 이용하기에 좋은 곳들만 자세
하게 살핀 지도였다. 그중에는 명량을 설명한 지도도 끼어 있었

다. 명량 해협에서 폭이 가장 좁은 울돌목은 급류가 양쪽 해안 암초에 부딪혀 굉음을 냈다.

"승산이 얼마나 되겠소?"

권준은 솔솔 불어오는 바람에 추위를 느끼는지 어깨를 잔뜩 움츠렸다.

"통제사께서 어제 지적하신 것처럼, 울돌목은 폭이 좁으니 왜 대선인 안택선은 들어오지 못할 겁니다. 하면 중소형 군선인 관선(關船)이 나서겠지요. 백 척이 넘는 관선이 들이닥친다 해도 판옥선 열세 척이 죽기로 맞선다면 싸워 볼 만합니다. 하나 단 한 척이라도 전열을 흐트러뜨리며 물러난다면 몰살당하고 맙니다."

'몰살!'

이순신은 표정이 딱딱하게 굳었다.

"승산은 반반입니다. 우수영 앞바다에서 우리가 밀린다면 왜선을 제압하기 힘듭니다. 하나 왜군들이 지레 겁을 먹고 후퇴한다면 대승을 거둘 수도 있습니다."

이순신이 신중하게 말을 이었다.

"판옥선 열세 척에는 소수 정예를 태워야 하오. 죽을 각오가 되어 있는 군사들 말이오. 수가 적더라도 확실한 장졸을 뽑아야 하오. 그리고 이번 해전에서는 내가 선봉에 서겠소."

"아니 됩니다, 장군. 장군이 선봉에 서시다니요? 젊은 장수들에게 그 일을 맡기시고 장군은 중군에서 전황을 총괄하십시오."

이순신이 미소를 지으며 그를 다독거렸다.

"아니오. 천지신명께서 이번 해전에서는 내가 선봉에 서기를 원하는 듯하오. 방금 신몽(神夢)을 꾸었소이다."

"신몽이라시면?"

"황석공(黃石公, 고사에 장량에게 병서를 전했다는 신인(神人))을 뵈었다오. 버들가지가 축축 늘어진 다리 위에서 만났는데, 황석공께서 그러셨다오. '원균처럼 이억기처럼 최호처럼 싸우면 지고, 원균처럼 이억기처럼 최호처럼 싸우면 이긴다.'"

"원균처럼 이억기처럼 최호처럼 싸우면…… 지기도 하고 이기기도 한다고요?"

"그렇소. 권 도원수가 내린 군령에 따라 세 장수는 승산이 희박한 부산 앞바다로 곧장 나아갔소. 우리도 단지 명이 내렸다는 이유로 승산 없는 곳으로 가서 싸운다면 패할 것이오. 하나 세 장수는 비록 칠천량에서 대패했으나 배설처럼 비겁하게 달아나지는 않았으며, 그들이 거느린 군졸들 역시 용맹하게 싸우다가 전사하였소. 우리도 그들처럼 용맹하게 싸웁시다. 이번 해전에서 세 장수를 비롯하여 그와 함께 전사한 조선 수군들 원한을 갚읍시다. 두려움 없이 기다렸다가 돌진하여야 하오. 그러려면 내가 앞장서야 하오. 주장이 앞장서야 장졸들도 목숨을 걸고 전진하지 않겠소?"

이순신이 조용히 웃음지으며 이야기를 이었다.

"그러니 여러 말 말고 이번 해전의 선봉은 내게 맡기시오."

"알겠습니다. 하지만 조심하셔야 합니다. 왜놈들이 장군께서 선봉을 맡으신 걸 알면 집중 사격을 가해 올 것입니다. 정사준이 만든 방탄의(防彈衣)를 꼭 입고 나가십시오."

"내가 그렇게 쉽게 죽을 것 같소? 허허. 난 오래오래 살 게요. 그대 관을 짤 때까지 말이오, 허허허."

모처럼 이순신이 너털웃음을 터뜨렸고 권준도 따라 웃었다.

권준이 물러가자 이순신은 천천히 이물로 걸어갔다. 품에서 서찰 한 장을 꺼냈다. 아산에 있는 아내 방 씨의 둥근 글씨가 눈에 쏙 들어왔다.

다시 군무(軍務)를 맡게 되셨다는 소식 들었습니다. 칠천량에서 조선 수군이 크게 패하였다는, 그리하여 남해 바다는 이제 왜군 차지가 되었다는 풍문도 들려옵니다. 그러나 다시 통제사로 복귀한 당신이 있는 한 왜군이 함부로 날뛰는 일은 없으리라 믿습니다. 아산 식솔들은 염려 마세요. 셋째 면은 남해 바다로 보내 달라 오늘도 조릅니다만, 잘 타일러 『무경 칠서』와 『소학』부터 읽히겠습니다. 어명을 받들어 승전고(勝戰鼓) 울려 오실 날만을 기다리겠습니다.

철썩대는 물소리가 귀를 울렸다. 투구와 장검을 놓고 동쪽 하늘을 바라보았다. 우수영 앞바다에서 막지 못하면 조선 수군은 더 이상 회생할 길이 없다. 수군이 무너지면 전라도 해안 전역에 왜 수군이 들이닥칠 것이며, 강화도로 곧장 진입하여 도성을 노릴 수도 있다.

'이기고 싶다!'

겨우 열세 척 군선으로 노도처럼 밀려드는 왜 수군을 물리치는 것이 과연 가능한 일일까. 누가 보더라도 승산이 희박한 전투였다.

'하나 결코 질 수 없다. 비록 적은 군선이지만 승리할 수 있는 시간과 장소를 고르고 또 골랐다. 장졸들을 독려하고 천문까지 모두 살폈다. 이제 목숨을 걸고 싸우는 것 외엔 다른 길은 없다.'

이순신은 장검을 집어 들고 허공에 한 번 휘둘렀다. 칼날이 어둠을 가르며 울었다.

'하늘이여! 마지막 단 한 번뿐인 기회입니다.

이길 수 있도록 도우소서. 이 나라를 지키소서!'

十一, 이순신의 수급을 취하기 위해

구월 십육일 축시(밤 1시~3시).

어란진에 300척이 넘는 왜선이 모여들었다. 와키자카 야스하루가 탄 안택선에서 마지막 군중 회의가 열렸다. 도도 다카토라, 가토 요시아키, 구루시마 미치후사(來島通總), 스게 다쓰나가(菅達長) 등이 모여 앉고 그 뒤에 작은 장수들이 도열했다. 도도 다카토라는 자리에 앉자마자 화부터 냈다.

"여기서 머뭇거릴 이유가 없지 않소이까? 조선 수군은 판옥선이 스무 척도 안 된답니다. 밀어붙입시다."

도도는 칠천량에서 대활약을 펼친 공을 인정받아 히데요시로부터 큰 상을 받았다. 수백 척 조선 함대도 몰살시켰는데 겨우 십여 척을 겁낼 이유가 없는 것이다. 와키자카가 눈길을 가토 요시아키에게 향했다. 지난 칠천량 해전에서 다친 왼팔이 아직도

141

조금 불편해 보였다.

"팔월 중순 남원성을 공격하기 전에 조선 수군부터 먼저 쓸어버렸어야 했소이다. 남원을 함락하는 동안 이순신은 전선을 고치고 군졸을 새로 모았소이다. 그 수가 비록 미미하다고는 하나 이밤에 저 좁은 해협으로 들어가면 위험할 수도 있소."

팔월 중순 왜 수군 병력 대부분이 남원성 전투에 참전했다. 조선 수군이 궤멸된 것으로 보고, 전라도로 침공하는 우키타 히데이에(宇喜多秀家)와 고니시 유키나가의 육군에 합세했던 것이다. 남원성을 떨어뜨리는 데 공을 세우긴 했지만, 그동안 이순신에게 수군을 재건할 시간 여유를 주고 말았다. 가토 요시아키는 이 점을 아쉬워하고 있었다. 와키자카가 도도를 바라보며 말했다.

"다카토라 님 지적이 옳소. 이리저리 피해만 다니던 조선 수군이 해남에 정박한 것도 이상한 일이외다. 우리가 야습을 할 수 있을 만큼 가까운 거리인데, 저들은 도망가지 않고 있소. 우리와 싸우겠다는 말인데……, 겨우 열 몇 척에 불과한 배로 어찌 300척이 넘는 우리와 싸우겠다는 건지……."

구루시마 미치후사가 바람 빠지는 소리를 내며 웃었다.

"히힛, 마지막 발악이겠지요. 이렇게 해도 죽고 저렇게 해도 죽으니 저희들 본거지인 전라 우수영에서 최후를 마칠 작정인가 봅니다."

도도와 가토 요시아키 얼굴에도 엷은 미소가 번졌다. 그러나 와키자카는 굳은 표정을 바꾸지 않았다.

"이순신은…… 원균과 다르오. 임진년 이후 이순신이 우리를 얼마나 괴롭혔는가를 떠올려 보오. 이순신은 결코 지지 않는 싸움을 했소. 완전하게 이길 수 있는 장소와 시간이 아니라면 아예 군선을 이끌고 오지도 않았소이다. 전투를 치를 바다를 선택하는 자는 이순신이었고, 우리는 늘 끌려 들어갔다가 참패를 당하고 또 당했소. 이제 이순신이 저 울돌목이라는 좁은 해협을 선택하였소. 이것 역시 결코 발악이나 우연이 아니오. 이순신은 저 울돌목에서 승리 기운을 엿보았는지도 모르오."

도도 다카토라가 날카롭게 쏘아붙였다.

"한산도에서 맞은 화살 때문에 아직도 옆구리가 시큰시큰하신가 봅니다. 임진년에 이순신은 삼도 수군의 판옥선단을 거느리고 옥포, 한산도 등지에서 우릴 몰아붙였소이다. 하나 지금은 그때와 상황이 완전히 다르오. 아무리 이순신이라고 해도 다 깨진 배 여남은 척을 가지고는 결코 우리와 싸울 수 없어요. 혹시 이순신이 두려워서 못 나가겠다는 건 아니겠지요? 진도를 삥 돌아서 전라 우수영을 치자는 거요? 어처구니없소이다. 난 곧장 가야겠소. 적이 바로 저긴데."

와키자카가 발끈했다. 한산도 패전이라는 아픈 상처를 건드린 것이다.

"내가 겁을 먹었다고? 칠천량에서 싸울 때 판옥선을 부수는 데만 주력하지 않고 좀 더 빨리 견내량을 막았더라면 지금 조선 수군은 깡그리 사라졌을 게요."

도도가 자리를 박차고 일어섰다.

"무슨 말씀입니까? 나와 내 부하들은 선봉에서 최선을 다해 싸웠소이다. 아무리 바닷길을 철벽같이 막아도 새우 몇 마리는 빠져나가는 법이에요."

와키자카도 자리에서 일어서며 받아쳤다.

"다른 장수라면 이런 걱정은 하지도 않소. 하나 상대는 이순신이오. 지금까지 우리와 싸워 단 한 번도 패하지 않은 이순신이란 말이오."

도도가 더욱 목소리를 높였다.

"이순신은 저 울돌목에서 처음이자 마지막으로 패하게 될 게요. 저 해협에서 이순신 목을 취하고야 말겠소이다."

그 순간 군막을 걷고 다나카 고키가 뛰어 들어와 왼 무릎을 꿇었다. 비선 두 척을 끌고 척후로 울돌목에 나갔다 들어오는 길이었다. 와키자카가 자리에 앉으며 물었다.

"울돌목이 어떠하더냐?"

다나카가 잠시 자리에서 일어선 도도의 험악한 안색을 살폈다. 도도가 큰 한숨을 내쉬며 마저 자리에 앉았다. 그제야 다나카가 입을 열었다.

"물살이 아주 빠릅니다. 또한 폭이 매우 좁아 안택선이 들어가긴 어려울 듯합니다."

"안택선이 들어가지 못한다?"

도도가 말꼬리를 잡아챘다.

"그렇습니다. 한 척씩 종으로 조심조심 들어갈 수는 있지만 만일 지나는 도중에 전투가 붙으면 안택선은 전후좌우로 움직이기 힘들 겁니다."

와키자카가 무릎을 쳤다.

"그것이었군. 안택선이 나고 들지 못하는 바닷길을 택한 것이야. 역시 이순신다운 전술이로군."

도도가 다나카에게 물었다.

"안택선이 들어가지 못한다 해도 그보다 작은 관선(關船)은 들어갈 수 있겠지?"

"관선은 문제없습니다."

도도는 와키자카와 가토 요시아키를 번갈아 쳐다보며 주장했다.

"하면 관선들만 모아 들어갑시다. 적어도 130척은 넘을 테니 그것만으로도 조선 수군을 전멸시킬 수 있소이다. 이순신의 얕은 꾀를 이번에야말로 깔아뭉개 버립시다."

스게 다쓰나가가 찬성하고 나섰다.

"여기까지 왔는데 그냥 물러간다는 것은 불가합니다. 조선 수군 판옥선 한 척당 우리 관선 열 척이 덤비면 충분히 이기고도 남습니다."

구루시마가 오른 주먹으로 가슴을 퉁퉁 치며 으르렁거렸다.

"소장이 선봉에 서겠소이다. 이순신 수급을 가져오지 못하면 배를 가르겠소이다."

주장 뒤에 서 있던 마타하치(又八)가 갑자기 나서며 청했다.

"소장도 선봉에 함께하는 영광을 내려 주십시오."

와키자카도 결국 울돌목으로 전진할 수밖에 없다는 것은 잘 알고 있었다. 그러나 이번 전투에서만큼은 이순신 의도대로 움직이지 않으리라 굳게 결심한 터였다. 이순신이 노리는 바가 무엇인가를 미리 살펴 패착을 두는 일은 피하고 싶었다. 와키자카가 대답이 없자 가토 요시아키가 마지막으로 청했다.

"안택선을 앞세우지 못하는 건 아쉽지만 관선만으로도 충분합니다. 조선 수군이 다른 곳으로 진을 옮기기 전에 해가 뜨자마자 출정하는 것이 좋겠습니다."

와키자카는 잠시 장수들 얼굴을 살폈다. 모두 승리에 굶주린 얼굴들이었다. 이순신 수급만 취하면 히데요시는 자신들에게 큰 상을 내릴 것이다. 칠천량에서 올린 승전보로 도도가 얼마나 많은 광영을 안았는지 똑똑히 지켜본 그들이었다. 와키자카는 마침내 결정을 내렸다.

"울돌목 입구까진 안택선과 관선 등 모든 군선이 함께 갑시다. 그리고 구루시마 님이 선봉을 맡도록 하오. 도도 님과 스게 님, 그리고 내 관선들이 그 뒤를 받칠 것이오. 가토 님은 후방을 맡아 만일에 대비해 주기 바라오. 마타하치! 너는 구루시마 님 밑에서 선봉 중 선봉을 맡으라."

"감사합니다."

마타하치가 큰 소리로 기뻐 외쳤다. 다른 장수들도 와키자카가 이른 전술에 따랐다.

장수들이 모두 물러간 후 와키자카는 뒤에 남은 다나카와 함께 벽 파진 쪽을 바라보고 섰다. 가을바람이 양 볼을 때리고 지나쳤다. 오른손으로 얼굴을 감쌌다. 선명한 흉터가 손끝에 잡혔다. 이마에서부터 콧잔등을 지나 뺨까지 사선으로 그은 흉터를 더듬으며 이순신 얼굴을 그렸다.

　'이순신!

　어제 아침까지 너는 벽파진에 있었다. 우릴 이곳까지 유인하기 위한 술책이지. 그리고 지금은 울돌목을 지나 우수영으로 물러났다. 저 막막한 어둠만을 남긴 채 좁은 해협 뒤로 숨은 것이다. 너는 우리가 울돌목으로 들어오기를 기다리고 있다. 열 척이 겨우 넘는 판옥선으로 우리와 맞서려는 것이다. 저 울돌목이 아무리 좁고 험하다 해도 네 생명을 지켜 줄 방패는 되지 못한다.'

　"잠시 눈이라도 붙이시지요. 해가 뜨면 전투가 시작될 겁니다."

　다나카 고키가 고개를 숙인 채 청했다. 와키자카는 밤하늘을 우러르며 중얼거렸다.

　"다나카! 나는 꼭 이순신 수급을 취하고 싶다."

　다나카는 허리를 숙인 채 침묵했다.

　"칠천량에서 원균이 이끄는 조선 수군을 궤멸한 후에 내가 누굴 떠올렸는지 아느냐? 누구에게 심술궂은 질문을 던져 댔는지 아느냐?"

　역시 다나카가 답할 물음이 아니었다.

　"이순신이었다. '이순신! 너도 조선 수군이 칠천량에서 몰살당했음을 들었겠지? 자, 이순신! 이제 어떻게 하겠느냐? 이런 처지에서도 바다로 달려와 나와 맞서겠느냐? 아무것도 없는 곳에서 맨몸으로 조선 수군을 일으켜 세우겠느냐? 아서라, 이번에 또 바다로 나아온다면, 바다에서 나와 맞서 싸우려 든다면, 확실히 죽여 주마.'"

잠시 침묵이 이어졌다. 와키자카는 감정이 끓어오르는 듯 왼손으로 오른 어깨를 감싸 쥐었다. 다나카가 답했다.

"우리는 내일 이순신 수급을 가질 겁니다."

와키자카가 고개를 끄덕였다.

"그래. 그래야지. 절대로 질 수 없는 싸움이다. 130척이 넘는 배를 가지고 십여 척을 부수지 못한다면 더 이상 수군 장수라고 나서지도 말아야지. 암, 그렇고말고."

와키자카는 다시 고개를 오른쪽으로 조금 돌려 울돌목의 밤하늘을 살폈다.

이 불안은 어디서부터 오는 것일까. 이순신이 아무리 신출귀몰한 계교를 부린다 해도 저 좁은 해협에서 뭘 어떻게 할 것인가. 학익진이든 장사진이든 진을 펼 군선도 없는 상황에서 구루시마 미치후사의 날카로운 공격을 어떻게 피하려는가.

'나는 이긴다. 이번엔 결코 지지 않겠다. 이순신, 각오해라! 네 수급을 취한 후 그 푸르딩딩한 입에 술 한 잔 뿌려 주마.'

十二, 바다가 우는 자리에서 큰 승리를 거두다

"자, 장군! 저기를 보시옵소서."

북채를 쥐고 대고(大鼓) 옆에 서 있던 송희립이 동쪽 하늘을 가리켰다. 불붙은 연 세 개가 나란히 떠오르고 있었다. 왜군이 명량으로 접근하고 있다고 배흥립이 보낸 신호였다. 이순신이 서둘러 투구를 쓰고 외쳤다.

"경계 북을 쳐라."

송희립이 북을 치자 우수영 해안에 닻을 내렸던 군선들이 일제히 바다로 나갈 준비를 서둘렀다. 배흥립과 날발을 태운 판옥선이 곧 돌아왔다. 배흥립이 황급히 보고했다.

"적선이 울돌목을 지나 곧바로 우수영을 향해 오고 있습니다."

이순신이 침착한 얼굴로 송희립을 돌아보며 명령했다.

"우수영 앞바다로 간다. 어제 약속한 대로 대열을 지어 왜 군선들과 맞서는 거다. 대선인 안택선은 한 척도 울돌목을 통과할 수 없으니, 용감하게 맞서 싸우면 이길 수 있다. 자, 출정 북을 울려라!"

판옥선 열세 척이 우수영을 떠났다. 역류 때문에 전진하는 데 곱절이나 힘이 들었다. 격군들 중에는 벌써부터 신음 소리를 내는 자도 있었다. 아직 왜선은 보이지 않았다. 우수영으로 피하지 않고 그대로 벽파진에 머물렀다면 전멸을 당했으리라. 장졸들은 이순신의 혜안에 다시 한 번 혀를 내둘렀다.

"좌우로 벌려 서서 닻을 내려라!"

판옥선들이 이순신이 탄 지휘선을 중심으로 일사불란하게 늘어섰다. 물살이 조금씩 빨라졌다. 송희립이 치는 북소리도 날발이 부는 뿔피리 소리도 점점 더 크게 장졸들 가슴을 때렸다.

"적이다!"

뱃머리에서 날발이 소리쳤다. 순류(順流)를 타고 왜 관선들이 빠르게 해협을 지났다. 왜선들은 해협을 지나자마자 넓게 벌려 서서 판옥선들을 에워싸려고 했다. 이순신이 짧게 군령을 내렸다.

"밀리면 끝장이다. 자, 내가 앞장선다. 전진하라!"

지휘선이 역류를 뚫고 앞으로 나아갔다. 그러나 나머지 배들은 미적거리며 지휘선 뒤를 따르지 않았다.

"장군! 판옥선들이 따라오지 않습니다. 일단 물러나시지요."

송희립이 큰 소리로 외쳤다. 이순신이 고개를 돌렸다. 김억추가 탄 판옥선이 한참 먼 곳에 있었다.

'물러날 수 없다. 내가 뱃머리를 돌리면 전투는 그것으로 끝난

다. 죽더라도 전진해야 한다.'

이순신이 소리쳤다.

"천자총통을 쏴라! 돌격!"

명령이 떨어지기가 무섭게 포탄들이 바다 위를 날았다. 이순신은 계속 지자총통, 현자총통 등을 발사했다. 갑작스러운 포탄에 놀란 왜군들은 곧장 달려들지 못하고 물러났다 다가서기를 반복했다.

"완전히 포위되었습니다. 퇴로가 없습니다."

송희립이 다시 소리쳤다. 이순신은 재빨리 주위를 살폈다. 어느 틈에 왜선 십여 척이 판옥선을 겹겹이 둘러쌌다. 나머지 판옥선들과 완전히 분리된 것이다. 총통을 쏘고 불화살을 날리던 장졸들 얼굴에도 두려운 빛이 역력했다. 이순신이 엄중한 목소리로 장졸들에게 말했다.

"왜선이 1,000척이 와도 이 배로 달려들지 못한다. 두려워 말고 왜선을 향해 불화살을 쏴라, 총통을 쏴라!"

용기를 얻은 장졸들이 일제히 불화살과 총통을 날렸다. 왜선들 틈이 조금 벌어졌다.

물살을 살피던 날발이 급히 보고했다.

"장군! 남동류(南東流)가 시작되었습니다."

이순신이 두 주먹을 불끈 쥐며 명령했다.

"초요기(招搖旗)를 올려!"

날발이 뿔피리를 부는 것과 동시에 송희립이 초요기를 돛대 끝에 올렸다. 이순신이 전진하지 않는 중군장 미조항 첨사 김응함

(金應諴)과 거제 현령 안위(安衛)를 부르는 것이다.

안위가 탄 배가 먼저 가까이 나아왔다. 이순신이 이물에 서서 안위를 꾸짖었다.

"안위야! 군법에 따라 참형을 당하고 싶으냐? 이 바다에서 도망간다고 네가 목숨을 부지할 것 같으냐?"

안위가 왼 무릎을 꿇어 용서를 청한 후 곧장 적진을 향해 나아갔다. 뒤이어 김응함이 탄 배가 다가왔다. 이순신이 또 엄히 꾸짖었다.

"너는 중군장이 되어 멀리 달아나려고만 하는구나. 지휘선을 구하지 않으니 그 죄를 어떻게 벗어나려 하느냐? 당장 목을 벨 것이로되, 전황이 위급하니 먼저 공을 세우라!"

김응함도 왼 무릎을 꿇은 후 적진으로 달려들었다.

왜선 세 척이 동시에 안위가 탄 배를 에워쌌다. 왜군들이 개미처럼 판옥선에 들러붙어 기어오르기 시작했다. 안위의 장졸들이 몽둥이를 휘두르고 장창으로 찌르며 수마석을 던지기도 했지만, 거듭 기어오르는 왜군들을 막기에 역부족이었다. 격군 일곱 명이 왜군을 피해 바다로 뛰어들기도 했다.

"전진! 안위를 구하자."

이순신이 탄 지휘선이 총통을 쏘며 나아갔다. 왜선 두 척이 순식간에 불길에 휩싸였고 나머지 한 척도 지휘선에 부딪혀 격침되었다. 녹도 만호 송여종(宋汝悰), 평산포 대장 정응두(丁應斗)가 탄 판옥선이 연이어 와서 왜선들을 향해 총통을 쏘았다. 곧 왜군들 시체가 배와 바다에 즐비하게 널렸다. 오래전 안골포에서 투항하여 통역을 돕던 왜인 준사(俊沙)가 갑자기 소리쳤다.

"저 붉은 비단옷을 입은 놈을 압니다. 마타하치란 왜장입니다."

"확실하냐?"

이순신이 물었다.

"소인 놈이 이 년 넘게 모셨던 장수입니다."

이순신이 고개를 끄덕이며 명령을 내렸다.

"끌어올려라!"

군졸 김돌손(金乭孫)이 갈고리를 던져 왜장 시체를 판옥선 이물로 끌어올렸다. 준사가 그 얼굴을 곰곰이 다시 살핀 후 말했다.

"마타하치가 분명합니다요."

이순신이 송희립을 돌아보며 말했다.

"이놈 사지를 잘라 높이높이 걸어라."

송희립이 장검을 들어 순식간에 마타하치의 팔다리와 머리를 잘라 여섯 토막을 냈다. 피가 뚝뚝 떨어져 내리는 시신 조각이 장창에 높이 걸리자, 송희립이 다시 미친 듯이 북을 쳐 댔다. 그 끔찍한 모습을 본 왜군은 사기가 뚝 떨어졌다.

"진군 깃발을 올려라!"

판옥선 열세 척이 일제히 전진했다. 역류를 만난 왜선들은 균형을 제대로 잡지 못하고 자기네들끼리 서로 부딪쳐 우왕좌왕했다. 그 틈을 타서 판옥선이 좌충우돌하며 왜선을 격침해 나갔다. 조방장 배흥립이 탄 판옥선이 이번에는 앞으로 썩 나섰다. 멀리 구루시마 미치후사가 탄 지휘선을 가리키며 소리쳤다.

"저 왜선을 향해 천자총통을 쏴라. 가장 크고 화려하니 적장이 탄 지휘선이 틀림없어. 불화살을 쏴라. 모조리 죽이는 거다."

총통이 불을 뿜자 왜선이 불길에 휩싸였다.

"배를 가까이 대라. 칠천량에서 먼저 간 전우들 복수를 해야겠다."

장창을 든 배흥립이 육중한 몸을 날려 불타는 왜선에 내렸다. 그러곤 미친 듯이 왜병들을 베고 찌르기 시작했다. 조총을 든 왜병들도 그 기세에 눌려 방아쇠를 당길 엄두도 내지 못했다.

피투성이가 되어 고물 쪽에 쓰러져 있던 왜장이 천천히 몸을 일으켰다. 구루시마였다. 배흥립이 장창을 휘휘 돌리며 곧장 나아갔다. 왜군들이 막아섰지만 배흥립이 내지르는 창날에 목숨을 잃었다. 배흥립은 달려가던 속도를 늦추지 않고 장창을 깊숙이 구루시마 배에 찔러 넣었다. 그리고 어깨와 머리로 동시에 구루시마의 가슴과 이마를 들이받았다. 구루시마는 장창에 찔린 채 바다로 곤두박질쳤다. 배흥립이 바닥에 떨어져 있던 구루시마의 왜도를 어깨에 걸며 외쳤다.

"자, 다음 배로 가자. 서둘러라. 이놈들이 달아나기 전에 모두 목을 베야 한다."

거대한 태풍이 들판을 휩쓸듯이, 해협을 통과한 왜선 133척 중 서른한 척이 순식간에 가라앉았다. 적장을 잃은 왜선들은 싸울 의욕을 잃고 울돌목으로 달아나기 시작했다. 판옥선들은 달아나는 왜선의 고물을 향해 계속 총통을 쏘아 댔다.

완벽한 승리였다.

승부수가 멋지게 적중한 것이다.

이순신은 둥둥 떠다니는 왜선들 잔해와 왜군들 시체를 바라보았다.

'천행(天幸)이다.'

당분간 왜군은 서진을 멈출 테지만 봄이 오면 다시 움직이리라. 그때까지 군선을 만들고, 무기를 모으고, 군사들을 훈련시켜야 한다. 이 싸움은 끝을 알지 못하는 바닷길과도 같았다.

'내일도 또 그 내일도 오늘처럼 승리할 수 있을까. 하늘은 언제까지 나를 굽어 살필 것인가. 언제까지 하늘은 이 나라를 불쌍히 여길 것인가.'

임진년에는 이긴다는 확신이 선 후에 전투에 임했으나 오늘은 승산이 희박한 전투에도 장졸들을 독려하며 나서야 했다. 이러다가 단 한 번 어긋나는 날에는 견내량에서 목숨을 잃은 원균과 같은 꼴을 당하리라. 오늘 크게 당한 왜선들은 당분간 울돌목보다 서쪽으로 나아오려 하지 않을 것이다. 그사이 최선을 다해 조선 수군을 재건해야 한다. 군선을 만들고 군량미를 모으고 장졸들을 훈련시켜야 한다. 그리하여 다시 전라 좌도 바다를 되찾고 경상 우도와 멀리 부산까지 나아가야 한다.

'다시는 이렇게 승산이 적은 싸움을 하고 싶지 않다. 모험은 한 번으로 족하다. 준비하고 또 준비하자. 백 보 물러선 끝에 이제 겨우 한 걸음 내디뎠을 뿐이다. 아직도 아흔아홉 걸음이 남았다. 시간이 없다.'

十三,　충직한 신하의 눈에

눈물이 흐르고

　시월 이십일 아침.

　류성룡이 경리 접반사 이덕형과 병조 참의 허성을 대동하고 광
해군을 찾은 때는 진시(아침 7시)도 되지 않은 어둑새벽이었다.
경리 조선 군무 양호가 오늘이라도 당장 세자와 상면하기를 거듭
청하면 예를 갖추어 나아가서 만나야 하는 것이다. 선조는 세자
가 천자의 나라를 대표하는 장수와 만날 때 한 점 예의에 어긋남
이 없도록 미리 교육을 시키라고 류성룡에게 특별히 당부했다.
통역을 맡은 역관들 신상까지도 꼼꼼하게 챙겼다.

　구월 삼일 양호는 한양에 입성하자마자 광해군과 만나기를 원
했다. 그때는 선조가 직접 나서서 세자가 병중이라며 만류했다.
명나라 조정이 자신을 제치고 광해군과 비밀 대화를 나눌까 염려
했기 때문이다. 그러나 구월 칠일, 직산(稷山) 소사평(素沙坪)에서

명군이 왜군을 격퇴한 후부터 선조는 태도가 확연히 달라졌다. 양호가 원하는 일이라면 팔 하나라도 떼어 줄 정도였다.

광해군은 짜증 섞인 얼굴로 세 사람을 맞이했다. 그로서는 썩 내키지 않는 자리였다.

'함정일지도 모른다. 병을 핑계로 문 밖 출입까지 막던 아버지가 왜 마음을 바꿔 양 경리를 만나라고 하시는 것일까. 트집을 잡아 나를 궁지로 몰려는 것이 아닐까.'

아무리 잘해 봐야 본전인 자리. 광해군은 그 자리를 위해 이것저것 준비하는 것이 싫었다. 병조 참의 허성은 양호를 만났을 때 인사하는 법부터 차분하게 설명하기 시작했다.

"두 분께서 만나시면 큰절로써 예를 다하여야 하옵니다. 혹 경리께서 읍(揖, 허리만 숙여 인사하는 예법)만 하자고 하셔도 저하께서는 절을 하여 동방예의지국의 예절바름을 알리셔야 하옵니다. 절하실 때에는 남쪽에 서서 북쪽을 향하여 두 번 절을 하시옵소서. 경리께서 화답의 절을 하시겠다고 하면 한사코 만류하셔야 하옵니다……."

광해군이 퉁명스럽게 물었다.

"꼭 그렇게 해야 하오? 양 경리는 명나라 대신이고 나는 이 나라 세자입니다. 세자가 먼저 절을 하는 것도 억울한 일인데 화답의 절을 만류하라?"

접반사 이덕형이 나섰다.

"저하, 직산에서 왜군을 물리쳤다고는 하나 언제 다시 저들이 북진할지 모르는 일이옵니다. 이 전쟁에서 승리하기 위해서는 명나라 도움이 꼭 필요함을 명심하시옵소서. 조선이 전쟁에서 승리하고 아니하고는 저하께서 얼마나 양 경리에게 예의를 잘 갖추는가에 달려 있사옵니다. 마땅치 않은 일이 있다손 치더라도 결코 양 경리 신경을 건드려서는 아니 되옵니다. 평양에서 이곳까지 오는 동안, 소생이 보기에 양 경리는 전혀 속마음을 드러내지 않았사옵니다. 유념하시옵소서."

"알겠소. 한데 왜군이 후퇴한 것은 직산에서 명군이 승리했기 때문이 아니라고들 하던데, 그 말이 사실이오?"

류성룡이 놀란 눈으로 되물었다.

"누, 누가 감히 그런 말을 하였사옵니까? 저하! 말을 아끼시옵소서. 큰 화가 미칠까 두렵사옵니다."

광해군은 류성룡 얼굴을 뚫어지게 노려보았다. 두려워하는 기색이 역력했다.

'말을 아끼라? 직산에서 명군이 왜를 물리쳤는가 아닌가는 중요한 문제가 아니다, 이 말이렷다! 어쨌든 그날 이후부터 왜군이 북상을 멈추고 말머리를 되돌린 것은 사실이니까. 그 원인이 돌림병에 있든, 배고픔에 있든, 아니면 왜국 내부 사정에 있든, 중요하지 않다는 뜻이지. 이미 아바마마께서 직산 승리를 지난날 평양성 승리나 권율이 거둔 행주 승리보다 더 값진 대첩이라고 명명하셨으니, 그 전투를 입에 올려 왈가왈부하는 것 자체가 어심에 반하는 역심(逆心)이란 말이렷다. 역시 서애는 모든 것을 읽고 있구나.'

허성이 양 경리와 대화를 나누기 전에 갖추어야 할 예절을 모두 설명한 다음 이덕형이 입을 열었다.

"영상 대감과 소생은 어명을 받들어, 어젯밤 부족한 시간이나마 세자 저하께서 양 경리와 만나 어떤 대화를 나누셔야 하는가를 미리 살펴보았나이다."

"미리 문답을 정해 두었다 이 말이오?"

광해군이 다시 무뚝뚝하게 물었다. 이덕형은 류성룡과 잠시 시선을 교환했다.

"그러하옵니다. 대국 대신을 만나는 일이므로 자칫 대화 중에 씻을 수 없는 잘못을 범할 수 있사옵니다. 물론 두 분 대화를 전부 예측할 수는 없사오나, 그래도 미리 살펴 두는 게 그렇지 아니한 것보다 백배는 더 낫사옵니다. 먼저 양 경리는 저하께서 무슨 공부를 하고 있는가 물어보실 것이옵니다. 그때는 사서(四書)를 읽는다고 하시옵소서."

"왜 하필 사서인가?"

"양 경리는 학문에도 밝아 어려운 질문을 던질 수도 있사옵니다. 그러므로 비교적 그 뜻이 명확하고 비유가 적은 사서 안에서 논의하는 것이 무난할 것이옵니다. 또한 왜군을 어떻게 하면 좋겠느냐고 물을 것이옵니다. 왜는 조선은 물론 천자의 나라까지도 함부로 노략질하는 오랑캐이므로 마땅히 힘으로 물리쳐야 한다고 대답하시옵소서. 다만 그 일을 이루기 위한 방책은 양 경리 뜻에 따르겠다고 하시옵소서."

"무엇이라고? 양 경리 뜻에 따르겠다고 대답하라? 그건 너무나도 비굴한 답이 아니오?"

광해군의 진한 눈썹이 떨렸다. 울분을 겨우 삭이고 있는 것이다. 류성룡이 이덕형을 편들었다.

"저하! 비굴한 말 한 마디로 이 나라를 구할 수만 있다면, 그 굴욕을 참고 견뎌야 하옵니다. 유념하시옵소서."

"알겠소. 영상! 그 다음은 무엇이오?"

류성룡이 목소리를 낮추며 대답했다.

"가장 중요한 것이 하나 남았사옵니다. 양 경리는 주상 전하와 세자 저하께서 얼마나 나랏일을 함께 의논하시는가를 물을 것이옵니다. 그때는 잠자리를 문안하고 반찬을 살피는 일 말고는 아무것도 모른다고 대답하셔야 하옵니다. 나랏일은 전적으로 주상 전하께서 도맡아 하신다고 하시옵소서."

명나라 사신들은 종종 세자가 이끌었던 분조에 대해 물어 왔다. 선조 입장에서 보면 불쾌한 일이 아닐 수 없었다. 분조를 살펴서 지금 조정과 비교하는 것 자체가 치욕이었다. 무엇보다도 이 나라 권력이 군왕에게 집중되고 있음을 명백히할 필요가 있었다.

"알겠소."

류성룡이 다짐을 받으려는 듯이 다시 말했다.

"명심하시옵소서. 양 경리가 저하를 미혹케 하더라도 결코 넘어가서는 아니 되옵니다. 모든 것은 주상 전하 뜻에 달렸다고 하셔야 하옵니다……."

광해군이 류성룡 말허리를 잘랐다.

"알았다고 하지 않소. 그건 그렇고, 영상!"

"예, 저하!"

"영상에게 꼭 묻고 싶은 것이 있소."

"하문하시옵소서."

"명량에서 이순신이 거둔 승전에 대해서 어찌 생각하시오?"

"어찌 생각하다니요?"

"영상께선 판옥선 열세 척으로 왜선 130여 척과 맞서 승리할 수 있다고 보시는가, 이 말이오."

"저, 저……하!"

류성룡 얼굴이 새파랗게 질렸다. 이순신이 또다시 거짓 장계를 올렸다는 풍문이 조정에 파다했던 것이다. 열 척 남짓한 왜선을 격침한 후 130여 척으로 부풀렸다는 추측과 함께, 아예 왜선은 한 척도 부수지 않고 애꿎은 어선들만 파선(破船)시켰다는 소문까지 돌았다. 소달구지에 실려 올라온 수급들 또한 돌림병으로 목숨을 잃은 진도 근처 백성이라는 억측까지 그럴싸하게 퍼졌다. 꼬리에 꼬리를 물고 무성해진 그 소문이 모두 사실이라면 이순신은 목이 잘려도 변명의 여지가 없다.

"접반사 생각은 어떻소?"

광해군은 이덕형에게 화살을 돌렸다.

"하오나 이순신이 진도 근처에서 승리를 거둔 것만은 확실하옵니다. 장계대로 그렇게 대승을 거두었는가는 직접 사람을 보내 살핀 연후에야 알 수 있을 듯하옵니다."

이덕형은 적당히 얼버무리며 발을 뺐다. 이순신을 옹호하고 싶어도 그 정도에 머물 수밖에 없었다. 선조가 어전 회의에서 공공연하게 이순신이 진도에서 거둔 승리를 하찮고 하찮은 승리라고

격하했기 때문이다.

"접반사 뜻도 나와 같구려. 하면 영상 뜻은 어떻소?"

류성룡은 입천장이 바짝바짝 타 들어갔다. 이순신에게 우호적이던 광해군까지 의심하는 상황이니, 이제 조정에서 이순신을 편들 사람은 아무도 없었다.

"저하! 이순신은 진도에서 왜 수군을 잘 막고 있사옵니다. 그곳에서 이순신이 패했다면 왜군은 지금쯤 강화도에 내려 한양으로 직접 쳐들어왔을 것이옵니다. 이순신이 얼마나 큰 공을 세웠는가는 알 길이 없사오나 지금으로서는 이순신뿐이옵니다. 이순신을 믿어야 하옵니다."

광해군은 류성룡의 울먹거림을 애써 외면했다.

"영상은 언제나 이순신 편만 드는군요. 왕실과 이순신 중 택일하라 하여도 이순신을 택할 것 같소이다. 나도 이순신 역할을 잘 알고 있소. 나는 그것이 궁금하오. 혹 전라도 백성이 그를 왕으로 떠받들 생각을 품지나 않을지……."

"저, 저하! 어찌 그런 무서운 말씀을……."

류성룡의 이마가 거의 방바닥에 닿았다. 광해군이 남은 말을 마저 뱉었다.

"지금 이순신이 그렇다는 게 아니라 나중에 그럴 수도 있다, 이 말씀입니다."

류성룡이 굵은 눈물을 뚝뚝 떨어뜨렸다.

"저하! 그땐 이 늙은이도 함께 죽을 것이옵니다. 이 늙은이뿐만 아니라 여기 있는 접반사 이덕형이나 병조 참의 허성도 모두 죽을 것이옵니다."

류성룡이 지나치게 슬피 울자 광해군은 미안한 마음이 들었다. 이들은 자신이 세자 자리에 오르도록 물심양면으로 도와준 사람들이다.

"영상! 마음을 진정하세요. 내 어찌 영상 마음을 모르겠습니까. 하나 아바마마께선 이순신을 탐탁지 않게 여기고 계십니다. 어전에서 이순신 이야기를 할 땐 각별히 조심하세요. 아시겠습니까?"

"예, 저하! 명심, 또 명심하겠나이다."

"그리고 영상!"

"예, 저하!"

"되도록이면 양 경리를 만나지 않았으면 합니다. 어차피 만나봐야 득이 될 게 없지 않겠소? 영상과 접반사가 신경 좀 써 주세요."

류성룡과 이덕형이 다시 시선을 교환한 후 대답했다.

"알겠사옵니다, 저하! 그럼 이만 물러가겠사옵니다."

류성룡과 이덕형은 곧장 어전으로 향했다. 양호가 도착할 시간이 가까웠던 것이다. 선조는 이미 별전에 나와서 양호를 기다리고 있었다. 두 사람은 공손히 머리를 조아렸다.

"세자는 어떠하던가?"

류성룡이 대답했다.

"아직 환후가 완전히 낫지 않으셨사옵니다."

선조는 눈빛이 달라졌다. 칭병(稱病)은 선조 자신이 만들었던 구실이 아닌가. 류성룡이 시치미를 뚝 떼고 말을 이었다.

"그러나 사람을 만나지 못할 정도는 아니시옵니다. 접반사와 신이 기본 예의와 대화를 나눌 때 유의할 사항들을 일러 드렸사옵니다."

"수고했다. 만약 오늘 양 경리와 세자의 만남이 이루어지지 않는다면 영상은 밤에 다시 한 번 세자를 가르치도록 하라. 추호도 잘못이 있어서는 아니 될 것이다."

"알겠사옵니다. 전하!"

대전 내관 윤환시가 큰소리로 아뢰었다.

"경리 조선 군무 양호 대감께서 오셨사옵니다."

"드시라 하라."

선조는 친히 용상에서 걸어 내려와서 양호와 마주 선 채 읍하였다. 선조가 먼저 인사말을 건넸다.

"높하늬바람이 차고 관소가 서늘하니 병을 얻지나 않으실까 걱정입니다"

양호가 대답했다.

"보살핌을 입어 평안합니다."

선조는 자리를 권한 후 용상에 앉았다.

"경기도까지 몰려왔던 왜적을 몰아낸 것은 모두 대인의 은공입니다. 참으로 황은에 감격하고 대인 은덕에 감사드립니다."

양호가 말했다.

"이 모두가 조선 국왕 전하 복이지 무슨 공이 제게 있다고 이러십니까? 하나 황은에 감사한다 함은 참으로 옳은 말씀입니다. 황상이 아니었다면 어찌 오늘날까지 조선이 무사할 수 있었겠소이까, 허허허."

선조가 갑자기 용상에서 일어서며 말했다.

"흉적이 물러가고 청사(靑社, 청은 동방을 의미하므로 조선의 사직을 뜻함)가 안전해진 것은 대인 덕입니다 절하여 사례하고 싶습니다."

선조가 허리 숙여 큰절을 하려 하자 양호가 놀란 얼굴로 만류했다.

"이것은 비례(非禮)입니다. 어찌 조선 국왕이 제게 절할 수 있겠습니까."

놀라기는 류성룡 이하 대신들도 마찬가지였다. 명나라 사신을 각별히 대한다고는 하나 일찍이 조선 왕이 큰절을 한 적은 단 한 번도 없었다. 양호가 한사코 거절했으므로 선조는 두세 번 절하기를 청하다가 다시 용상에 앉았다. 양호가 말했다.

"왜군이 물러간 것은 명군이 직산에서 승리한 까닭도 있지만 귀국 삼도 수군 통제사 이순신이 명량에서 왜선들을 대파했기 때문이기도 합니다. 그래서 제가 이순신에게 은단(銀段, 아름답고 값비싼 비단)을 선물했소이다. 왕께서도 마땅히 이순신에게 큰 상을 내려야 할 것이외다."

선조의 눈초리가 매서워졌다. 배석한 대신들 눈길이 일제히 아래로 깔렸다.

"통제사 이순신이 왜적을 잡은 것은 사소한 일입니다. 전라도 끝 작은 섬에서 거둔 작은 승리가 한양으로 올라오던 왜 대군을 물러가게 할 수 있겠습니까? 직산 대첩을 거둔 명군이 조선을 구한 것은 틀림없는 사실입니다."

양호가 고개를 가로저었다.

"그렇게 칭찬해 주시니 감사합니다. 물론 우리 명나라 군사들도 귀국을 위해 열심히 싸웠습니다. 그러나 이순신은 겨우 군선 열세 척으로 전라도에서 황해로 통하는 뱃길을 틀어막고 있으니 참으로 그 공이 큽니다. 마땅히 합당한 상을 주어야 할 것입니다."

선조의 목소리가 더욱 날카로워졌다.

"이순신이 진도에서 거둔 승리는 장계를 통해 잘 알고 있습니다. 곧 합당한 조처를 하겠습니다. 하나 이순신이 거둔 작은 승리를 어찌 대명(大明)이 내린 큰 은혜와 비교할 수 있겠습니까. 조선은 운명이 귀국에 달려 있으니 앞으로도 각별한 보살핌을 부탁드립니다."

"알겠습니다. 제 힘 닿는 데까지 조선을 돕도록 하지요. 한데 귀국 세자는 환후가 어떠신가요?"

선조가 류성룡을 힐끔 쳐다보았다. 류성룡은 눈을 내리깔고 아무 말도 하지 않았다. 잠시 침묵이 흐른 뒤 선조가 답했다.

"세자가 마땅히 와서 대인을 뵈어야 하는데, 병이 낫지 않아 아직 거동치 못하니 송구할 따름입니다."

양호는 조금 섭섭한 표정을 지었으나 곧 단념했다.

"회복된 뒤에 만나도 무방합니다. 그럼 저는 이만 물러가겠습니다."

선조가 다시 용상에서 일어났다. 두 사람은 서로 읍하고 환하게 웃으며 헤어졌다. 양호가 별전을 떠난 후에도 대신들은 머리를 조아린 채 침묵했다. 용안이 험상궂게 일그러졌기 때문이다. 선조가 먼저 이덕형을 추궁했다.

"접반사! 그대가 양 경리에게 이순신 일을 일러 주었는가?"

이덕형이 큰소리로 부인했다.

"아니옵니다. 신은 지금도 명량에서 이순신이 거둔 승리가 어떠한가를 알지 못하옵니다. 그런 신이 어찌 양 경리에게 그 일을 알릴 수 있겠사옵니까?"

이덕형이 확실히 발을 빼자 비난은 류성룡에게 옮겨갔다.

"영상은 누구라고 보는가?"

류성룡은 갑작스러운 질문에 말문이 막혔다. 양호에게 이순신 일을 고해바친 자가 누구인가를 어찌 알겠는가.

"전……하! 전라도에 내려가 있는 명군도 만여 명이 넘사옵니다."

선조가 재빨리 그 변명을 가로막았다.

"하면 그곳에 있는 명군이 양 경리에게 연통을 넣었다, 이 말인가?"

"그, 그럴 수도 있다는 것이옵니다."

선조의 입가에 희미하게 웃음이 맴돌았다.

"그래, 그럴 수도 있겠군. 명군이 자기들끼리 연통을 주고받았을 수도 있고, 이순신이 직접 양호에게 서찰을 띄웠을 수도 있고……."

"전하! 어찌 이순신이 그런 짓을 하겠나이까?"

"영상! 영상도 듣지 않았는가? 양 경리는 과인 말도 무시한 채 이순신 공을 칭찬하느라 혈안이었다. 명량 싸움에 대해 과인보다 더 많이 아는 눈치였어. 조선 조정을 의심해서 평양에서 한양으로 오는 것도 주저했던 양 경리가 아닌가? 한데 그런 사람이 이순신을 자기 몸처럼 신임하고 있다. 이것이 저절로 가능한 일인가?"

"전하!"

선조는 류성룡 말을 듣지도 않고 분노를 터뜨렸다.

"적어도, 적어도 원균은 이러지 않았다. 대국 신하 앞에서 과인 위엄을 깎는 짓을 하지는 않았어. 장수란 무엇이냐? 장수란 이 나라와 왕실을 위해 기꺼이 목숨을 바치는 자들이다. 신립이나 원균, 이억기처럼 과인을 위해 목숨을 초개(草芥)처럼 내던진 자들만이 장수일 수 있다. 그런데 이순신은 제 목숨을 아끼려고 과인 얼굴에 먹칠을 하는구나. 영상! 이런 장수를 살려 둬야 하는가? 양 경리 말대로 이런 장수에게 큰 상을 내려야 하겠는가? 대답해 보라."

"전하! 이순신은 전하의 충직한 신하이옵니다. 널리 헤아려 살피시옵소서."

류성룡은 어깨가 부들부들 떨렸다. 당장에 이순신을 잡아들이라는 어명이 내릴 것만 같았다. 류성룡은 머리를 숙인 채 아무런 변명도 하지 않았다. 긴 침묵이 흘러갔다.

"다들 물러들 가라. 영상은 남고……."

이덕형이 류성룡 손을 꼭 잡아 쥔 후 자리에서 물러났다. 텅 빈 별전에 선조와 둘만 남았다. 찬바람이 횡 하니 허공을 휘돌았다. 첫눈이라도 내릴 것만 같은 분위기였다.

"가까이 오라!"

선조가 나지막한 목소리로 말했다. 류성룡이 두어 걸음 앞으로 자리를 옮겼다.

"더 가까이!"

선조의 음성이 조금 커졌다. 손을 내밀면 용상이 닿을 만큼 바짝 다가갔다.

"서애!"

갑자기 선조가 호(號)를 불렀다. 류성룡은 얼굴에 놀라움이 가득했다. 판서 항렬에 오른 후로는 호를 직접 부른 적이 없었던 것이다.

"서애, 과인은 그대를 안다."

"……"

류성룡은 아무 말도 하지 못했다. 뜨거운 눈물이 갑자기 확 쏟아졌다. 입술을 우물거리며 고개를 숙인 채 울음을 참았다.

"서애! 과인은 그대를 살리고 싶다."

"저, 전하!"

"무군지죄를 지은 장수는 죽는다. 아무리 큰 공을 세우더라도, 명나라 황제가 상을 내려도 죽을 수밖에 없다. 알겠는가?"

"……"

"그대는 홍문관에 있는 서책을 남김없이 읽을 만큼 부지런하고 총명하다. 그런 그대가 죽는 것을 과인은 바라지 않는다."

"전……하."

선조는 눈에서 푸른빛이 번뜩였다.

"다시는 과인 앞에서 이순신을 옹호하지 마라. 다시 한 번 그런 일이 있으면, 과인은 그대를 이순신과 한통속이라고 생각할수밖에 없다. 알겠는가?"

류성룡은 울음을 삼키며 눈물을 떨어뜨렸다. 용상에서 일어난선조는 눈 깜짝할 사이에 별전을 나가 버렸다. 이제 남은 사람은류성룡뿐이다. 류성룡은 참았던 울음을 터뜨렸다.

류성룡은 오늘 벌써 세 번이나 울었다. 집을 나서기 전 이순신에게 답장을 띄우면서 울었고, 광해군 앞에서 울었으며, 어전에서도 쏟아지는 눈물을 멈출 수가 없었다.

'늙은 것인가. 물러나 손자 녀석들이나 살필 때가 온 것인가.'

그러나 아직은 아니었다. 류성룡이 물러난다면 수많은 사람들이 목숨을 잃을 것이다. 통제사 이순신과 도원수 권율이 무사하지 못하리라. 또한 전쟁이 막바지에 이르면 그 책임을 따지게 될것이고, 류성룡이 뒤를 보살펴 준 많은 문신들이 대간들 탄핵을받을 것이다. 도체찰사 이원익은 하삼도 왜군을 진압하지 못했다는 죄로, 이덕형과 이항복은 병조 판서를 맡는 동안 직무에 태만했다는 죄로 각각 삭탈관직을 당하거나 귀양을 갈지도 모른다.그 벌을 조금이라도 가볍게 해 주자면 류성룡 자신이 자리를 지킬 필요가 있었다. 류성룡은 무거운 죄가 자신에게 씌워지는 대신 다른 사람들 죄가 가벼워지기를 간절히 바라고 있었다.

선조는 생각했던 것보다 더욱 잔인하게 남인을 후려칠지도 모른다. 정여립의 난에서 보듯 반역죄를 씌워 아예 남인 씨를 없애 버릴 수도 있다. 류성룡이 끝까지 이순신을 싸고돈다면? 선조는 이순신과 류성룡을 둘 다 역적으로 몰아 참형에 처하리라.

"영상 대감! 무슨 일이오니까?"

여우 같은 대전 내관 윤환시가 다가와서 알은체를 했다.

"아. 아닐세. 눈에 티끌이 들어간 것뿐이야."

류성룡은 눈물을 훔치며 별전을 나섰다.

찬바람이 얼굴을 때렸고 뒤이어 굵은 빗방울이 후드득 후드득 돌담 위로 떨어지기 시작했다. 이제 다시는 울지 않겠다는 결심을 했다. 쉽게 삶을 포기할 수는 없었다.

十四, 명장은 아들을 가슴에 묻다

시월 이십육일 밝을녘.

명량으로 나갔던 척후선 한 척이 빠르게 안편도(安便島)로 들어오고 있었다. 가는 비가 촉촉하게 바다를 덮었고 마칼바람(북서풍)이 간간이 섬을 휘돌았다. 이순신은 시월 십일일부터 이곳 안편도에 머물렀다. 소금을 직접 생산하고 관리하기 위해서였다.

처음 며칠은 배에서 지냈지만 닷새 후부터는 아예 방울새 시끄럽게 우는 염간(鹽干, 소금을 만드는 장인들 우두머리) 강막지(姜莫只)가 사는 도끼집(연장을 제대로 쓰지 않고 도끼 따위로 건목만 쳐서 거칠게 지은 집)으로 들어갔다. 더펄개(긴 털이 더부룩하게 나서 더펄거리는 개)를 워낙 좋아해서 마당에 일곱 마리나 놓아기르는 강막지는 대궐에서 사용하는 소금과 바다 생선 등을 공급하는 사재감(司宰監) 사노(司奴)였다. 강막지는 전라 우도에 있는 염장 현황을 누

173

구보다도 소상히 알고 있었다. 나흘 동안 강막지 집에서 소금 만드는 법을 살펴보고 소금 생산에 필요한 인력을 가늠한 이순신은 곧 군관 김종려(金宗麗)를 불러 염전 열세 곳의 생산을 총감독하는 감자도감검(監煮都監檢)으로 임명하였다. 이제 전라 우도에서 생산되는 소금은 모두 삼도 수군 통제사 군령에 따라 쓰이게 되었다.

소금은 곧 돈이었다.

소금만 확보하면 군량미는 물론 유황을 구하는 것도 그렇게 힘들지 않았다. 군사들을 훈련시키고 군선을 만들기 위해서는 막대한 재물이 필요한데, 이순신은 그것을 소금에서 얻고자 했다. 권준, 정사준 등과 논의를 거듭한 끝에 얻은 결론이었다. 조정에서 유황과 무기를 공급해 줄 리가 만무했으므로 삼도 수군이 직접 나서서 재물을 확보할 수밖에 없었다. 부상을 입었거나 몸이 약한 군사들을 추려 소금밭을 일구도록 했다. 염분이 많은 바닷가 개흙이나 모래를 바닷물에 푸는 작업은 군졸들이 맡았고, 그걸 다시 가마솥에 넣어 불을 때는 것은 강막지 지휘 아래 사재감의 솜씨 좋은 사노들이 담당했다.

"아직도 슬픔에 잠겨 계실까요?"

척후선 이물에 선 이영남이 안편도를 바라보며 물었다.

"쉽게 벗어나시지는 못할 것이오. 세 아드님 중에서도 막내를 가장 아끼셨으니."

배흥립이 한숨을 내쉬며 대꾸했고 이영남도 말없이 고개를 끄덕였다. 그들 표정은 어둡고 침침했다.

안편도는 벌써 열흘째 눈물과 안타까움에 잠겨 있었다. 지난 십사일, 이순신의 막내아들 면이 왜적과 맞서 싸우다 전사했다는 비보(悲報)가 충청도 아산으로부터 날아온 것이다. 아버지를 닮아 사혁(射革, 활쏘기)에 특출 나고 마음이 넓고 담대해서 장차 훌륭한 장수가 되리라고 누구나 칭찬하던 아들이었다.

장수의 험난한 길을 자식들에게 권하기를 꺼렸던 이순신조차도 막내라면 한 번 믿고 맡길 만하다고 말하곤 했다. 피를 토하며 혼절한 이순신은 이틀 동안 자리보전을 했고 그 후에도 시름시름 앓으면서 눈물로 시간을 보냈다. 해넘이나 새벽 어스름에 홀로 뒤란에 앉아 눈물을 훔치는 경우도 많아졌다. 자식으로서 어머니 임종을 지키지 못하였을 뿐만 아니라, 가장으로서 가족을 책임지지 못했다는 자책에 잠을 이룰 수 없었다.

"하나 곧 기운을 되찾으시겠지. 지금으로선 다시 군선을 만들어 왜놈들과 맞서는 것만이 원혼을 달래는 길이 아니겠소? 누구보다도 통제사께서 망인(亡人)의 바람을 헤아리실 것이오. 그나저나 해로 통행첩(海路通行帖)을 만드는 일은 어찌 되고 있소?"

"권 수사와 정 군관이 맡아서 하고 있으니 곧 끝날 겁니다."

이순신은 염전을 일구는 것과 함께 해로 통행첩을 만들도록 충청 수사 권준에게 지시했다. 간자를 색출하고 군량미를 확보하기 위해서 꼭 필요한 조치였다. 전라 우도를 통행하는 배들을 크기별로 대선(大船), 중선(中船), 소선(小船)으로 나누어 곡물을 각각 부과하였는데, 이는 삼도 수군이 제해권을 완전히 장악하는 것은 물론이고 전라도 지역 상권까지 손에 넣는 기발한 방안이었다.

"이제 그 누구도 통제사께 덤비지 못할 것이오. 권 도원수라 해도 말이오. 허허허."

이영남도 따라 웃었으나 그 표정이 밝지만은 않았다. 염전을 일구고 해로 통행첩을 발행함으로써 재도약할 발판을 마련한 것은 사실이지만, 그로 인해 전라도 해안 지역은 모든 권력이 이순신에게 집중되었다. 세금을 거두고 소금을 일구고 군사들을 직접 징발하는 것은, 아무리 도원수 묵인과 조정 승인 아래에서 이루어진다고 하더라도 구설수에 오를 것이 불을 보듯 뻔했다. 무군지죄를 범했던 장수가 월권을 일삼으며 군사들을 키우고 있다는 식으로 소문이 나면 이순신 앞날은 결코 밝을 수 없다. 그저께 밤 정사준이 했던 말이 문득 떠올랐다.

"그래요. 조방장 말씀이 참으로 옳소. 하나 그렇다고 조정 눈치나 살피며 웅크리고 있을 순 없지요. 어차피 외길이니까요. 지금부터 조선 수군이 단 한 번이라도 패하면, 그날 곧바로 통제사 목이 달아날 것입니다. 우리가 살아남기 위해서는 악착같이 군선을 만들고 무기들을 모아서 왜선을 격파하는 길뿐입니다. 다시 불패 신화를 이어 가는 것이지요. 모래알로 산성을 쌓을 수는 없는 일. 통제사께서 전라도 민심을 확실히 틀어줄 필요가 있습니다. 그걸 월권이라고 하면……, 그렇지요. 월권이겠지요. 하나 대승을 거두면 그런 사소한 잘못쯤은 묻히지 않겠습니까? 그걸 트집 잡아 통제사를 흔든다면 근본부터 생각을 다시 해야겠지요."

"생각을 다시 하다니요? 그게 무슨 말이오?"

"이치가 그렇다, 이 말입니다."

경쾌선이 부두에 닿았다. 배흥립이 앞장을 서고 이영남이 뒤이어 내렸다. 아직 새벽 어스름이 완전히 걷히지 않았는데도 나대용이 횃불을 든 군졸들을 데리고 미리 마중 나와 있었다.

"추운데 예까지 왜 나왔소이까?"

나대용이 싱글벙글 웃으며 대답했다.

"배 조방장께 긴히 보여드릴 게 있어서 이렇게 왔습니다."

"내게? 허허, 나 선마가 내게 보여 줄 것이 무엇이오?"

나대용이 오른손을 들자 군사 하나가 대나무로 엮은 새장을 들고 어둠 속에서 썩 나섰다. 배흥립과 이영남은 휘둥그레한 눈으로 새장 속을 들여다보았다. 송골매 한 마리가 머리를 꼿꼿하게 들고 좌우를 두리번거리고 있었다. 배흥립이 목소리를 높였다.

"아니, 이것은 김 조방장이 기르던 매가 아니오?"

나대용이 웃으며 대답했다.

"그래요. 이놈이 방금 영내로 날아들었습니다. 이 무명천이 발목에 묶여 있었지요."

배흥립이 황급히 무명천을 받아서 폈다. 그러나 거기에는 아무것도 적혀 있지 않았다. 이영남이 벅찬 기분을 누르며 말했다.

"아마도 붓을 구할 수 없었던가 봅니다. 어쨌든 김 조방장이 살아 있는 것은 확실하지 않소이까?"

"김완…… 이 육시랄 놈이! 살아 있었구나. 암, 이 형님보다 먼저 죽어서는 아니 되지. 허허헛, 허허허헛!"

배흥립이 그 자리에 털썩 주저앉아 너털웃음을 터뜨렸다. 김완과 배흥립은 병오년생 동갑내기로 수많은 나날을 전쟁터에서 함께 지내며 우애를 나눈 사이였다.

"김 조방장이 어디에 있는 걸까요?"

이영남이 고개를 갸우뚱하며 물었다. 나대용이 된바람에 꽁꽁
언 양손을 비비며 답했다.

"아직 정확히는 모릅니다. 아마도 경상도 어디쯤이겠지요. 이
렇게 송골매를 띄워 보낸 걸 보면 머지않아 우릴 찾아올 겁니다.
기다려 보십시다."

배흥립이 자리를 털며 일어섰다.

"통제사께서는 어떠시오?"

"아침저녁으로 미열(微熱)이 있지만 기력을 많이 회복하셨소이
다. 자, 가십시다. 권 수사와 이 수사께서도 와 계시다오."

나대용이 강막지 집으로 앞장을 섰다. 배흥립은 다시 한 번 새
장 속 송골매를 노려본 후 그 뒤를 따랐다. 새벽 비가 여전히 부
슬부슬 내리고 있었다.

"어서들 오시오. 명량 쪽은 어떻던가?"

해도를 펼쳐 놓고 회의에 열중하던 이순신이 그들을 맞았다.
이틀 전보다 통제사 안색이 한결 나아 보였기에 이영남과 배흥립
은 안도의 한숨을 내쉬었다.

"별다른 조짐은 없었습니다. 벽파진 근처에서 왜 척후들이 사
나흘에 한 번씩 왔다 간다고 합니다."

"그래? 수고들 했소. 물러가서 쉬도록 하시오. 내일 아침부터는 군영을 옮길 준비를 서둘러 주고."

배흥립이 물었다.

"어디로 가는지요?"

"보화도라오. 우 부사와 송 군관이 먼저 그곳에 가 있소."

"알겠습니다."

배흥립과 이영남이 예를 갖춘 후 방문을 열고 나갔다. 고개를 돌렸던 권준과 이순신(李純信)이 다시 해도 쪽으로 몸을 틀었다.

"그러니까 권 수사는 보화도에서 겨울을 나고 봄이 오면 고금도로 가자, 이 말이오?"

이순신 음성 끝이 조금씩 떨렸다. 아들을 잃은 슬픔을 털어 내지 못한 것이다. 권준이 차분하게 답했다.

"그렇습니다. 하나 서두를 필요는 없지요. 왜군들은 당분간 명량을 건널 엄두도 내지 못할 것입니다. 우리는 보화도에서 군선을 만들고 군사들을 훈련해 왜선과 맞설 힘을 키워야겠지요."

이순신(李純信)이 물었다.

"군선을 몇 척이나 만들 계획입니까?"

"석 달 정도 보화도에서 지낸다고 보고 전라 우도에서 배 만드는 장인들을 끌어모은다면 최대 서른 척 정도는 만들 수 있지 않을까요?"

이순신(李純信)이 놀란 표정으로 다시 물었다.

"그렇게나 많은 배를 그 짧은 시간에 다 만든다 이 말씀이십니까?"

권준이 빙긋 웃어 보였다.

"지금부터 준비한다면 열 척도 채 만들지 못하겠지요. 하나 지난 초봄부터 쭉 장인들을 살피고 소나무들을 벌목해 두었으니 석 달이면 충분할 것입니다. 우리에겐 나 선마와 광치, 철식이 있지 않소이까?"

이순신이 고개를 끄덕였다.

"배는 그렇게 만든다고 치고, 군량미는 어떻게 마련해야겠소?"

권준이 머뭇거리지 않고 답했다.

"강제로 백성들에게 빼앗을 수는 없는 노릇이지요. 임천수가 주고 간 곡물도 바닥이 난 상태입니다. 그러나 과히 크게 염려하실 일은 아니지요. 해로 통행첩을 발행하여 빠짐없이 곡물들을 거둔다면 곧 만여 석 정도는 쉽게 모일 겁니다."

"만여 석? 그렇게나 많이 거둬들일 수 있단 말이오?"

"조선 팔도 장사치들이 모두 전라도로 모여들고 있습니다. 전라도가 조선 팔도를 먹여 살리는 형국이지요. 왜군들이 남원성을 함락시키고 전라도 내륙 깊숙이 들어와 있으니 안전하게 장사를 할 수 있는 길은 뱃길뿐입니다. 조선 수군이 확실하게 장사치들이 탄 배를 해적이나 왜군으로부터 보호해 주기만 한다면 기꺼이 곡물을 바칠 겁니다. 한데 장군! 해로 통행첩으로 거둬들인 곡물 수량을 조정에 알려야 하지 않겠습니까?"

이순신과 권준의 시선이 마주쳤다.

"권 수사가 알아서 해 주오."

"알겠습니다."

잠시 침묵이 흘렀다. 이순신(李純信)이 긴 수염을 쓸면서 정적을 깼다.

"경기도까지 올라갔던 왜군이 왜 다시 하삼도로 후퇴했을까요?"

이순신은 지휘봉으로 직산을 짚었다.

"서애 대감이 보낸 서찰에 따르자면, 조정에서는 이곳 직산에서 명군이 왜군을 격퇴한 덕분이라 하는 듯하오. 직산 대첩이라고 부른다더군."

이순신(李純信)이 코웃음을 쳤다.

"그 무슨 당치도 않은 말씀이신지요? 직산에서 죽은 왜군은 서른 명도 채 안 된답니다. 더구나 명나라 유기(遊騎, 유격하는 기병)가 300명이나 목숨을 잃었는데 어찌 대첩일 수 있겠습니까? 명량에서 우리가 거둔 대승에 대해서는 이렇다 할 상도 내려 주지 않으면서 직산 싸움을 대첩이라니, 대체 조정 대신들은 무엇들을 하고 있는 겁니까? 모두 눈먼 송장들이오니까?"

권준이 그를 다독거렸다.

"진정하세요. 지금은 오히려 직산 대첩이니 뭐니 하여 조정 관심이 다른 곳으로 쏠리는 편이 낫습니다. 괜히 삼도 수군에 순무사라도 파견해 보십시오. 얼마나 골치가 아프겠습니까? 조금 입맛이 쓰긴 하지만 이대로가 좋아요. 이 수사! 이제 우리가 받을 상이 뭐가 더 있겠소이까? 통제사를 모시고 삼도 수군의 영광을 재현하는 일에만 진력하십시다."

이순신(李純信)이 이내 사과했으나 화가 완전히 풀리지는 않은 듯했다.

"미안하오. 소장이 너무 흥분했던 것 같소이다. 하나 언제까지 이렇게 당하고만 지내야 하는지 모르겠소이다. 전쟁을 시작한 지도 어언 칠 년째인데 조정 대신들은 하나같이 변한 게 없으니 답답해서 하는 소리외다."

권준이 웃으며 말했다.

"허허허허, 이 몸도 문신 출신이에요. 문신이란 게 원래 앞뒤가 꽉 막힌 책상물림들이지 않소? 세상 물정 모르는 족속들이지요. 이 수사같이 뛰어난 장수가 넓은 도량으로 헤아리세요."

"권 수사께서 그렇게까지 말씀하시니 오히려 소장이 부끄럽습니다."

두 사람의 대화를 듣고 있던 이순신이 천천히 해도를 접었다. 그쯤에서 회의를 끝낼 심산이었다. 권준이 이순신(李純信)과 함께 하직 인사를 했다.

"장군! 그럼 소장들은 이만 물러가겠습니다. 편히 쉬십시오."

"수고들 많으셨소."

두 사람이 나간 걸 확인한 이순신은 잠시 요를 깔고 몸을 뉘었다. 뒷머리가 다시 지끈지끈 아파 왔다. 부하들에게 감정을 숨기느라 지나치게 눈물을 삼켰던 탓일까. 핏발 선 두 눈을 가볍게 비비던 이순신은 불현듯 자리에서 일어섰다. 그리고 쌓아 놓은 서책 뒤에서 국화주 한 병을 꺼냈다. 명량 해전을 기념해서 권율이 보내 준 술이었다. 술병을 거꾸로 들고 벌컥벌컥 들이켰다.

"면아!"

술병을 내동댕이치며 죽은 아들 이름을 불렀다. 두 눈에서 굵은 눈물이 하염없이 흘러내렸다. 막내가 죽었다는 게 아직까지도 믿기지 않았다.

'하늘이여!

정녕 막내가 이 세상을 떠난 것입니까. 그 애에게 무슨 죄가 있다고, 이제 겨우 스물을 넘긴 애를 데려가셨나요. 차라리 늙고 병든 이 몸을 데려가실 일이지, 아직 삶이 무엇인지도 모르는 아이에게 때 이른 죽음을 내리시다니요······.

아, 아닙니다. 이 모두가 제 잘못입니다. 가족도 군대도 나라도 제대로 돌보지 못한 저의 불찰입니다. 그 애는 저 때문에 죽은 것입니다. 저를 대신해서 죽은 것입니다.

누구보다도 이 사실을 잘 알고 있지만, 그래도 이럴 수는 없습니다. 제 심장이 터지고, 제 두 눈이 뽑히고, 제 혀가 잘리는 한이 있더라도 어떻게 막내 죽음을 받아들일 수 있겠습니까.'

이마를 벽에 쿵쿵 찧었다.

'부질없는 이 모든 바람들, 돌이킬 수 없는 일들을 되돌아보는 헛된 욕망들, 아쉬움들! 그렇지만 이토록 사무치는 그리움을 어찌할거나, 어찌할거나.'

얼굴을 이불에 파묻고 울었다. 울음이 새어나가지 않도록 안으로, 안으로 슬픔을 삼켰다. 이마에 상처가 났는지 피가 흘렀다. 그러나 피가 흐르는 것도 모르는 듯했다. 갑자기 눈앞이 깜깜해지면서 낯익은 목소리가 들려왔다.

"아버지!"

막내가 이순신을 부르고 있었다.

"면아!"

버선발로 마당까지 내달았다. 그러나 그곳에는 아무도 없었다. 새벽에 내린 보슬비로 추적추적해진 땅바닥에서 싸늘한 냉기가 올라왔다. 두 무릎에 힘이 쭉 빠졌고 그 자리에서 조금도 움직일 수 없었다.

강막지 집을 나온 권준과 이순신(李純信)은 판옥선을 정박시킨 부두로 향했다. 한참을 걸어 나와 언덕에 올라서서 뒤돌아보니 이순신이 마당에 멍하니 서 있었다. 이순신(李純信)이 장창을 오른손에 곧게 든 채 입을 열었다.

"아직도 마음이 많이 불편하신가 봅니다. 어젯밤에도 꿈속에서 막내 아드님을 만나셨다지요?"

권준이 고개를 끄덕였다.

"삶에 대한 집착이 유난히 강한 분 아니십니까. 적어도 한 달은 망인 손을 놓지 못하실 겁니다, 이 수사!"

"예."

"내가 이 수사께 긴히 충고할 것이 있어요. 불쾌하게 듣진 마시구려."

"가르침을 주십시오."

이순신(李純信)은 얼굴이 딱딱하게 굳었다. 권준은 분위기를 바꾸려는 듯 미소를 지어 보였다.

"뭐, 그리 대단한 일은 아닙니다. 다만 통제사 앞에서는 왕실과 조정에 대한 비판을 삼가 주시오."

"비판을 삼가라니요?"

"그렇소. 직산과 명량을 비교해 보면, 누구나 우리 수군이 부당한 대접을 받고 있음을 알 수 있습니다. 모르긴 해도 통제사께서 가장 분노하고 계실 겁니다. 한데 자꾸 이 수사가 곁에서 울분을 토로하면 마른 볏단에 횃불을 던지는 것과 다르지 않아요. 내 말뜻 아시겠소이까?"

"권 수사 말씀을 가슴 깊이 새기겠소이다. 하나 부당한 것은 부당한 것이 아닐는지요? 조정 잘잘못을 이야기하고 의논할 수 있는 사람이 통제사와 권 수사 외에 또 누가 있겠소이까?"

"통제사께서 흔들리시면 조선 수군은 제자리를 찾지 못합니다. 올 한 해는 통제사께 불행이 두 겹 세 겹으로 겹친 해가 아닙니까? 삼도 수군 통제사 자리를 잃었을 뿐만 아니라, 의금옥에 갇혔고, 모진 고문을 받았으며, 또한 사랑하는 어머니와 아들을 잃었소이다. 그 심정을 헤아려 보세요. 언제 통제사 몸과 마음이 흐트러질지 모를 일입니다. 미리미리 방비를 해야겠지요. 통제사 어깨에 또 다른 짐을 지워서는 아니 된다, 이 말씀입니다. 조정을 자꾸 비판하면 통제사께서는 틀림없이 조정과 삼도 수군의 불화를 염려하실 터이고, 더 나아가 주상 전하의 불신 때문에 괴로워하실 겁니다. 우리가 그 일을 상기시키지 않더라도 통제사께서는 이미 조정과 왕실의 곱지 않은 시선을 어떻게 헤쳐 나갈 것인가 고심하고 계시지요. 지금 이 수사와 내가 해야 할 일은 되도록 통제사 마음을 편히 해 드리는 겁니다. 보화도에 통제영이 만들어지면 사소한 일들은 우리가 나누어 처리하도록 하십시다."

"알겠소이다. 권 수사 뜻에 따르지요."

권준이 흡족하게 웃으며 이순신(李純信)이 든 장창을 힐끗 올려다보았다. 그러곤 지나가는 말투로 사족을 달았다.

"그리고 나는 곧 충청 수사에서 물러날까 해요."

"아니, 그게 무슨 말씀이십니까?"

이순신(李純信)이 놀란 눈으로 물었다.

"나 같은 문관에게 정삼품 수군 절도사가 가당키나 합니까? 이 자리는 마땅히 용맹한 장수에게 돌아가야지요."

이순신(李純信)은 눈에 힘을 가득 실은 채 권준 얼굴을 뚫어져라 들여다보았다. 권준이 양어깨를 으쓱하며 나지막하게 본심을 털어놓았다.

"앞으로 궂은일이 많이 닥칠 겁니다. 수사 자리에 연연해서는 그 일을 다 감당할 수가 없지요. 통제영 살림은 옛날부터 정사준과 내가 도맡아 왔으니, 앞으로도 내가 계속 책임지는 것이 좋을 성싶소."

"아닙니다. 이번에는 소장이 그 일을 맡지요."

권준이 어림없는 소리라며 고개를 저었다.

"이 수사 장창을 그런 일에 썩혀서야 되겠소? 사실 나는 지금도 칼 잘 쓰는 왜군과 맞닥뜨리면 죽음을 면키 어려워요. 이 수사는 통제영이 있던 한산도를 되찾을 궁리나 하세요. 통제영 잡일은 내가 다 알아서 하리다."

十五, 마지막 사랑을 구하기 위하여

'조선 수군의 판옥선은 겨우 열세 척이고, 우리 관선은 133척이었다. 물살을 거스르며 서 있는 판옥선 열세 척! 물살을 타고 그대로 밀어붙이려 했다. 판옥선이 아무리 튼튼하다 해도 바람을 등지고 물살을 타며 달려드는 우리를 당할 수 없다. 가자, 가야 한다. 이번에야말로 이순신을 죽이자. 내 얼굴과 옆구리에 난 상처를 되갚을 절호의 기회다.

바람을 타고 내려간다. 물살이 점점 빨라지니 애써 노를 저을 필요도 없다. 저기 판옥선들이 보인다. 둑을 막듯 횡으로 늘어선 모습이 우스꽝스럽다. 저 판옥선 중 하나만 격침하면 나머지 배들은 와르르 무너지는 토담처럼 달아나고 말리라. 오늘 드디어 이순신을 죽이는구나.

아! 그런데 갑자기 물살 방향이 바뀐다. 울울울울 울어 대던 물소리가 더욱 커진다. 아군 배들이 서로 뒤섞여 부딪힌다. 총통 소리가 콰콰쾅 울리고 불화살이 하늘을 난다. 전열을 정비하여 맞서 보려 해도 이미 후미는 뱃머리를 돌리고 달아나기 시작했다.

이순신! 이제 물살까지 제멋대로 바꾸는 것이냐.

판옥선 한 척이 쓰윽 다가선다. 각궁을 든 이순신이 뱃머리에 서 있다. 화살을 겨눈다. 화살이 나를 향해, 내 이 두 눈을 향해 날아온다. 피해야 한다. 아, 너무 늦었다. 이제 죽는가?'

"흑!"

비명을 삼키며 잠에서 깨어났다. 명량 해전에서 살아 돌아온 후 매일 똑같은 악몽이다. 와키자카 야스하루는 왼손으로 눈두덩을 어루만졌다. 두 눈은 멀쩡했다. 갑옷을 입고 서둘러 밖으로 나갔다. 등에서는 아직도 식은땀이 흐르고 있었다.

보화도에서 겨울을 난 조선 수군은 무술년(1598년) 이월 십팔일 고금도로 통제영을 옮겼다. 낙안과 흥양 등을 마음대로 활개 치며 돌아다니는 왜군을 경계하기 위해서였다. 겨울을 보내는 동안 판옥선이 서른 척이나 만들어졌고 군사와 무기들도 해전을 치를 만큼 충분히 확보되었다. 그동안 거제 현령 안위가 김억추를 대신해서 전라 우수사로 승진하였고 충청 수사인 권준 후임으로 오응태(吳應台)가 임명되었다. 이순신은 충청 수사를 강화도 근처로 배치하여 후방을 지키게 하고 경상 우수사 이순신(李純信)과 안위를 거느린 채 고금도에 머물렀다. 권준은 정사준과 함께 통제영 살림살이를 꾸려 나가느라 벼슬할 때보다 더욱 바빴다.

겨울 동안 왜군은 사정이 몹시 악화되었다. 울산으로 밀어닥친 조명 연합군을 가토 기요마사 군대가 막아내긴 했지만 추위와 굶주림에 지친 군사들이 떼로 목숨을 잃었다. 명군이 속속 압록강을 넘어 왔고 왜군은 더 이상 물러날 곳이 없었다.

선뜻 배를 타고 귀국할 수도 없었다. 히데요시가 두 눈 시퍼렇게 뜨고 살아 있는 한 기다리는 것은 할복과 멸문뿐이다.

예교(曳橋, 왜군이 머무른 곳이라 하여 왜교라고도 함)에 성을 쌓고 진을 구축한 고니시 유키나가로서는 고금도에 있는 이순신이 여간 부담스러운 것이 아니었다. 조선 수군이 보화도로 물러나 있을 때만 해도 남해 바다는 온통 왜선들 독무대였고, 배가 고프면 마음 내키는 곳에 상륙해서 노략질을 하면 그만이었다. 그런데 이순신이 이끄는 수군이 고금도로 나오자 상황은 순식간에 악화되었다. 조선 수군은 대담하게도 사도나 방답까지 진출하여 왜선들을 심심찮게 격파하기 시작했다. 이제 고금도에서 한발 더 나와 여수를 점령하고 예교까지 들이닥친다면 그야말로 위기가 아닐 수 없었다. 고니시는 어떻게 해서든지 이순신이 동진(東進)하는 걸 막고 싶었으나 방책이 없었다. 그때 나선 이가 바로 휘하 장수 요시라였다.

"싸울 때 싸우더라도 우선 뇌물을 써 보는 게 어떻겠습니까? 서로 오가며 대화를 나누면 허점을 찾을 수 있겠지요."

"청렴한 이순신이 우리가 주는 물건을 받을까?"

요시라가 툭 튀어나온 윗니를 드러내 보이며 히죽거렸다.

"히히히, 그건 어떤 선물을 보내느냐에 달렸지요."

소 요시토시가 굳은 얼굴로 말했다.

"보낼 만한 선물이 있습니다. 바로 사람이지요."

"사람?"

"박초희를 아시지요? 요시라가 정탐한 결과 그 여자는 오랫동안 이순신 보호 아래 머물렀다 합니다. 이순신 여자였던 게 틀림없습니다."

고니시가 단호하게 거절했다.

"아니 된다. 마리아는 오랫동안 우리 군영에서 부상병들을 성심껏 돌보고 있어. 고금도로 보내면 죽음을 면치 못해. 허락할 수 없다."

소 요시토시가 굳은 얼굴로 간청했다.

"장인어른! 그 여자는 임진년 전쟁이 터지기 전에 한 번 조선에 송환했던 여자입니다. 그 여자에게 얽힌 사연이 불거져서 우리가 맡고 있는 줄 조선 조정에서 알게 되면 또다시 문제가 될지 모릅니다. 그 여자가 이순신과 가까웠다면, 우리 호의를 표시하는 데는 박초희만큼 합당한 선물이 없습니다. 박초희도 말은 안 했지만 왜인들 틈에 섞여 사는 것보다 모국인 조선에서 사는 것을 원하고 있을 겁니다. 피는 물보다 진하다고 하지 않습니까? 장인어른! 박초희를 이용해서 훗날을 도모하시지요. 박초희를 보내는 것이 곧 우리 군사 만 명을 살리는 길입니다."

고니시가 소 요시토시 얼굴을 똑바로 쳐다보았다. 무엇인가 말을 하려는 순간 곁에 있던 와키자카 야스하루가 끼어들었다.

"아무리 이순신이 겁이 나도 그렇지, 계집을 보내 환심을 사자는 게 장수로서 할 소리요? 박초희는 부산 군영에 머무는 동안 우리 사정을 속속들이 알게 되었소. 박초희를 이순신에게 보내는 것은 간자를 살려 보내는 것과 다르지 않소. 또한 우리가 계집을 보낸다고 이순신이 순순히 받아들일 것 같소? 우리가 원하는 바를 줄 것 같은가, 이 말씀이오. 쓰시마 도주는 이순신을 몰라도 너무 모르는 것 같소. 이순신은 어떤 미색이나 금은보화에도 흔들리지 않을 게요. 괜히 박초희를 보냈다가 분노만 더 살지도 모르오."

"말씀이 너무 지나치오이다. 어떻게든지 장졸들 희생을 줄이면서 조선 수군과 마찰을 없애고자 노력하려는 겁니다. 조금이라도 가능성이 있다면 해야 할 때입니다. 박초희를 이용하는 건 좋은 계책 중 하나입니다."

소 요시토시가 두 눈을 부릅뜨고 버텼다. 와키자카는 입가로 피식 웃음을 흘리며 대꾸했다.

"소 도주는 늘 그렇게 정도가 아닌 사잇길만 고집하는 것 같소. 임진년 전쟁이 나기 전에도 도주가 조선 조정을 오가며 얼마나 많은 사잇길을 만들어 두었는지 잘 알고 있소이다. 이제 그만할 때도 되지 않았소? 이순신에게는 그런 사잇길이 먹히지 않아요. 차라리 힘을 길러 다시 정면으로 승부를 보는 것이 낫소."

소 요시토시도 지지 않고 대꾸했다.

"이순신과 정면 승부를 벌여 승리한 적이 있소이까? 맞부딪혀 싸우는 것이 가장 간편한 일이긴 합니다. 하나 와키자카 님은 자신이 있으십니까? 이순신과 맞서 그 무적함대를 꺾을 자신이 있느냐 이 말씀입니다. 명량에서도 결국 크게 패하지 않았습니까?"

명량 해전에 참가했다가 겨우 목숨만 건진 와키자카로서는 할 말이 없었다.

"…… 싸워 보지도 않고 이긴다 진다 단정하는 건 신중하지 못한 태도요."

와키자카가 한 발 물러나자 소 요시토시가 그 틈을 물고 늘어졌다.

"자신이 없다 이 말씀이시군요. 소장 역시 마찬가집니다. 이순신과 정면으로 싸워 이길 가능성은 거의 없다고 봐도 됩니다. 그러니 여러 가지 비책을 마련해야지요. 이런 책략을 쓴다고 탓할 일은 아닙니다. 역사를 돌이켜보면 전쟁에서 승리하기 위해 여러 술책을 쓴 예를 흔히 볼 수 있으니까요. 미인계는 더욱 흔한 일이기도 합니다."

"차라리 다른 계집을 보내지요. 박초희만은……"

소 요시토시가 말허리를 잘랐다.

"혹시 다른 이유가 있는 게 아닙니까?"

"다른 이유라니요?"

"박초희를 이순신에게 보내기 싫은 이유 말입니다. 곧 태합께서 우리 수군 중 일부 병력을 귀국시키려 하신다는 풍문을 들었습니다. 와키자카, 그대가 귀국할 가능성이 가장 크다 들었습니다만…… 혹시 박초희를 데리고 귀국하려는 건 아닙니까?"

"무슨 소리요? 내가 박초희를 데리고 귀국하려 한다는 망발을 지껄인 자가 누구요? 나는 지금이라도 이순신과 맞서 싸울 수 있소. 귀국할 마음이 전혀 없다 이 말이오."

와키자카가 자리에서 벌떡 일어서며 화를 냈다. 소 요시토시가 시선을 내리며 말꼬리를 붙였다.

"귀국하라는 태합 명령이 내려와도 버티실 건가요? 요즈음도 밤마다 이순신 악몽을 꾸며 식은땀을 흘리신다고 들었습니다."

와키자카가 소 요시토시를 노려보았다.

'너냐? 네가 태합께 아뢴 거야? 이순신에게 겁을 먹은 와키자카는 더 이상 조선에 둘 필요가 없다고? 이런 죽일 놈!'

"그런 적 없소. 난 이순신과 곧 싸우겠소."

소 요시토시가 물었다.

"133척을 가지고도 열세 척을 이기지 못했습니다. 겨울을 나는 동안 이순신은 판옥선을 적어도 일흔 척 가까이 더 만들었을 게요. 여든 척이 넘는 판옥선과 맞서려면 800척 정도는 있어야 되지 않을까요? 그래도 승리를 장담할 수 없을 겁니다."

"닥쳐! 난 이순신을 죽이고야 말겠어. 꼭!"

"우린 이순신을 죽일 수 없습니다. 악몽에 시달리시지 말고 고이 돌아가시지요. 혹여 장군 오판 때문에 남아 있는 수군까지 잃을까 걱정입니다."

"이놈이!"

와키자카가 소 요시토시 먹살을 쥐고 일어섰다. 고니시가 끼어들었다.

"그만들 두오. 지금 이순신이 이끄는 조선 수군과 맞서는 건 무의미하오. 더 이상 조선 수군과 전면전은 없을 게요. 우린 무사히 귀국해야 하오. 그 길을 이순신이 막으려 하오. 그게 문제요."

와키자카가 고니시 쪽으로 몸을 돌린 후 말했다.

"그렇다고 이런 얕은꾀로는 아니 되오이다. 임진년부터 지금까지 이순신 언행을 한번 훑어보오. 침착하고 병법에 밝으며 어떤 유혹에도 흔들림이 없는 장수외다. 삼도 수군 통제사에서 끌어내리기 위하여 우리가 얼마나 많은 간계를 썼는지 기억하지요? 하나 이순신에게 던진 그물엔 아무것도 걸려들지 않았소이다."

고니시가 답했다.

"그 말도 옳소. 하나 지금 우리 장졸들은 이순신이 이끄는 조선 수군에 대한 두려움이 너무 크오. 기적을 낳는 장수라고들 하지 않소."

와키자카가 다시 한 번 단언했다.

"정말 계집 하나가 전황을 바꾸어 놓으리라고 보오? 어림없는 소리!"

고니시는 잠시 눈을 감았다. 임진년부터 소 요시토시와 와키자카 야스하루는 사사건건 대립했다. 와키자카가 원하는 일은 요시토시가 반대했고 요시토시가 나서는 일에는 와키자카가 시비를 걸었다. 두 사람을 따로 불러 놓고 화해 술자리를 마련한 적도 여러 차례였다. 만취하여 서로 지난 일을 사과한 적도 기억나는 것만 두어 차례가 넘었다. 그러나 그때뿐이었다. 이윽고 고니시가 눈을 뜨고 소 요시토시에게 물었다.

"꼭…… 그래야겠느냐?"

소 요시토시가 큰소리로 대답했다.

"예, 장인어른!"

고니시는 눈을 질끈 감고 천천히 고개를 끄덕였다.

"그럼 포로를 교환하자는 공문을 미리 조선 수군 통제영에 넣도록 하겠습니다."

요시라가 쾌선을 타고 한달음에 부산으로 갔다. 부산 군영에서 부상병들을 돌보던 박초희는 앞에 나타난 요시라의 히죽거리는 웃음을 보는 순간 또 다른 불행을 직감했다.

요시라는 박초희를 태우고 예교로 돌아왔다. 박초희는 순순히 명령에 따랐다. 반항해 봤자 이미 내린 결정을 뒤엎을 수 없는 것이다. 남장한 채 예교까지 오는 동안 박초희는 갑판 아래 좁은 방에서 기도를 드렸다.

'모든 것이 주님 뜻이라면, 주여! 뜻대로 쓰시옵소서.'

예교에서 하룻밤을 묵는 동안 박초희는 배에 갇혀 있었다. 간간이 조선말로 웅성대는 소리가 들리기도 했지만 엎드린 채 기도에 열중했다. 동이 틀 즈음 인기척이 났다. 어둠이 짙어 사내 얼굴을 구별할 수 없었다. 두어 걸음 뒤로 물러선 사내의 낮고 굵은 음성이 아득하게 들려왔다.

"마리아! 천주의 높고 높으신 뜻을 어찌 우리가 알 수 있겠소. 그대가 조선으로 다시 온 것은 이 전쟁에서 피를 조금이라도 덜 흘리기 위함이오. 천주께선 일찍이 우리에게 평화를 가르치셨소. 이제 칠 년 동안 계속된 이 전쟁도 끝마칠 때가 되었소이다. 그대가 먼저 가서 그대 동포들에게 천주 뜻을 가르쳐 주오. 나도 이곳에서 그대를 위해 기도하리다. 나는 하루속히 이 부도덕한 전쟁을 끝내고 싶소. 그대가 이순신에게 내 뜻을 전해 주오."

그리고 이내 침묵이 찾아들었다. 박초희는 다시 엎드려 기도를 시작했다. 신의 뜻을 가늠하기란 언제나 어렵고 힘든 법이다.

"마리아!"

환청인가. 누군가 박초희를 또 부르고 있었다. 혹시 기도에 대한 응답인가. 박초희는 고개를 들고 컴컴한 천장을 올려다보았다. 다시 문이 열렸다.

"마리아!"

소은우였다. 가늘게 떨리는 그 목소리는 사발 만드는 법을 가르친 사기장 소은우가 분명했다. 부산을 떠나올 때 작별 인사도 못 올려 아쉬웠는데 그가 갑자기 예교에 나타난 것이다.

"여기까진…… 어떻게 오셨는지요?"

소은우는 용 문양이 그려진 귀한 도자기 몇 점을 선물한 후 겨우 예교까지 배를 타고 박초희를 뒤따라 올 수 있었다. 배에 올라 문 밖 장졸들 눈을 가리는 데도 또 도자기 몇 점이 필요했다. 소은우는 일일이 설명을 하지 않고 말없이 웃기만 했다.

'그대가 위험에 처한다면 대국이나 왜국까지도 갈 수 있다오.'

"통제사에게 갈 거란 연통을 들었소. 사실이오?"

이번에는 박초희가 말없이 고개를 끄덕였다.

"다행이오. 정말 다행이오."

소은우 얼굴이 환하게 밝아졌다. 영문을 모르는 박초희는 두 눈을 크게 뜨고 오른손 검지를 눈썹 위에 댔다.

"진작 돌아갔어야 하오. 통제사는 분명 마리아를 따뜻하게 맞을 게요."

박초희는 잠시 머뭇거리다가 물었다.

"……어찌 그리 생각하시는지요? 소녀는 왜장 고니시 대장이 보내는 선물에 불과합니다."

"그리 자학 마오. 통제사는 분명…… 마리아의 처지를 깊이 이해하실 게요."

"통제사와 사귐이 있으신가요?"

박초희는 더 이상 참지 못하고 물었다. 소은우가 쓸쓸한 미소와 함께 답했다.

"나같이 미천한 이가 어찌 이 통제사처럼 위대한 장수와 사귈 수 있겠소? 우연한 기회에 스쳐 지나듯 잠시 내가 지키던 가마에 머물렀다 간 사내가 있었다오. 강건하고 빈틈이 없는 사람이지만 따뜻한 가슴도 함께 가졌다오. 부탁이 하나 있는데 들어주겠소?"

"말씀하세요."

소은우가 품에서 청회색 보자기 하나를 꺼냈다.

"통제사를 뵙거든 이걸 전해 올릴 수 있겠소? 통제사를 존경하는 마음에서 진작부터 만들어 두었던 거라오."

박초희가 보자기를 건네받았다. 풀어 보지 않아도 그 안에 무엇이 들었는지 알 수 있었다. 사발이었다.

"알겠어요. 꼭 전해 올리겠어요. 따로 통제사께 올릴 말씀은 없으신가요?"

소은우는 잠시 고개를 숙였다가 들었다.

"없다오. 그 사발에 내 마음을 다 담았으니……. 마리아! 부디 통제사 그늘 아래에서 행복하길 바라오. 그동안 왜군 부상병들을 지극 정성으로 돌보았으니 더 이상 불행을 향해 스스로 나아가는 마시오."

"그동안 정말 감사했어요. 소녀가 왜 군영에서 지낼 수 있었던 것도 선생님께서 계셨기 때문이랍니다. 한데 전쟁이 끝나면 남아 있는 사기장들을 모두 왜국으로 데려간다는 풍문을 들었어요. 선생님도 하루 속히 그곳을 빠져나오셔야 할 텐데……."

"내 걱정은 마오. 남아 있는 사기장들과 의논하여 현명하게 처신하리다."

소은우는 부산에 남은 사기장들 중 가장 솜씨 좋고 신망이 두터운 인물이 되어 있었다. 빠져나오려고 수단을 쓴다면 자기 몸 하나쯤 빼내기는 어렵지 않을 것이다. 그러나 소은우는 부산에 남은 사기장들과 운명을 함께하기로 이미 마음을 굳혔다. 최악의 경우 왜국으로 가더라도 도자기를 계속 만들 수 있도록 최선을 다할 생각이었다.

박초희는 마지막으로 큰절을 올렸다. 소은우는 흐르는 눈물을 숨기기 위하여 계속 고개를 왼편으로 돌렸다. 그리고 서둘러 밖으로 나왔다. 더 이상 지체하다간 눈물을 들킬 것만 같았다.

문 앞에 서 있던 군졸 네 명 모습이 보이지 않았다. 갑판으로 올라왔지만, 그곳에서 도자기를 받아 쥐고 웃던 왜장도 없었다.

'이상하군.'

소은우는 배 여기저기를 살폈다. 쉰 명이 넘던 왜병들 모습이 온데간데 없었다. 소은우는 고개를 갸우뚱거리며 배에서 내렸다. 그러곤 백 보쯤 걸어가다가 참느릅나무를 빙글 돌았다. 저 배에는 지금 박초희만 타고 있는 것이다.

'확실히 뭔가 있어. 이대로 돌아갈 순 없지.'

걸음을 돌리는 순간 언덕 위 소나무 숲에서 불꽃이 어른거렸다. 불화살이었다.

크게 반원을 그린 불화살 하나가 박초희가 탄 배로 날아들었다.

"안 돼. 이게 무슨 짓이야? 안 된다."

소은우가 고함을 지르며 언덕을 올랐다. 벌써 두 번째 불화살이 허공을 갈랐다. 강현(控弦, 활을 잘 쏘는 궁수) 주위엔 긴 칼을 든 왜병 다섯 명이 뼹 둘러 서 있었다. 그중 하나가 소은우를 발견하고 앞으로 썩 나섰다. 와키자카 야스하루 부름을 받고 몇 번 가마에 왔던 낯익은 얼굴이었다.

"당장 사라져라. 그러지 않으면 목을 베겠다."

소은우는 깜짝 놀라며 엉겁결에 뒷걸음질을 치다 엉덩방아를 찧었다. 양손이 부들부들 떨렸다. 지금 달아나면 목숨은 구할 수 있다. 세 번째 불화살이 허공을 가로질렀다. 이물 쪽에서부터 불길이 서서히 피어오르고 있었다. 구하는 이가 없다면 박초희는 꼼짝없이 불에 타 죽으리라.

소은우는 천천히 자리에서 일어섰다. 그러고는 등을 보이며 돌아섰다. 왜병 얼굴에 웃음이 감돌았다. 이제 걸음아 날 살려라 달아나면 소리 내어 비웃어 주리라고 생각하는 듯했다. 그런데 갑자기 소은우가 몸을 다시 돌렸다. 그 손에는 어느 틈에 뿔피리 하나가 들려 있었다. 소은우는 양손으로 피리를 잡고 힘껏 불었다.

삐이이!

새벽 고요를 깨고 피리 소리가 멀리멀리 퍼져 나갔다.

"이런!"

왜병이 달려들어 소은우 가슴을 오른발로 힘껏 걷어찼다. 소은우는 쓰러지면서도 뿔피리를 입에서 떼지 않았다. 더욱 크게 피리를 불었다. 칼날이 소은우 목을 노리고 다가왔다. 몸을 돌렸지만 왼쪽 어깨를 칼에 찍혔다. 소은우는 피리를 불었다. 다시 뒤에 서 있던 왜병이 내려친 칼이 오른 다리를 베었다. 피가 튀었다. 처음 소은우를 발견했던 왜병이 막아섰다.

"그만! 죽이면 안 된다. 고니시 대장님이 조선 제일 사기장인 이놈을 꼭 데리고 귀국하겠다고 늘 말씀하셨어. 일을 확대하지 말자."

그 와중에도 피리 소리는 끊어지지 않았다.

불화살 다섯 발이 날아간 직후 피리 소리를 들은 왜병들이 우르르 몰려들었다. 제일 앞에 선 왜장은 소 요시토시였고 그 뒤를 요시라가 그림자처럼 따랐다.

소 요시토시 명을 받고 타오르는 배로 뛰어든 요시라는 가까스로 박초희를 구했다. 연기를 많이 마셔 질식했지만 시원한 샛바람을 쐬자 겨우 정신을 차렸다. 불화살을 쏜 자를 색출하는 일은 잠시 미루고 곧바로 예교를 출발하였다. 쾌선은 순풍을 등에 업고 서쪽으로 달렸다. 애초에 목적했던 회령포 앞바다에 다다랐다.

전라도 예교를 떠난 왜 쾌선 한 척이 빠르게 물살을 가르며 남해도를 왼쪽으로 끼고 내려갔다. 여수를 지나 방답을 통과한 배는 사도와 발포를 지나 계속 서쪽으로 나아갔다. 간혹 왜선들이 뱃길을 막고 행로를 물었지만, 그때마다 이물에 선 왜인이 장검을 높이 들자 꽁지 빠진 생쥐처럼 물러났다.

절이도를 끼고 한참을 가니 회령포 앞바다에 이르렀다. 이곳에서 통제영이 있는 고금도까지는 엎어지면 코 닿을 거리다. 회령포로 접어들면서 쾌선은 돛대에 흰 깃발을 내걸었다. 전투를 벌일 의사가 없음을 알리는 표식이었다. 왜 쾌선을 발견한 조선 수군의 척후선 두 척이 빠르게 접근해 왔다. 서로 얼굴을 확인하고 대화를 나눌 만큼 거리가 가까워지자, 이물에 선 왜인이 장검을 높이 들며 소리쳤다.

"반갑소. 고니시 유키나가 대장께서 보낸 서찰을 가지고 왔소이다."

완벽하게 조선말을 구사하는 왜인은 이순신을 함정에 빠뜨렸던 요시라였다.

고니시가 보낸 서찰이 먼저 전해진 후, 요시라 일행이 쾌선과 함께 고금도로 이송되었다. 요시라는 이미 모든 것을 각오한 것처럼 불편한 대우를 묵묵히 참아 냈다. 일행 중에는 조선인 포로 열한 명이 포함되어 있었다.

포로 교환을 맡은 권준은 요시라를 제외한 나머지 사람들은 쾌선에 그대로 머무르라는 영을 내렸다. 쾌선은 조선 수군 척후선에 삼중 사중 포위된 채 고금도 앞바다에 떠 있었다.

다시 몸수색을 당한 요시라는 눈을 가리고 두 손을 묶인 채 권준이 머물고 있는 군막으로 끌려 들어갔다.

"풀어 주어라!"

눈을 가린 검은 천이 풀렸다. 눈앞이 흐릿했으나 차츰 시력이 돌아왔다. 권준이 상석에 앉고 그 옆에 날발이 서 있었다. 요시라가 넙죽 무릎을 꿇고 큰절을 했다. 권준이 물었다.

"그대가 요시라인가? 김응남 대감께 거짓 정보를 흘려 조선 조정을 미혹케 하고 또 이 통제사께 누명을 씌운 그 요시라가 맞는가?"

요시라가 무릎을 꿇으며 애원하듯 말했다.

"오해이십니다. 소인은 다만 두 나라가 싸우지 않고 화친을 맺기를 바라는 마음에서, 작은 힘이나마 보태었던 것입니다. 통제사 어른을 해칠 마음은 전혀 없었습니다. 믿어 주십시오."

권준이 짧게 말했다.

"고니시가 보낸 서찰을 읽었다. 철천지원수와 어찌 평화를 논할 수 있겠는가. 오직 싸워서 죽일 따름이다."

요시라가 머리를 바닥에 대고 간청했다.

"고니시 대장께서는 평화를 원하십니다. 그래서 친필 서한과 함께 집안 대대로 내려온 가보인 태도(太刀)를 통제사께 드리려는 것이고요. 또한 고니시 대장께서는 칠천량에서 사로잡은 조선 수군 열한 명을 특별히 풀어 주셨습니다. 이만하면 함께 평화를 논할 수 있지 않겠습니까?"

"닥쳐라, 이놈! 제 집에 들어온 도적 떼와 평화를 논하는 주인은 없느니라. 돌아가거라."

요시라가 천천히 고개를 들었다. 권준이 요시라를 다그쳤다.

"네놈들이 잡아간 조선인이 어디 한둘이더냐? 그 사람들을 모두 돌려보내고 사죄해도 죄를 씻을 수 없거늘 어디서 생색을 내는 것인가? 오늘은 밤이 늦었으니 고금도 앞바다에서 지내고 내일 날이 밝는 대로 돌아가라. 우리가 잡은 왜군 포로 열한 명을 내주마. 알겠느냐?"

"예, 장군!"

쩔쩔매는 시늉을 하며 대답을 마친 요시라 얼굴에는 음흉한 미소가 피어올랐다. 요시라가 나간 후 통제영에서 전령이 왔다. 통제사 이순신이 군량미에 관해 논의할 일이 있다며 급히 권준을 찾는다는 것이다. 권준이 서둘러 떠나며 날발에게 말했다.

"통제사께서 급히 찾으신다니 잠시 다녀오도록 하겠네. 포로들을 인솔하여 오면 즉시 왜진 사정이 어떤지 심문하도록 하게. 그리고 모두 회령포 의원에게 보인 후 열흘 정도 푹 쉬도록 챙겨주게. 사지에서 살아 돌아왔으니 힘들 게야."

"알겠습니다! 염려 말고 다녀오십시오."

밤하늘은 칠흑 같은 어둠 그 자체였다. 간간이 뱃전에 부딪치는 파도 소리가 적막을 깼다. 조금 전까지만 해도 다시 예교로 돌아간다는 소식을 접한 왜군들의 왁자지껄한 웃음소리가 갑판을 흔들어 댔다. 그러나 곧 침묵이 찾아들었고, 며칠간 피곤한 항해에 지친 그들은 코를 골며 깊은 잠에 빠져들었다.

묘시(새벽 5시)를 갓 넘긴 시각, 포작선 한 척이 어둠 속을 달려 쾌선에 접근했다. 쾌선에서 왜군들을 지키고 있던 초군(哨軍)들이 잔뜩 긴장한 얼굴로 소리쳤다.

"누구냐?"

"군령을 가지고 왔소이다."

날발이 뿔피리를 흔들며 말했다. 출정할 때 항상 울려 나오는 송희립의 북과 날발의 뿔피리를 모르는 군사는 없었다.

"올라오시오."

날발은 나는 듯이 갑판으로 올라섰다.

"조선인 포로들을 데려오라 하시오."

밤새 보초를 선 군사가 길게 하품을 해댔다.

"아니, 이 새벽에 꼭 데려가야 하우? 해가 뜬 후에 찾아도 늦지 않을 일을."

날발이 무뚝뚝하게 답했다.

"간자가 섞였을지도 모르니 눈을 모두 천으로 가리시오."

군사들은 포로로 잡혀갔던 조선인들을 깨워 일렬로 포작선에 태웠다. 날발이 날카로운 눈으로 그들 한 사람 한 사람 얼굴과 옷차림을 살폈다. 마지막 사내가 배에 오르려는데 날발이 그 손목을 잡아 쥐었다. 사내가 깜짝 놀라며 고개를 돌렸다. 두 눈이 마주쳤다.

　'다, 당신은······!'

　박초희는 다시 고개를 푹 숙였다. 날발도 팔을 놓고 한 걸음 물러섰다. 포로들을 태운 포작선이 유유히 회령포로 향했다.

十六, 평생을 함께한 충복을 잃다

무술년(1598년) 사월 십오일 밤.

전쟁은 소강 국면으로 접어들고 있었다. 왜군은 부산을 중심으로 경상 좌도에 진을 친 후 겨울잠 자는 곰처럼 웅크렸고 조명 연합군도 감히 전면전을 벌일 엄두를 내지 못했다. 경상도와 전라도, 충청도 몇몇 지역에서 전투가 벌어졌지만 쌍방 모두 사상자가 열 명을 넘지 않는 미미한 싸움이었다. 싸움이 장기전에 돌입했던 계사년(1593년) 같은 징후가 곳곳에서 드러났다. 당장 부산으로 진격하라는 어명이 고금도로 날아들었고, 장수들은 되풀이되는 어이없는 명령에 혀를 찼으며, 이순신은 한산도를 탈환하는 것이 급선무임을 알리는 장계를 올리기에 바빴다.

조정에서 들려오는 소식은 장수들을 더욱 안타깝게 만들었다. 전쟁이 소강상태로 접어들면서 인책론이 본격적으로 대두된 것이다. 전쟁을 질질 끈 근본적인 책임이 명나라와 왜의 구화(媾和, 강화) 회담을 방조한 영의정 류성룡과 이덕형 이하 남인들에게 있다는 상소가 줄을 이었다. 강화는 실패했고 다시 전쟁이 터졌으니, 전쟁을 중단하고 평화를 유지할 방안을 찾던 류성룡으로서는 최대 위기가 아닐 수 없었다. 계사년부터 밀어붙였더라면 왜군을 벌써 물리쳤을 것이라는 주장이 제기되었고, 지금이라도 좀 더 강력하게 왜군과 맞설 수 있는 조정으로 거듭나야 한다는 목소리가 높았다.

이순신이 문안 서찰을 올릴 때마다 류성룡은 아무 염려 말고 군무(軍務)에만 힘쓰라는 답장을 보내왔다. 내일 곧 죽어도 아쉬운 소리를 할 류성룡이 아니었다. 이순신은 행간을 읽으며 류성룡의 눈물과 한숨을 찾아냈다.

……나 때문에 여해까지 다칠까 걱정이야. 이젠 내게 글 보내는 것도 줄이고 한양 쪽으로는 눈도 돌리지 말게. 설령 내게 무슨 일이 생긴다 해도 자네는 자네 소임만 다해야 할 것이야. 생각해 보니 물러날 때도 되었지. 내 나이 벌써 쉰일곱이네. 이제 고향으로 돌아가 책이나 벗하고 싶네. 퇴계 스승님도 늘 그러셨지. 쉰다섯만 넘으면 물러나야 한다고 말일세. 남은 일들은 한음에게 맡기려 해. 이제 한음도 정승 반열에 올랐으니 자네를 힘껏 도울 수 있을 걸세.

……여해! 전쟁이란 참으로 인륜을 더럽히는 것 같으이. 아비

가 자식을 죽이고 자식이 아비를 팔아넘기며, 군왕이 신하를 의심하고 신하가 군왕의 덕(德)을 바로 보지 못하는 세상이 아닌가. 돌이켜 보면 나 역시 올곧게 살아온 것만은 아닌 것 같네. 많은 이들을 속였고 많은 이들을 궁지로 내몰았지. 나 자신을 위해 그랬던 것은 아니라도 말일세. 죄가 있다면 벌을 받아야겠지. 안타까운 건 죄인지도 모르고 죄를 짓고 말았다는 것이야. 누구를 탓해서는 안 될 일. 우리 모두를 죄인으로 만든 것은 바로 이 전쟁이라네.

……퇴계 스승님께서는 없는 길로는 가지 말라고 늘 말씀하셨다네. 이미 곧게 뻗은 길로만 다녀도 이 세상 이치를 다 깨닫지 못한다고 말일세. 출사(出仕)한 뒤로 늘 스승의 크고 긴 그림자만 좇은 것 같아. 나는 지금 참으로 보잘것없는 내 삶의 그림자를 보고 있다네. 남아 있는 나날 동안 무엇을 할 것인가 생각 중이야. 자네와 함께 한산도 앞바다에서 노닐겠다는 약속도 잊지 않고 있다네. 전쟁이 끝나면 우리 홀가분한 마음으로 뱃놀이나 다니세. 나는 곧 또다시 사직 차자(辭職箚子)를 올릴 것이야.

류성룡 글은 점점 더 어두워졌다. 이번에 올릴 사직 차는 의례적인 것이 아닐 듯했다.

고금도 생활은 점점 안정을 찾아 가고 있었다. 조선 수군은 이제 예교를 완전히 포위할 정도로 강해졌다. 경상 우수사 이순신(李純信)이 판옥선 이십여 척을 이끌고 방답이나 여수 근처까지 진출하였다. 마지막 시기가 오면 남해도를 둘러싸고 방답과 사천을 외해(外海)로 잇는 거대한 포위망을 구축할 수도 있었다. 여수와 노량이 왜군을 전멸시킬 수 있는 가장 좋은 장소로 지목되었다. 이순신이 고금도 내부 살림을 챙기려고 하면, 권준이 나서서 건강을 회복하시는 것이 급선무라며 등을 떠밀었다. 한산도 때 전성기가 다시 찾아온 것이다. 장졸들은 자신감이 넘쳤고, 나대용 주도로 새로 만든 판옥선도 예전보다 더 크고 단단했다. 불패 신화를 이어가기에 부족함이 없는 진용이었다.

이순신은 종종 고금도를 떠나 후방 섬들을 살폈다. 완도와 안편도를 자주 방문하여 해로 통행첩을 통해 벌어들인 곡물과 매달 생산되는 소금 양을 확인했다. 막대한 재물이 쏟아져 들어오고 있었다.

안편도를 살피고 돌아오는 길이었다. 날발은 잠시 쉬어 가자며 호랑이가 드러누운 듯한 섬에 배를 대도록 했다. 배가 섬에 닿자 이순신이 천천히 배에서 내렸다. 장검과 보자기 하나를 들고 뒤따라 내린 날발이 털썩 무릎을 꿇었다. 이순신이 고개를 돌린 후 물었다.

"무슨 일이냐? 내내 얼굴빛이 좋지 않더구나"

날발이 장검을 양손으로 받쳐 머리 위로 들어올렸다.

"큰 죄를 지었습니다. 이 장검으로 이놈 목을 치십시오."

"죽을죄를 지었단 말이냐?"

이순신이 장검과 날발 얼굴을 번갈아 쳐다보았다. 날발이 천천히 입을 열었다.

"이 섬에 초희 아씨가 있습니다."

이순신은 두 귀를 의심했다. 멀리 암자 하나가 눈에 들어왔다.

"누구라 하였느냐?"

"초희 아씨 말입니다요. 정읍 최 의원 집에서 이놈에게 업으라고 하셨던……."

이순신이 두 눈을 부릅뜨고 날발을 몰아세웠다.

"박초희가 왜 이 섬에 있단 말이냐?"

"지난번 포로 교환 때 고니시가 보낸 포로 열한 명 속에 섞여 있었습니다. 권 수사께서 염전과 군량미 때문에 바쁘셨기에 제가 그들 심문과 이후 일들을 도맡아 했습니다."

"하나 심문 결과를 올린 글에는 박초희가 없었다. 박 씨는 방답 군졸 박종뿐이었어."

날발이 울부짖었다.

"죽여 주십시오. 제가 거짓으로 적어 올렸습니다."

이순신의 언성이 높아졌다.

"그걸 왜 이제야 말하는 게야? 하면 고니시가 일부러 박초희를 내게 보낸 것이 아니겠느냐?"

날발이 고개를 숙인 채 답했다.

"곧바로 말씀 올리면 당장 되돌려 보내라고 하실 것 같아……, 어리석은 생각으로 아씨를 이곳에 숨겼습니다. 죽여 주십시오.

벌을 달게 받겠습니다. 하나 죽기 전에 아씨가 여기 계시다는 걸 꼭 말씀드려야 할 것 같았습니다. 그리고 이것은 아씨가 장군께 꼭 전해 드리라며 제게 맡긴 물건입니다. 보시면 아신다 하셨습니다."

이순신이 날발이 내민 장검을 움켜쥐었다. 날발이 목을 길게 드리웠다. 장검을 높이 들었던 이순신이 짧게 명령했다.

"일어서라!"

"장군!"

날발이 고개를 들었다. 이순신이 칼머리를 날발에게 내밀었다.

"일어서래도. 우선 박초희에게 다녀오너라. 벌은 다녀온 다음에 내리도록 하마."

날발이 장검을 들고 무릎을 펴며 일어섰다. 조심스럽게 물었다.

"함께 가시지요?"

"아니다. 나는 여기 있겠다."

날발은 다시 묻지 않고 숲으로 뛰어 들어갔다.

암자 위로 보름달이 두둥실 떠올랐다. 날발은 발소리를 죽이며 노란 번행초 핀 마당으로 들어섰다. 찌르레기가 울었다. 조용히 올라서서 문틈으로 방안을 들여다보았다. 박초희는 무릎을 꿇고 묵주를 맞잡아 앙가슴에 붙인 채 고개를 반쯤 치켜들고 기도를 드리고 있었다. 참으로 티 없이 맑고 깨끗한 얼굴이었다.

"안심하십시오. 접니다."

날발이 인기척을 낸 뒤 방으로 들어섰다. 박초희는 얼른 자리에서 일어나 반갑게 웃음지었다. 날발이 물었다.

"적적하셨죠?"

"아니에요. 주님께서 늘 함께하시는 걸요. 장군을 보살펴 달라고 매일매일 기도한답니다."

날발이 두 눈을 반짝이며 물었다.

"주님……? 아씨가 믿는다는 남만의 신 말입니까?"

박초희가 고개를 끄덕였다.

"하면 천주는 이번 전쟁에 아무런 관심도 없겠군요. 이건 조선과 왜의 전쟁이니까요."

"주님께서는 이 세상 모든 사람들을 아끼고 사랑하세요. 특히 전쟁으로 고통 받고 신음하는 이들에게 평안과 위로를 주시지요."

날발이 말머리를 돌렸다.

"어쨌든 그 신이 아씨께 평안과 위로를 준다니 다행입니다."

"누구냐?"

갑자기 마당에서 호령 소리가 들려왔다. 이순신 음성이었다. 날발을 보낸 후 박초희가 머무는 암자 쪽을 바라보다가 이상한 사내들 움직임을 발견하고 급히 쫓아온 것이다.

날발이 황급히 장검을 빼 들고 방문을 열었다.

"간자들이 지붕에 있다!"

날발이 장검을 빼 들고 지붕 위로 솟구쳤다. 칼과 칼이 부딪치는 소리가 요란하더니 쿵 소리와 함께 복면 쓴 사내가 마당 위로 떨어졌다. 남서쪽 숲에서 나뭇잎 바스라지는 소리가 들려왔다. 이순신은 번개처럼 숲으로 달려갔다. 바닷바람이 바위를 타고 휘이잉 소리를 내며 숲으로 몰아쳤다. 이순신은 걸음을 멈추었다. 살기가 느껴졌다. 어둠 속에서 누군가 이순신을 눈자리(뚫어지게 실컷 바라본 자취)가 나도록 보고 있었다.

'어디인가, 어디에 있는가?'

주위를 살폈지만 사람 흔적을 찾을 수 없었다. 살기가 점점 더 강해져서 발가벗은 등을 뚫을 정도였다.

'이대로 있으면 당한다.'

눈을 감았다. 온몸에 촉각을 곤두세우고 몸을 숨긴 사내가 접근하기를 기다렸다. 식은땀이 이마에서 코끝을 지나 턱으로 흘렀다. 갑자기 머리 위에서 무거운 바람이 불어 내렸다. 반사적으로 장검을 양손에 움켜쥔 후 머리 위로 뻗었다.

"윽!"

외마디 비명과 함께 검은 복면 사내가 목덜미에 피를 뿜으며 쓰러졌다. 나무 위에서 목숨을 노려 뛰어내렸던 것이다.

이순신은 황급히 몸을 돌렸다. 불길한 기운이 뒤통수를 후려쳤다. 사내가 자신을 이곳까지 유인했다는 느낌이 들었다. 날발은 지붕 위에서 사내들과 싸우느라 여념이 없었고 이순신은 솔숲에 들어왔다.

'그렇다면 초희는? 초희는 방에 혼자 남은 것이다. 놈들이 노리는 것은 내가 아니라 초희다.'

암자로 돌아왔다. 시체 셋이 마당에 널브러졌고 날발은 마지막 남은 사내와 공중제비를 돌며 격투를 벌이는 중이었다. 방문은 활짝 열려 있었다.

"초희!"

방에는 아무도 없었다. 박초희가 연기처럼 사라져 버린 것이다.

날발이 마지막 사내 가슴에 칼을 꽂았다. 네 사내와 혈투를 벌이느라 그 역시 온몸에 상처를 입었다. 오른쪽 허벅지를 찔려 뼈가 다 드러났고 칼날에 패인 옆구리에서는 피가 철철철 흘러나왔다. 날발은 엉금엉금 섬돌까지 기어와서 이를 악물고 소리쳤다.

"장군, 절벽으로!"

이순신은 절벽이 있는 북동쪽으로 내달렸다. 완만한 능선을 타고 정신없이 가다 보니 찬바람이 아래에서 휘익 올라왔다. 떨어지면 뼈마디가 산산이 흩어진다는 절벽이 눈앞에 펼쳐졌다. 천천히 좌우를 살피며 걸었다. 절벽으로 가는 외길이었다. 초희를 납치한 사내는 이 부근 어딘가에 숨어 있는 것이 틀림없었다. 군데군데 솟아 있는 바위와 아름드리 소나무들이 시야를 가렸다.

눈을 감았다. 파도 소리, 바람 소리, 풀잎 흐느끼는 소리, 절벽의 울음소리가 귓전을 어지럽혔다. 이순신은 점점 절벽에 다가서고 있었다. 다시 눈을 뜨고 좌우를 살폈다. 살기가 더욱 가깝게 느껴졌다. 절벽 바로 앞에 서 있는 아름드리 참나무를 노려보았다. 달빛에 반사된 칼날이 푸른빛을 뿜으며 흩어졌다. 이순신은 잰걸음으로 참나무를 향해 다가갔다.

검은 물체가 나무 뒤에서 튀어나왔다. 시커먼 옷을 입고 얼굴을 가린 사내는 박초희 목을 왼팔로 틀어쥔 채 칼을 휘둘렀다. 박초희가 눈으로 말했다.

'위험해요. 오지 마세요.!'

박초희가 고개를 저으며 만류할수록 이순신 걸음은 점점 더 빨라졌다.

'내 꼭 구하리다.'

사내는 낭떠러지까지 뒷걸음질쳤다. 산바람이 한 번만 들이쳐도 그대로 곤두박질할 상황이었다. 이순신이 장검을 머리 뒤로 넘긴 채 소리쳤다.

"모두 죽었어. 항복해! 목숨만은 살려주겠다."

사내 눈이 희미하게 떨렸다. 사내는 박초희 턱밑에 칼끝을 갖다 댄 채 이순신을 노려보았다. 칼을 버리지 않으면 박초희를 죽이겠다는 뜻이다.

'제발…… 가세요. 어서 가세요!'

박초희는 도리질을 치며 이마를 찡그렸다. 이순신은 천천히 장검을 내렸다. 그리고 손이 미치지 않는 오른편 바위로 장검을 휙 집어던졌다. 사내 눈가에 웃음기가 돌았다. 사내는 박초희를 옆으로 밀어내고 있는 힘을 다해 내달렸다. 이순신 목을 향해 힘껏 검을 내리그었다. 이순신은 몸을 날려 울퉁불퉁한 땅바닥을 굴렀다. 칼끝이 이순신 상투를 스쳤다.

사내는 곧 자세를 고치고 이순신에게 다가왔다. 천천히 검을 치켜 올렸다. 보름달이 환하게 비쳤다.

'끝이구나.'

등줄기가 서늘해졌다. 저 칼날이 목덜미에 닿으면 그것으로 끝이다.

그때 갑자기 사내 몸이 기우뚱 오른쪽으로 흔들렸다. 이순신이 바위에 버렸던 장검을 찾아 든 날발이 그 오른쪽 허벅지를 찌른 것이다. 찌르는 힘이 약했던지 사내는 쓰러지지 않고 버텼다. 날발 얼굴을 주먹으로 내리쳤다.

"이야야앗!"

그 순간 이순신이 사내 몸을 감싸 안고 앞으로 밀어붙였다. 뒷걸음질치던 사내가 오른팔로 날발 허리를 감고 왼손으로 박초희 머리채를 잡아챘다. 절벽 아래에서 차가운 바람이 훅 불어 올라왔다. 그제야 이순신은 자신이 지금 낭떠러지를 향해 질주하고 있다는 것을 깨달았다.

이순신이 걸음을 멈추려는 순간 산등성이를 넘어온 바람이 네 사람 몸을 확 밀어젖혔다. 박초희 눈이 왕방울만큼 커졌다. 사내가 절벽 아래로 떨어지는 것과 동시에 박초희 목이 뒤로 꺾였고 날발도 두 발이 허공에 부웅 떴다. 이순신은 오른손으로 가까스로 박초희의 오른 팔을 부여잡고 왼손으로 날발의 왼발을 틀어쥐었다. 두 사람 몸무게를 버티지 못해 앞으로 질질질 끌려갔다. 세 사람이 함께 낭떠러지로 곤두박질할 상황이었다.

날발이 갑자기 눈을 번쩍 뜨고 허리를 조금 숙였다. 이순신과 눈이 마주쳤다.

'대장!'

날발은 입가에 희미한 미소를 띠었다. 마지막 작별 인사였다.

"안 돼!"

이순신이 비명을 지르는 것과 동시에 날발이 오른발로 자기 왼발을 걸어찼다. 이순신은 갑작스럽게 튀어 오른 왼발을 놓쳤다.

날발이 박초희를 살리기 위해 자신을 절벽 아래로 떨어뜨린 것이다. 바다에서 불어 닥친 바람이 냇바람(산마루에서 내리 부는 바람)과 만나 소용돌이를 일으켰다. 이순신은 양팔로 박초희를 힘껏 붙들어 끌어올렸다. 겨우 박초희를 구한 후, 다시 엉금엉금 기어 절벽으로 갔다.

"날발……, 날발아!"

차디찬 바람이 양 볼을 때렸다.

마지막 미소를 머금은 그 얼굴이 눈앞에 와 박혔다. 그 눈길이 이순신을 자꾸 잡아당겼다.

"장군! 상처가 깊으세요."

박초희가 등 뒤에서 말했다. 이순신은 겨우 무릎을 지탱하며 몸을 일으켰다. 피멍이 든 그 얼굴을 잠시 쳐다보았다.

'전쟁터에 더 이상 머물면 아니 된다. 너 같은 백성을 행복하게 만들기 위해 내가 이 바다를 지키는 게다. 널 보내 주겠다.'

"치료하셔야 합니다."

박초희가 다가서려 하자 이순신이 왼 손바닥을 들어 보였다.

"괜찮다. 오늘 악몽은 모두 잊어라. 이 섬도 안전하지 못하다. 널 전라도 땅에 내려 주마. 거기서 새로운 삶을 찾아라."

"장군! 저는……"

이순신이 단호하게 말을 잘랐다.

"우리 인연은 오늘 이것으로 끝이다. 너도 날 만난 적이 없고 나도 널 만난 적이 없다. 부디 좋은 남자 만나 행복해라."

"장군!"

박초희는 두 눈에서 눈물을 줄줄 흘렸다. 이순신은 그 눈물을 외면하고 성큼 앞서 걸었다. 그 눈시울도 촉촉이 젖어 들었지만, 아무도 그것을 보지 못했다.

며칠 후 이순신은 이영남과 권준을 은밀히 호랑이 섬에 보냈다. 그곳에서 자객을 만나 날발이 목숨을 잃었다고만 밝혔고, 박초희 일은 언급하지 않았다.

"권 수사! 절벽 아래는 살폈소?"

"예, 장군! 하나 워낙 수심이 깊고 주위에 암초가 많아 날발 시신을 거두지는 못했습니다."

이순신이 잠시 침묵한 후 물었다.

"이보시오, 권 수사!"

"예, 장군!"

"그들은……, 그들은 누구였소?"

"……"

권준은 즉답을 피한 채 이영남과 시선을 교환했다. 이순신이 좀 더 기력을 회복한 다음 말을 할 작정이었다.

"왜놈 간자가 아니었소. 낯익은 몸놀림이었다오. 우리 군사들이 배우는 택견 같았소."

권준이 불태우고 돌아온 시신들에 관한 설명을 시작했다.

"바로 보셨습니다. 장군! 모두 조선 사람입니다."

"조선…… 사람?"

"또한 그들은 모두 사내구실을 못하는 자들이지요."

'사내구실을 못한다?'

"……그렇다면?"

이순신 얼굴에 긴장감이 돌았다. 권준이 고개를 끄덕였다.

"그렇지요. 내시들이 틀림없습니다. 그동안 줄곧 우리 곁을 맴돌면서 전하의 눈과 귀 노릇을 하던 자들이지요."

'그랬는가?'

눈을 꼭 감았다. 두 주먹이 부들부들 떨렸다. 이제 모든 것이 명명백백해졌다. 권준이 몇 번이나 내부에 있는 적을 운위했을 때 이순신은 믿지 않았다. 아무리 자신을 미워하는 선조지만 이 먼 남해 바다까지 간자를 보내지는 않으리라 여겼다. 그러나 선조는 삼도 수군 통제사인 이순신의 일거수일투족을 살피기 위해 무술에 능한 내시를 붙였다.

'전하! 어이하여 신을 믿지 못하시나이까?'

권준이 조심스럽게 말했다.

"며칠 후면 우리가 내시들을 죽였다는 게 밝혀질 겁니다. 전하께서는 더욱더 장군을 죽이려고 묘책을 짜내겠지요. 장군! 이제 우리 항해도 태풍 가까이 접근한 듯합니다. 배를 돌리면 살 수 있으나 그대로 나아간다면 죽음뿐이지요. 태풍은 누구에게도 자비를 베풀지 않습니다."

'배를 돌리면 살 수 있다!'

이순신은 그 말을 음미했다.

권준은 이런 날이 올 것을 미리 예상하고 있었던 것이다.

　'왜군을 물리치고 대승을 거두어도 기다리는 것이 죽음뿐이라면, 전하를 설득할 가능성이 전혀 없다면, 서애 대감까지 조정에서 물러나신다면, 나는 어찌해야 하는가.'

　이순신 몸이 어둠 속에서 좌우로 흔들렸다. 눈을 감았다. 날발의 맑은 눈동자가 손에 잡힐 듯 맴돌았다. 날발은 이제 이 세상 그 누구도 모르는 곳으로 가 버렸다. 머리가 점점 무거워지더니 거대한 돌덩이가 짓누르는 듯했다.

　'잘 가라. 날발! 널 잊지 않으마.'

十七. 연합 함대를 위해 굴욕을 감내하다

　칠월 십팔일 밤.

　이순신 함대는 흰 까치수염 흐드러지게 핀 금당도(金堂島) 앞바다에 야영하고 있었다. 흰배지빠귀와 휘파람새가 판옥선 갑판까지 날아와 앉았다. 칠월 십육일, 고금도에 도착한 명나라 수군 도독 진린(陳璘)은 여독이 채 풀리지 않았다며 통제영에 남았다. 여독이라는 핑계를 댔지만 이틀 동안 계속 마신 술에서 깨어나지 못한 것이다. 류성룡은 밀서를 보내 진린을 깍듯하게 대접할 것을 신신당부했다. 성격이 포악하여 한양에서도 조정 대신들을 함부로 대했다는 것이다. 이순신은 군사를 풀어 사슴과 멧돼지를 사냥했고 술을 종류별로 그득 준비했다. 진린이 고금도에 내리자마자 이순신은 성대하게 잔치를 열어 술과 음식 그리고 여자를 안겼다. 진린을 비롯한 명나라 수군 5,000명은 융숭한 대접에 웃음을 감추지 못했다.

그리고 어젯밤, 이순신은 녹도 만호 송여종(宋汝悰)으로부터 급전(急傳)을 받았다. 전(前) 조방장 김완이 걸인 행색을 하고 녹도에 나타났다는 것이다. 이순신은 조방장 배흥립을 급히 녹도로 보낸 후에도 잠을 이루지 못했다. 죽었던 사람이 살아 돌아온 것이다.

동틀 녘 공기를 가르며 경쾌선이 통제영으로 들어섰다. 김완보다 먼저 송골매들이 통제영 하늘을 맴돌더니 초췌한 몰골을 한 김완이 배에서 내렸다. 부두에서 기다리던 이순신이 황급히 달려 나가 김완을 포옹했다.

"장군! 흐흐흐흑."

김완이 눈물을 뚝뚝 흘리며 흐느꼈다. 이순신 눈도 충혈 되었다.

"언수(彦粹, 김완의 자)! 살아 있었군. 살아 있었어."

김완이 진흙 바닥에 엎드려 큰절을 올렸다. 이순신은 김완 손을 꼭 잡고 놓을 줄을 몰랐다. 배흥립을 비롯한 장수들도 흘러내리는 눈물을 감추지 못했다.

칠천량에서 왜군과 맞섰을 때 김완은 견내량으로 후퇴하지 않고 오히려 해안을 따라 전진해서 안골포 쪽으로 피했다. 그곳에서 왜군 복병에게 사로잡혀 쓰시마까지 끌려갔다가 왜선에 몸을 숨겨 다시 안골포로 돌아왔다. 낮에는 숲에 숨고 밤에는 산등성이를 타면서 보름을 넘게 움직여 녹도에 이르렀던 것이다. 근 일 년 만에 귀환한 것이다.

"자, 들어가세. 오늘은 맘껏 취해 보세나."

이순신은 김완을 이끌고 군영으로 돌아갔다. 막사에 들어서자마자 뒤따라온 조방장 배홍립이 말했다.

"장군! 이러고 있으실 때가 아니오이다. 곧 왜놈들 내습이 있을 것이라고 하외다."

김완이 걸걸한 음성으로 배홍립을 거들었다.

"예교 근처 바닷가를 지나는데 출전 준비를 마친 왜선들이 즐비하게 늘어서 있었소이다. 무기를 모두 실은 걸 보니 하루 이틀 내에 통제영을 기습하려는 것이 틀림없소이다."

이순신이 고개를 끄덕이며 권준을 돌아보았다.

"우선 절이도 쪽으로 가시지요. 회포는 가면서 풀도록 하시고요."

이순신은 판옥선을 쉰 척 가량 거느리고 녹도와 절이도를 둘러보았다. 아직까지 왜선들 움직임은 없었다. 이순신은 경상 우수사 이순신(李純信)에게 판옥선 스무 척을 맡겨 절이도 앞바다에 머무르도록 한 후 판옥선 서른 척을 이끌고 금당도로 후퇴했다. 하루 종일 노를 저은 격군들을 쉬게 하려는 것이다. 진린은 곧 뒤따라 오겠다는 전령을 아침저녁으로 보냈지만 여전히 고금도에 머물러 있었다. 밀려드는 잠을 쫓으며 이물 쪽에 서 있는 이순신에게 권준이 웃으며 다가왔다.

"잠시 눈을 붙이시지요. 어제도 김 조방장을 기다리느라 잠을 설치지 않으셨습니까? 오늘밤에는 전투가 벌어지진 않을 듯합니다."

이순신이 어두운 바다를 응시하며 말했다.

"서애 대감께선 진린을 경계하라 하셨소. 안하무인으로 조선 장졸들을 업신여긴다고 말이오. 과연 진린은 이틀 동안 호언장담을 늘어놓으며 거들먹거렸소. 천병(天兵)이니 천장(天將)이니 하면서 말이오. 하나 진린이 이끌고 온 명나라 수군은 우리에게 전혀 보탬이 되지 않아요. 사선(沙船)이니 호선(號船)이니 자랑을 해도, 우리 판옥선에 비해 크기도 반밖에 되지 않고 무기도 보잘것없소. 앞으로 이 일을 어찌해야 하겠소?"

권준이 차분하게 답했다.

"통제사 말씀이 참으로 옳습니다. 진 도독 군사들은 거추장스럽기만 할 뿐 전혀 도움이 아니 되지요. 하나 명나라 수군이 고금도까지 내려왔다는 것 자체가 중요합니다. 명나라 육군과 수군이 모두 참전하였으니 왜군들은 더욱 부담스럽겠지요. 우리로서는 진린을 잘 이용해야 합니다. 진린을 후대하여 전투에 참가시키는 것은 물론 진린을 통해 명나라 조정으로부터 인정을 받는 것이 필요합니다."

"명나라 조정으로부터 인정을 받는다?"

"주상 전하께서는 전쟁이 끝나자마자 장군을 죽이려 할 겁니다. 조선 왕실과 조정이 어리석은 결정을 쉽게 내리지 못하도록 하려면 그보다 더 큰 힘을 빌리는 수밖에 없지요. 명나라로부터 인정을 받는다면 전하께서도 함부로 장군을 죽이지 못할 겁니다."

명나라로부터 인정만 받는다면 그보다 더 큰 방패막이가 없을 듯했다. 명나라 유격 대장에게 머리를 조아리는 선조가 아니었던가.

"하나 장군! 그건 임시방편일 뿐입니다. 결국 전하께서는 장군을 치실 것입니다."

"그 이야기는 다음에 합시다."

이순신은 말머리를 돌렸다. 권준을 비롯한 휘하 장수들이 왕실과 조정에 가진 불만과 원망은 점점 더해만 갔다. 두번 다시 작년처럼 삼도 수군 통제사를 제멋대로 잡아가게 두지는 않겠다는 것이다. 힘에는 힘으로 맞서고 명분에는 명분으로 맞서서 누가 옳고 그른가를 확실히하겠다고 했다.

이순신은 그 울분을 누구보다도 잘 이해했다. 지난 칠 년 동안 해전에서 거둔 수많은 승리에도 수군 장졸들에게 돌아오는 상은 너무나도 미미했다.

'그러나 힘으로 맞서면 아니 된다. 어명을 거역하거나 어명을 전하는 관리들을 다치게 한다면 곧 반역인 것이다.'

권준도 더 이상 언급은 삼갔다. 아직까지는 시간이 있다고 여기는 듯했다.

"장군! 경쾌선이옵니다."

송희립이 북채를 들어 동북쪽 바다를 가리켰다. 절이도에서 곧장 금당도를 향해 작은 배가 미끄러지듯 내려오고 있었다. 녹도를 지나 발포 근처까지 나갔던 척후선이었다. 척후선에 탄 이언량이 선상의 이순신을 발견하고 큰 소리로 외쳤다.

"장군! 왜 선단이 녹도를 향해 오고 있습니다. 속히 출정하셔 야 하오이다."

이순신이 지체 없이 군령을 내렸다.

"출정하라!"

"출정!"

송희립이 출정 북을 크게 울렸다. 그러나 뿔피리 소리는 뒤따 라 흘러나오지 않았다. 날발을 잠시 그리워하던 이순신이 다시 이언량에게 명령했다.

"경상 우수사에게 가서 일러라. 왜선들을 절이도 쪽으로 유인 하라. 금당도 수군이 도착하는 것과 동시에 돌격하여 당파한다. 알겠는가?"

"예, 장군!"

이언량은 정면으로 맞선다는 명령을 듣고 신이 나서 절이도로 돌아갔다. 권준이 끼어들었다.

"진 도독에게도 알려야 합니다."

이순신이 고개를 저었다.

"지금 고금도에서 출항한다 해도 전투가 모두 끝나서야 절이도 에 도착할 것이오."

권준이 다시 독촉했다.

"그러니까 더욱 연통을 넣어야죠. 나중에 알리지도 않고 전공 을 도둑질했다는 억지를 부리면 큰일이니까요. 일단 알려 주고 전투를 끝낸 후에 기다리도록 하지요."

"그래, 그렇게 하오."

권준은 정사준을 급히 고금도로 보냈다.

연합 함대는 순풍을 타고 절이도로 접근했다. 전투가 시작되기 전 밤바다는 고요하기 이를 데 없었다. 송희립이 치는 북소리도 멈추었고 모두들 입을 굳게 다문 채 녹도 쪽으로 돌아드는 밤풍경만을 눈에 넣고 있었다.

"장군! 적입니다."

웅성거림이 점점 커지더니 불꽃이 하늘로 피어올랐다. 불길에 휩싸인 판옥선들이 필사적으로 후퇴하고 있었다.

"돌격하라!"

"돌격!"

송희립이 치는 북소리가 쉴 새 없이 빨라졌다.

비(飛), 비(飛), 비(飛).

새처럼 날아가서 왜선과 부딪치라는 신호였다. 경상 우수사 이순신(李純信)이 탄 배가 단숨에 뱃머리를 휙 돌렸다. 후퇴하던 군선도 곧 중군이 탄 배와 합류하여 돌진했다.

권준이 이순신에게 다가왔다.

"장군! 여기서 멈추시지요. 적선은 백 척이 넘습니다. 장군까지 나서실 필요는 없지요."

이순신이 큰소리로 말했다.

"무슨 소릴 하는 거요? 이미 나는 바다에서 죽겠다고 장졸들과 약속했소. 송 군관! 무얼 하는가? 왜선 중에서 가장 큰 배가 우리 몫일세. 어서 서두르게."

"예, 장군!"

송희립이 치는 북소리가 더욱 빨라졌다. 권준은 걱정스러운 얼굴로 고개를 설레설레 저었다.

'장군! 이제 우리에겐 팔십 척이 넘는 군선이 있습니다. 명량에서처럼 죽기 살기로 장군이 나설 필요는 없지요. 조선 수군을 움직일 장수는 오직 장군 한 분이십니다. 몸을 아끼세요. 뒤에 그저 계시기만 해도 조선 수군은 승리할 겁니다.'

이순신이 탄 판옥선이 어느 틈에 선봉으로 나섰다. 통제사 깃발을 발견한 조선 수군들이 함성을 지르며 더욱 힘차게 나아갔다. 태산이라도 무너뜨릴 조선 수군 기세에 왜선들은 제대로 싸워 보지도 못하고 뱃머리를 돌리느라 정신이 없었다. 총통이 불을 뿜었고 불화살이 밤하늘을 수놓았다. 적 기습에 충분히 대비한 조선 수군의 일방적인 승리였다.

왜선 50여 척을 격침했고 나머지 50여 척은 예교로 달아났다. 이제는 녹도까지 함부로 나오지도 못할 것이다. 적 기세를 확실히 꺾었으니 예교에 웅크린 고니시 유키나가 군대를 직접 칠 수도 있으리라.

이순신은 적 수급을 거두어들이도록 군령을 내렸다. 명량에서처럼 승전 장계와 함께 조정에 수급을 보낼 작정이었다. 수급을 모아 보니 일흔두 개였다. 이순신은 수급을 거둔 장졸들 명단과 각 군선이 왜선을 몇 척씩 격침시켰는가를 소상하게 조사했다. 권준이 곁에 서서 물었다.

"장군! 이 수급을 모두 우리가 거두었다고 쓰실 것인지요?"

이순신이 고개를 끄덕였다. 권준이 다시 말했다.

"곧 진 도독이 올 겁니다. 전공을 나눠 줘야 합니다."

이순신(李純信)이 옆에서 거들었다.

"모두 다 줘 버리십시오."

이영남이 반대 의견을 냈다.

"우리 군사들이 피 흘려 얻은 수급이오이다. 어찌 진 도독에게 그냥 준단 말씀입니까? 오늘의 전공이 모두 진 도독에게 돌아가면 조선 수군은 제대로 싸우지도 않고 뒷짐만 지고 있었다는 비난을 면키 어려울 것입니다."

권준이 중재를 했다.

"이 조방장 주장도 일리가 있어요. 그렇다면 이렇게 하는 게 어떻겠는지요? 일단 진 도독과 수급을 나누도록 합시다. 그리고 내용이 다른 장계를 두 장 쓰도록 하지요."

이영남이 물었다.

"내용이 다른 장계를 쓴다 이 말씀입니까?"

권준이 고개를 끄덕였다.

"그렇소. 한 장은 진 도독과 조선 수군이 함께 공을 세워 수급을 각기 취했다고 쓰고, 또 한 장은 조선 수군이 왜선을 몰아낸 뒤에 도착한 진 도독이 조선 수군이 취한 수급을 빼앗았다고 쓰는 겁니다. 먼저 언급한 장계를 보낸 뒤 상황을 보아서 남은 장계를 보내면 조정 비난을 적절히 막을 수 있다고 봅니다만……."

이순신이 권준 뜻에 동의했다.

"그렇게 합시다."

회의가 끝날 즈음 진린이 군선들을 이끌고 절이도 앞바다로 들어섰다. 전투가 끝났음을 눈으로 확인한 진린은 화가 잔뜩 난 얼굴로 이순신의 지휘선에 옮겨 탔다.

"이 장군! 일부러 연통을 늦게 넣은 이유가 무엇이오?"

진린은 양 볼에 바람을 잔뜩 넣고 고함부터 질러 댔다. 이순신이 차분하게 답했다.

"왜선들은 진 도독 이름만 듣고도 두려워 모두 물러간 것이오이다. 싸우고 말고 할 상황이 아니었소이다."

이순신 말을 통역을 통해 전해들은 진린 표정이 조금씩 풀렸다. 그 틈을 놓치지 않고 이순신이 이물 갑판 위에 쌓아 둔 수급을 가리키며 말했다.

"진 도독께 드리려고 모아 둔 수급이오이다."

"내게 수급을 준다고 했소?"

벌어진 진린 입이 다물어질 줄을 몰랐다.

"이번 승리는 진 도독이 거두신 것이니 모두 가져가십시오. 조방장! 저 수급들을 도독이 탄 배로 옮겨 싣도록 하라."

진린이 이순신 팔을 붙들며 만류했다.

"어찌 저 수급을 내가 모두 가질 수 있겠소? 왜선을 물리치고 수급을 거둔 것은 조선 수군 전공이니 우리 저 수급을 반반씩 나누도록 합시다."

이순신이 고개를 저었다.

"천병이 이룩한 전공과 우리가 쌓은 미미한 전과가 같을 수가 있겠소이까. 정 그러시다면 도독께서 우선 갖고 싶으신 만큼 가져가시지요. 나머지를 소장이 취하도록 하겠소이다."

"진심이오?"

"허허, 소장이 어찌 천장(天將)께 거짓을 아뢸 수가 있겠소이까. 아무 염려 마시고 가져가세요."

진린이 이순신을 덥석 껴안은 다음 호탕하게 웃었다.

"하하하! 내 이 장군의 산두(山斗. 태산북두의 준말. 매우 존경받는 사람을 가리킴.) 같은 명성은 익히 들어서 알고 있었소이다. 오늘 이 장군을 보니, 과연 경천위지지재(經天緯地之才. 천하를 경륜할 만한 뛰어난 재질)와 보천욕일지공(補天浴日之功. 국난을 극복하여 국운을 만회할 큰 공로)이 있소이다. 내 천자께 오늘 일을 꼭 글로 올리겠소. 장군과 같은 장수가 조선에 한두 명만 더 있으면 왜군은 물러갈 수밖에 없을 것이오. 하하하, 하하하하!"

진린이 수급 마흔다섯 개를 가져갔으므로 스물일곱 개만이 조선 수군 몫으로 남았다. 배석한 장수들 표정은 어둡고 딱딱했다. 두 눈 시퍼렇게 뜨고 전공을 빼앗겼으니 기분이 좋을 리 없었다. 이순신이 잔잔한 미소를 머금은 채 그들을 다독거렸다.

"돌아가오. 가서 오늘은 마음껏 취하도록 합시다. 김 조방장 귀환도 축하하고 오늘 승전도 자축해야 하지 않겠소? 수급이 많고 적음으로 어찌 이 뜨거운 가슴과 불타오르는 눈동자를 가늠할 수 있겠소. 그깟 벼슬이나 재물은 모두 저들에게 던져 버리도록 합시다. 우리는 재물이나 벼슬에 눈이 먼 개돼지가 아니지 않소? 우리는 조선 바다를 지키는 장수들이오. 오늘도 적을 물리치고 저 아름답고 푸른 바다를 지켰으니 그것으로 그만이 아니겠소?

돌아갑시다. 가서 서로에게 술 권하며 오늘 무용담을 나누도록
하오."

회군 북이 장중하게 울렸다. 연합 함대 판옥선들은 일제히 닻
을 올리고 고금도로 향했다. 산들바람이 격군들 피로를 덜어 주
었고 뭉게구름이 함대 뒤를 종종종종 따라왔다.

十八、 류성룡, 실각하다

시월 칠일 밤.

정릉동 행궁으로 들어서는 류성룡은 발걸음이 무겁기 그지없었다. 뒤바람이 흰 수염을 흔들어도 몸을 움츠릴 힘조차 없었다. 대전 내관 윤환시가 집까지 찾아와서 은밀히 입궐하라는 어명을 전할 때부터 알고 있었다. 삼십여 년이 넘는 관직 생활에서 드디어 물러날 때가 된 것이다. 예상은 했지만 그래도 이 전쟁이 끝날 때까지는 책임질 수 있으리라는 기대를 가졌던 것도 사실이다. 도요토미 히데요시가 이미 죽었다는 소문이 장안에 파다했고 왜군들이 철군할 움직임이 두드러진다는 장계가 하루에도 몇 번씩 올라오고 있었다. 길어야 두 달, 올해가 가기 전에 전쟁은 끝날 것이다. 그때까지만 국정(國政)을 살필 수 있다면, 그 후에는 설령 붙든다고 해도 스스로 관복을 벗고 낙향할 작정이었다. 후

학을 가르치며 안빈낙도를 즐기고 싶었다.

그러나 구월로 접어들자마자 광풍이 몰아쳤고 그 꿈은 한낱 물거품이 되어 버렸다.

불길한 조짐은 지난 칠월 명군 지휘자인 경리 양호가 만세덕(萬世德)으로 교체되면서부터 시작되었다. 선조가 큰절을 올리려고 할 정도로 양호는 조선 조정 신임을 두텁게 받고 있었다. 그러나 어느 날 갑자기 명나라로 송환된 양호는 천자를 속였다는 죄명으로 목이 달아나게 생겼다.

정유년(1597년) 십이월부터 올 이월까지 조명 연합군은 양호 지휘 아래 가토 기요마사가 진을 친 울산을 공격하였으나, 왜군 저항이 워낙 심해 특별한 전과를 거두지 못했다. 그런데 양호는 마치 대승을 거둔 것처럼 천자에게 장계를 올렸던 것이다. 선조는 지난날 의리를 생각해서 양호를 변호하기 원했고 조정 중론도 양호는 조선 은인이므로 모른 체할 수 없다는 쪽으로 모였다. 명나라 오해를 풀고 양호가 결백함을 아뢰는 진주사(陳奏使)를 보내기로 결정되었는데, 사안이 중대함을 감안할 때 정승 반열에 오른 이들 중에서 뽑기로 했다. 도체찰사로 하삼도를 총괄하고 있는 우의정 이덕형이 우선 제외되었고 양호를 도와 지난겨울 울산으로 내려갔던 류성룡 역시 중벌을 받을 가능성이 있기에 곤란했다. 좌의정 이원익이 선뜻 자청하고 나설 때까지만 해도 문제가 순조롭게 해결되는 줄 알았다. 그러나 이원익이 보인 호의는 한순간에 류성룡을 꽁꽁 묶는 덫이 되었다.

진주사를 보내서 사건을 마무리하려 했던 조선 조정은 엉뚱한 방향으로 오해를 샀다. 평소 양호와 사이가 나빴던 동정찬획주사 (東征贊畫主事) 정응태(丁應泰)가 조선이 고구려 옛 땅을 수복하기 위해 왜와 짜고 명나라를 속이고 있다는 장계를 올린 것이다. 이 일을 해명하기 위해 진주사를 한 번 더 보내자는 논의가 있었다. 류성룡은 이번에도 스스로 가겠다고 나서지 않았고 조정에서는 이덕형이나 윤두수 등이 거론되었다. 그러나 누구도 선뜻 응낙하지 않았다. 조선과 왜가 담합하여 요동을 치려 한다는 정응태 장계가 명 조정에 일으킨 파문을 상상해 보라. 이번에 가면 정말 살아 돌아올 수 없음을 대신들이 누구보다도 잘 알고 있었다.

먼저 칼을 뽑아 든 것은 선조였다.

졸지에 인적반군(引賊叛君, 적을 끌어들여 명나라 임금을 배반함)의 죄를 뒤집어쓴 선조는 조회도 보지 않고 양위를 주장하기에 이르렀다. 그 전에도 몇 번 양위를 언급한 적이 있지만 이번에는 매우 심각했다. 조선 국왕이 천자 나라를 배신했다는 추궁을 받았으니 이제 조선은 오랑캐 나라로 전락한 것이다.

선조는 스스로 책임을 지겠다며 선수를 쳤다. 그러나 한 나라 군왕이 그 치욕을 감내할 수는 없는 일이다. 군왕을 대신하여 대신들 중에서 죄를 받을 사람이 필요했다. 대간들은 류성룡을 지목했다. 두 차례나 진주사를 회피하여 명나라 조정에 노여움을 더했다는 죄명이었다. 탄핵이 시작되자 불길은 걷잡을 수 없이 확대되었다. 칠 년 동안 전쟁을 질질 끈 것도 강화 회담을 묵인한 류성룡 책임이며, 하삼도 왜군을 몰아내지 못하는 것도 뜨뜻미지근한 그 성품 때문이라는 상소가 줄을 이었다.

구월 이십오일부터 류성룡은 두문불출하고 석고대죄를 했다. 관직에서 물러나게 해 달라는 소를 매일 어전에 올렸으나 선조는 번번이 그 청을 되돌렸다. 그럴수록 류성룡을 탄핵하는 상소가 빗발쳤다. 이제는 관직에서 물러나는 정도가 아니라 아예 삭탈관직에 처해야 한다는 요구도 심심찮게 올라왔다.

"영상 대감, 바람이 차옵니다. 속히 따르시지요."

윤환시가 눈을 끔벅거리며 채근했다.

입궐하라는 명을 받았을 때 류성룡은 두려움과 함께 이상한 안도감이 들었다. 류성룡은 오래전부터 선조와 독대하기를 기대하고 있었다. 조정 중론에 따라 어쩔 수 없이 관직에서 물러나긴 하겠지만, 어심을 확인할 필요가 있었다. 이 일을 기회로 남인들을 친다면 큰일이 아닐 수 없다. 이원익, 이덕형 등이 줄줄이 옥에 갇힐 수도 있었다. 어떻게 해서든지 그 일만은 막고 싶었다. 옥에 가도 혼자 가고 사약을 받아도 혼자만 받기를 원했다. 류성룡은 탑전에서 이렇게 아뢸 참이었다.

'모든 벌을 신에게 내려 주시옵소서. 다른 대신들에게는 맡은 바 소임을 다할 수 있도록 기회를 주시옵소서.'

희미한 불빛이 별전에서 새어나왔다. 대전 내관과 상궁 그리고 궁녀들 모습은 보이지 않았다. 윤환시가 발소리를 죽이며 다가와서 속삭였다.

"아뢰지 말고 그냥 드시라 하셨사옵니다."

류성룡은 고개를 끄덕인 후 천천히 별전으로 들어섰다. 용상 앞 작은 촛불 하나만이 빛을 발했다. 어두컴컴한 실내로 찬바람

이 휘잉휭 떠돌았다. 오른손으로 이마를 짚고 비스듬히 앉아 있
던 선조가 시선을 내리깐 채 말했다.

"가까이 오라."

"예, 전하!"

허리를 굽힌 채 용상으로 나아갔다. 평소에 자리를 지키던 곳
에 멈춘 후 꿇어 엎드렸다.

"전……하!"

"좀 더 가까이 와."

선조 목소리가 더욱 낮고 침침했다. 류성룡이 다시 자리에서
일어나서 대여섯 걸음 나아갔다. 용상에서 두 걸음도 채 떨어지
지 않았다. 류성룡은 머리를 땅에 닿을 만큼 숙인 채 하명을 기다
렸다. 툭 소리와 함께 펼쳐진 상소문 하나가 그 앞에 던져졌다.

"소리 내어 읽어라."

"예, 전하!"

주섬주섬 상소문을 펼쳐 들었다. 자신을 탄핵하는 상소문 중
하나라고 여겼다. 신하들 기를 꺾어 놓기 위해 선조는 이런 방식
을 즐겼다. 그러나 첫 구절을 읽는 순간 류성룡은 왈칵 솟구친
눈물 때문에 앞을 제대로 분간할 수조차 없었다.

"대저 류성룡은…… 성상께 인정을 받아 시종(侍從) 반열에 있
은 지 이미 삼십여 년이 되었습니다. 국사에 손을 댈 곳이 하나
도 없는 이토록 위급한 때를 당하여 왕령(王靈)을 받들고 혼란을
평정하기를 도모하여 마음과 힘을 다해서 오래도록 국사를 대처
하는 지위에 있었으니, 그간 시행한 일의 잘잘못과 이해(利害)에

관해서는 성상께서도 잘 아시는 바이므로 한 마디도 덧붙일 필요가 없습니다……. 청백하게 처신하고 진심으로 국가를 염려한 일에 있어서는 옛날 사람과 비교해도 또한 부끄러울 것이 없으며, 결백을 자수(自守)하여 교유(交遊)를 좋아하지 않은 것은 남들이 다 아는 사실로 더욱 속일 수 없는데, 간악한 자들이 이리저리 죄로 얽어매니 이것은 성룡 한 사람만 모함하려는 것이 아니라 일세(一世) 청류(淸流)를 모두 중한 죄에 빠뜨리려고 하는 것입니다……. 저, 전하!"

류성룡이 읽기를 멈추었다.

홍문관 부제학 김늑(金玏), 부응교 홍경신(洪慶臣), 수찬 심액(沈詻)이 올린 상소였다.

'왜 이 상소를 내게 읽히시는 것일까. 혹 이 사람들에게 죄를 주시려는 것이 아닐까. 이들은 홍문관에서 고지식하게 글만 읽는 선비들이다. 이들에게 화가 미쳐서는 아니 된다.'

"계속 읽어라."

"전하! 이들은 신과 아무 연관이 없사옵니다."

"계속 읽으라고 하지 않았느냐?"

선조의 목소리가 조금 커졌다. 류성룡은 시선을 내리고 다시 상소를 읽어 나갔다.

"이 무리들이 서로 규합한 것이 하루아침 일이 아닙니다. 전일 경솔하고 추잡한 자들이 서로 사귀고 작당하여 더러운 짓을 하였으니 패려한 행실이 청의(淸議)에 버림을 받는 것은 당연한 것인데, 청선(淸選)에 참여하지 못한 것에 대해 마음속에 감정을 품고 뜻이 같은 자들과 결탁하여 남을 모함하려고 하였습니다……. 그러자 못된 무리들이 앞을 다투어 서로 좇아 밤낮으로 추종하여 심복이 되어 은밀히 사술을 부렸는데, 그 작태에 사람들이 모두 분개할 뿐만 아니라 그들과 개금(開襟, 속마음을 터놓고 이야기를 나눌 만큼 친한)하는 자들까지도 걱정하였습니다."

"그만!"

류성룡 눈에서 어느새 눈물이 흘러내렸다. 선조가 하문했다.

"대소 신료들이 모두 영상을 탄핵하고 있는데 홍문관만은 그대를 싸고도는구나. 이 일을 어떻게 생각하는가?"

"모든 것이 신의 어리석음으로부터 비롯되었사옵니다."

"영상이 홍문관에 오랫동안 머물렀고 혼신을 다하여 청아(菁莪, 인재를 육성함)를 길렀음을 과인도 알고 있었다. 하나…… 홍문관이 이런 소(疏)를 올릴 줄은 몰랐느니라. 영상을 유비군자(有斐君子, 학식과 인격이 훌륭한 사람)로 떠받들고 있지 않는가. 이들이 과인 신하인지 영상 신하인지 모르겠구나."

선조는 말끝을 가볍게 감아올렸다. 차가운 비수가 그 속에 숨어 번뜩였다.

"전하! 신을 죽여 주시옵소서."

류성룡은 바닥에 이마를 박고 흐느꼈다. 선조는 그 울음을 외면한 채 이야기를 계속했다.

"또 누구는 그런다는구나. 전쟁을 이만큼 승리로 이끈 것은 모두 서애 류성룡의 공이라고. 조선 군왕은 의주로 도망이나 다니고 명나라 장군에게 머리나 조아리며 나라 망신을 시켰다고. 차라리 세자가 보위를 물려받는 편이 낫다고. 과인이 좋아서 양호에게 절을 하려 했겠는가? 과인도 이 나라 군왕으로서 권위를 드높이고 당당하게 살고 싶다. 하나 전쟁에서 승리하기 위해서는 명나라 장수들에게 아첨할 수밖에 없지 않으냐? 과인이 치욕을 감내할 때 이 나라 대소 신료들은 다 무엇을 했느냐? 조금이라도 체면 깎이는 일은 하지 않으려 했다. 영상! 그래도 과인은 영상과 해원부원군 윤두수만은 믿었다. 두 사람은 내부(內附)하려는 과인을 결사적으로 만류하며 목숨을 걸고 조선을 지키겠노라고 하지 않았는가? 그동안 어찌 영상 죄가 없다고 할 수 있으리. 하나 과인은 영상을 믿었다. 영상이라면 목숨을 아끼지 않으리라고 생각한 것이다. 그러나 영상은 변했다. 이젠 이 핑계 저 핑계를 대며 진주사가 되는 것조차 피하고 있다. 지금 명나라로 가면 옥에 갇힐 수도 있고 목숨을 잃을 수도 있다. 하나 과인은 영상이 나서 주기를 바랐다. 영상이 나서서 진주사를 자청하면 과인이 영상을 사지로 보내겠는가? 한데 영상은 과인 마음을 받지 않았다. 아직도 세상에 미련이 많은 것이다. 그동안 쌓은 명성과 재물들, 휘하에 거느린 신료들을 두고 떠날 수가 없었던 것이다. 아니 그런가?"

"……"

"그러나 이것이 어찌 영상 잘못이겠는가? 삼십여 년 동안 관직에 나선 자가 그만한 집착도 없다면 그야말로 어리석은 일이 아니겠느냐? 대소 신료들과 비교하면 오히려 영상 죄는 가볍고 가볍구나. 당연히 죄보다 공이 많은 것이야."

"저, 전하!"

"도요토미 히데요시가 죽은 게 사실이라면 이제 곧 종전(終戰)이 된다. 종전이 되면 영상은 살아남을 수 있겠는가?"

"……"

그 물음이 가슴을 마구 뒤흔들었다. 류성룡이 걱정하는 바를 정확히 집어낸 것이다. 이대로 전쟁이 끝나면 어차피 중벌을 받을 것이다. 칠 년 전쟁 동안 조정에서 범한 과오들은 영의정인 류성룡이 책임을 질 수밖에 없다. 명나라와 왜의 강화 회담을 방임한 죄가 가장 클 것이며, 무군지죄를 범한 이순신을 삼도 수군통제사에 앉힌 죄가 그 다음이고, 명나라 장수 양호를 보필하지 못한 것이 그에 맞먹는 죄일 것이다.

"그때가 오면 영상은 죽을 수밖에 없다. 영상!"

"예, 전하!"

"과인이 언젠가 영상을 살리고 싶다고 말했지?"

"……"

"사사로이 따진다면 우린 삼십 년 동안이나 함께 지낸 오랜 벗이 아닌가? 과인은 벗을 죽이고 싶지 않다. 삭탈관직을 시키고 싶지도 않아. 오히려 이번 일을 통해서 옛 벗에게 한가로움을 선물하고 싶다. 영상도 늘 입버릇처럼 그랬지. 낙향해서 후학을 가르치며 퇴계 학문을 잇고 싶다고. 지금 그 기회가 온 거야. 하나 이대로 물러나면 안 될 일이지. 아무 방비도 없이 조정을 떠나면 두고두고 그대를 탄핵하는 상소가 이어질 것이야."

류성룡은 내심 안도했다. 선조가 남인을 전부 내칠 생각은 아닌 것이다.

'방비를 하라?'

류성룡은 선조의 권유를, 뒷일을 충분히 감당할 대신을 천거하라는 뜻으로 받아들였다. 물론 류성룡도 그 빈자리를 메울 사람을 진작부터 점찍어 두었다.

"전하! 아직은 전쟁 중이옵니다. 조정에 큰 변화가 있어서는 아니 될 것이옵니다. 영의정은 진주사로 명나라에 다녀온 좌의정 이원익이 합당하겠사옵고, 좌의정은 외교에 밝고 문무를 겸하였으며 만사에 합리적인 우의정 이덕형이 적합한 인물이옵니다."

선조가 잠시 생각한 후 답했다.

"그래, 영상이 물러가면 그들이 빈자리를 채워야겠지. 하면 우의정은 누가 합당하다고 보는가?"

류성룡이 지체 없이 대답했다.

"이원익은 이미 진주사로 명에 다녀왔사옵고 이덕형은 도체찰사로 하삼도를 책임져야 할 것이니, 이번에 우의정 자리에 오르는 대신은 곧 진주사로 명나라에 다녀와야 할 것이옵니다. 따라서 외교에 밝고 전황을 잘 알고 있으며 무엇보다 전하 마음을 대변할 수 있는 인물이라야 하옵니다. 도승지로 전하를 가까이에서 모셨던 병조 판서 이항복 외에는 합당한 인물이 없사옵니다."

선조가 선선히 답했다.

"그래, 과인과 생각이 같구나. 역시 영상의 지인지감은 녹슬지 않았도다."

"성은이 망극하옵니다. 전하!"

류성룡은 점점 어깨가 가벼워지는 것을 느꼈다.

'이덕형과 이항복이 정승 반열에 있다면 내가 없더라도 이 전쟁을 잘 마무리할 수 있으리라. 오히려 내게 이런 일이 닥친 것이 전화위복일 수도 있겠구나.'

선조가 자세를 고쳐 앉으며 느슨했던 분위기를 꽉 조여 왔다.

"그런데 영상! 이항복을 우의정으로 앉히면 그대 삭탈관직을 막을 수 있다고 보는가?"

류성룡은 뜻밖의 질문에 정신이 산란해졌다. 아직도 발목을 쥐고 있는 덫이 남았단 말인가.

"영상! 그대가 낙향하기 전에 꼭 해 줘야 할 일이 있다."

"하교하시옵소서."

"이순신을 살려 둘 수 없다. 그대가 앞장서서 이순신을 탄핵하라."

"예?"

류성룡은 자기 귀를 의심했다. 지금 상황에서 이순신을 탄핵하는 것도 터무니없는데, 그 일을 자신이 맡아 달라는 것이다.

"전하! 이순신을 정읍 현감에서 전라 좌수사로 천거한 사람이 바로 신이옵니다."

"알고 있다."

"한데 어찌 신에게 이순신을 탄핵하라 하시옵니까?"

선조가 눈을 부릅뜨고 노려보았다.

"영상이 이순신을 돌보아 주었다는 것을 모르는 사람은 조선 팔도에 아무도 없다. 한데 이순신은 무군지죄를 지었고 무군지죄를 범한 장수는 죽어 마땅하다. 이순신이 사약을 받는다면 이순신을 천거한 영상 또한 무사하지 못할 터. 영상이 사는 길은 먼저 이순신을 치는 것뿐이다. 과인 뜻을 헤아리겠는가?"

"전하! 하오나 다시 삼도 수군 통제사에 오른 이순신은 명량에서 큰 공을 세웠사옵고 지금도 고금도를 거점으로 왜선들을 하루에도 몇 차례씩 공격하고 있사옵니다."

선조가 용안을 찡그리며 그의 말을 잘랐다.

"무군지죄를 범한 장수를 살려 둘 수는 없다. 명량에서 거둔 승리도 필시 무슨 곡절이 있을 것이야. 지금 전라도에는 이순신이 용상에 올라야 한다는 풍문이 돌고 있다. 이순신은 마치 군왕처럼 소금을 생산토록 하고 세금을 거둬들이며 사사로운 군사들을 훈련시키고 있다. 이런 자를 살려 둬야 하겠는가?"

"전하! 임진년 이래로 조선 수군은 자급자족하며 해전을 치러 왔사옵니다. 조정에서는 명령만 내릴 뿐 도움을 전혀 주지 못하였사옵니다. 무릇 전투는 따뜻한 쌀과 두툼한 옷 그리고 편안한 잠자리가 확보되어야 치를 수 있사옵니다. 이순신은 전라도에서 그 모든 것을 스스로 구하며 힘껏 싸우고 있사옵니다. 그 충정을 헤아려 주시옵소서. 전하!"

선조가 기가 막힌 듯 혀를 찼다.

"허어…… 이제 보니 영상도 이순신과 한통속이군. 이순신이 저지른 월권을 모두 알고 있지 않은가? 흉측한 짓을 알고 있으면서도 과인에게 이르지 않았으니 영상 죄 또한 이순신만큼 크고 무겁도다."

"……"

류성룡은 고개를 들 힘조차 없었다.

"영상! 과인은 영상을 살리고 싶다. 회생할 길은 하나뿐이다. 이순신을 먼저 탄핵하라. 홍문관에서 탄핵 상소가 올라오면 그 다음은 과인이 모든 것을 맡아 하겠다. 하겠느냐?"

"전하!"

류성룡은 흐느꼈다. 살기 위해 이순신의 목을 칠 수는 없었다.

"대답하라. 하겠느냐 말겠느냐?"

"전하! 그 일만은……"

류성룡은 말을 잇지 못했다. 노신(老臣)의 뜨거운 울음소리가 어두운 내실로 퍼져 나갔다. 선조는 오른 주먹으로 이마를 툭툭 치며 꾸짖었다.

"경연장에서 그토록 총명했던 영상이 어찌 이토록 단순한 일에 답을 내리지 못한단 말인가? 정녕 이순신과 함께 죽기를 원하는 가? 그대는 영남 사림 전체의 안위를 걱정해야 한다. 전라도 변방에 있는 장수 하나 때문에 퇴계 제자들을 모두 죽일 셈인가?"

"전하! 이순신은 나라를 위해 큰일을 한 장수이옵니다. 굽어 살피시옵소서."

선조의 언성이 높아졌다.

"닥쳐라! 이순신은 어명을 어기고 쟁공을 일삼다가 원균을 모함하여 죽이고 제멋대로 전라도를 차지하였을 뿐만 아니라, 이제는 군사를 몰아 한양까지 넘보고 있는 나라 도적이다. 영상! 어차피 이순신은 죽는다. 영상까지 개죽음을 당할 텐가?"

선조는 이순신을 탄핵하라고 거듭 독촉했다. 그때마다 류성룡은 울음을 삼키며 고개를 저었다.

"물러가라. 과인도 더 이상 영상을 살피지 않겠다."

선조의 차가운 목소리를 뒤로 하고 류성룡은 별전을 나왔다. 어느새 여명이 밝았다. 남여(藍輿, 가마)에 의지하여 귀가하는 동안 몸은 지쳤으나 정신만은 더욱 또렷했다.

'이제 다시는 입궐할 수 없으리라. 오늘내일 안에 새 영의정이 뽑힐 것이고 나는 촌 늙은이로 돌아가게 되리.'

지난 삼십 년 세월이 하룻밤 사연같이 눈에 선했다. 며칠 밤을 새워 서책을 읽고 경연장에 나가 박식을 뽐내던 젊은 날들이 엊그제 같은데, 어느새 늙고 병들었으며 눈물이 많아졌다.

十九, 누가 이순신을 구할 것인가

"스승님! 이제 퇴궐하십니까?"

두루마기를 입은 사내가 대문 옆 떡갈나무 뒤에서 쓰윽 나와 허리를 굽혔다. 지난달에 잠깐 보고 소식이 뜸했던 허균이었다.

"자네가 이 아침에 웬일인가? 자, 예서 이럴 것이 아니라 들어가세."

류성룡은 표정을 고쳐 앞장섰고 허균은 굳은 얼굴로 뒤를 따랐다. 작년 여름, 명나라를 다녀온 뒤 허균은 정처 없이 북삼도를 떠돌았다. 잠깐잠깐 한양에 모습을 드러내기도 했지만 형 허성 집에 들러 노잣돈만 얻은 뒤 곧 다시 유람을 나섰던 것이다. 류성룡도 허균이 의주나 곽산 등지를 떠돌며 시를 짓는다는 소문을 들었다. 그런데 이상한 일은 여자처럼 곱상한 사내가 늘 허균과 함께 유람을 다닌다는 것이다. 둘이 내외지간처럼 정을 나눈다는 풍문 끝에는, 기생들을 맛보기에 지친 허균이 이제 사내 맛을 알기 시작했노라는 듣기 민망한 사족까지 붙어 다녔다. 류성룡은 가끔씩 서찰과 함께 허균이 지은 방랑시를 받았다. 「곽산동상(郭山東廂)」을 비롯한 몇 편은 읽을 만했다.

금석에 넘실대는 거문고 소리	錦席奏哀絲
고운 계집 또다시 여기 있구나.	胡姬復在玆
가을 구름 바다에 곱게 깔리고	秋雲平海盡
어둔 빛은 술잔에 더디 드누나.	暝色赴盃遲
눈 익히니 인정이 친숙해지고	見慣人情熟
즐거움을 마치니 슬픔이 오네.	驩終客意悲
찬 골짜기 계화(桂花)가 피어 있으니	寒岩桂花在
은사(隱士)를 부르는 새로운 시도 있겠군.	招隱有新詩

류성룡은 더 이상 아우를 떠돌이로 둘 수 없다는 허성의 간곡한 부탁도 있고 해서 허균을 한양으로 불렀다. 이제는 나랏일을 하지 않겠느냐고 했더니 허균은 낄낄낄낄 웃으며 이렇게 반문했다.

"하긴 해야겠지요? 이제 곧 호란(胡亂)이 터져 동래나 전주쯤으로 몽진을 떠날 터이니 그 구경도 볼 만하겠습니다."

"호란이라니? 그 무슨 해괴망측한 소리냐?"

허균은 웃음을 뚝 멈추고 작년 여름 명나라로 들어가며 겪었던 일을 남김없이 털어놓았다.

"이제 요동은 여진 땅이 되었습니다. 조선과 명나라가 왜를 막느라 여념이 없는 동안 야금야금 그 광야를 삼킨 것이지요. 여진은 명나라와 조선이 모두 지치기를 기다리고 있습니다. 크게 상처를 입은 두 마리 호랑이를 한꺼번에 삼키겠다는 생각이죠."

"닥쳐라. 어찌 여진 오랑캐가 천자의 나라를 넘본단 말이냐?"

"히히히, 스승님! 왜도 명나라를 넘보는데 여진이라고 넘보지 말란 법 있습니까? 지금 명나라를 넘보지 않는 오랑캐는, 멍청하게도 우리뿐입니다. 지금이라도 북삼도 민심을 살피십시오. 전쟁이 터진다고 수군수군 난리일 겁니다."

"그만 됐다."

류성룡은 허균 말을 가로막았다. 몇 년 동안 잠잠했던 야인들이 사군과 육진을 넘나들며 난탕질을 일삼는 횟수가 늘어나긴 했다. 그러나 호란이라니? 여진이 어찌 조선과 명나라를 상대로 전쟁을 일으킬 수 있단 말인가?

허균이 입맛을 쩝쩝 다시며 말머리를 돌렸다.

"스승님! 소생에게 나랏일을 할 때가 되었다고 하셨습니까?"

류성룡이 고개를 끄덕였다.

"하면 병조에서 일하게 해 주십시오."

"병조? 왜 하필 병조인가?"

"전쟁이 터진 마당에 속 편하게 뒷짐이나 지고 있는 것은 소생 적성에 맞지 않사옵니다."

"……알겠네. 내 의논해 보지."

마침 병조 판서 이항복이 정육품 병조 좌랑(兵曹佐郎)을 구하고

있었으므로 류성룡은 허균을 적극 추천했다. 이항복이 반승낙을
했으니 이제 어전에서 낙점을 받는 일만 남았다.

'그런데 이 어둑새벽에 웬일일까? 벼슬자리가 어찌 되었나 궁
금해서 찾아온 겐가?'

허균이 큰절을 올리는 동안 류성룡은 코를 실룩이며 잔기침을
뱉어냈다. 새벽 서리에 감기라도 걸린 모양이었다. 요즘엔 방안
공기가 조금만 바뀌어도 재채기가 나오고 콧물이 줄줄 흘러내렸
다. 늙으면 추해진다는 속언도 이 때문에 생긴 것인가.

"곧 물러나신다고 들었습니다."

허균은 자리에 앉자마자 단도직입으로 말했다. 류성룡은 칼날
같은 허균 성격을 보며 먼저 죽은 허봉을 그리워했다.

"달도 차면 기우는 법. 이제 내가 할 일이 없는 듯하구나."

"그렇습니다. 부귀와 권세도 한순간입죠. 한데 이원익 대감과
이덕형 대감도 함께 물러나시는 것인지요?"

류성룡이 허균을 노려보았다.

'무엇을 알고 싶어 이곳까지 왔는가.'

허균이 그 눈길을 피하지 않고 빙긋 웃었다.

"탄핵을 당한 건 난데 왜 좌상과 우상이 물러난단 말인가?"

허균이 모든 걸 알고 있다는 듯이 말을 이었다.

"하면 깜짝 놀랄 만한 일은 없겠군요. 이원익 대감이 영의정이
되시고, 이덕형 대감이 좌의정이 되시고, 아마 병조 판서 이항복
대감께서 우의정이 되시겠죠?"

류성룡은 놀란 가슴을 쓸어내렸다. 허균은 일찍부터 다른 사람

의중을 정확히 짚는 재주가 있었다. 대답이 없자 허균이 다시 입을 열었다.

"이항복 대감께서 진주사로 가시게 되겠군요. 하면 삼도 수군 통제사 이순신은 어찌 되는지요?"

허균은 선조와 류성룡 사이에 오간 대화를 정확히 짚고 있었다.

"그걸 자네가 알아서 무엇 하려고?"

허균이 능글맞게 답했다.

"병조에 자리를 얻으면 제일 먼저 전라도를 돌아보고 수군을 살필 작정이거든요. 혹 수군 통제사가 바뀐다면 그에 따라 채비를 다시 해야 할지도 모르는 일이니……."

"통제사가 바뀐다고 누가 그러던가?"

"쉽게 짐작할 수 있는 일이지요. 스승님과 이 통제사는 바늘과 실 같은 사이인데, 이제 스승님이 물러나게 되셨으니 이 통제사도 무사할 리 없지 않겠습니까? 전하께서 남인들을 일단 그대로 두시기로 한 것은 남인과 내통하던 이 통제사를 비롯한 장수들을 먼저 치시겠다는 뜻이 아닐는지요?"

"닥쳐라. 어디서 감히 그딴 소리를 지껄이느냐? 이 통제사는 이 전쟁을 승리로 이끌어 나라를 구한 장수이니라. 상을 줘도 아깝지 않거늘 어찌 벌을 내리겠는가?"

허균이 지지 않고 맞받아쳤다.

"스승님께서는 그리 말씀하시고 싶으시겠지요. 하나 스승님도 아시지 않사옵니까? 스승님이 조정에 아니 계시면 이 통제사는 날개 잃은 백조일 따름입니다. 백조가 날개를 잃고 흰 깃털을 사방에 내비치면 곧 죽을 뿐이지요. 이대로 그냥 전쟁이 끝나 버리면 이 통제사도 죽고 스승님도 목숨이 위태롭습니다."

"듣기 싫다. 되지도 않는 소릴 계속 하려거든 썩 돌아가거라."

류성룡이 고개를 휙 젖히며 돌아앉았다.

"스승님! 결국 양갈래 길이 남았을 뿐입니다. 스승님께서 스스로 수족을 자르는 아픔을 감내하며 이 통제사를 치시든가, 아니면 이 통제사와 힘을 합쳐 전쟁 영웅이 누구인가를 똑똑히 백성들에게 가르치는 것입니다. 누가 영웅이고 누가 간인(奸人)이었는가가 명확해지면 그 다음엔 민심을 따르면 됩니다. 이대로 계시면 결국 모든 것이 전하 뜻대로 흘러갈 것입니다. 이 통제사도 죽고 스승님도 삭탈관직을 당하겠지요. 그 혼란을 틈타 여진족이 밀고 내려올 겁니다. 그렇게 되면 이 나라 조선은 두 번 다시 회생할 수 없지요. 스승님, 어서 한쪽 길을 택하십시오. 어리석은 제자가 드리는 마지막 청입니다."

허균은 큰절을 올린 후 물러났다. 류성룡은 눈을 꼭 감은 채 허균 말을 되새겼다.

'수족을 잘라 내든가 이 통제사가 영웅이 되는 것을 도우라?

수족을 자르라는 것은 전하께서 이미 하신 말씀이다. 한데 이순신을 도와 영웅과 간인을 구분하라는 것은 이순신과 함께 난을 일으키라는 것이 아니고 무엇인가? 전하께서는 이순신이 반란을 획책한다는 의심을 풀지 않고 계신다. 이미 왕실에서 반란 조짐을 눈치 채고 있다면 그 반란은 백이면 백 실패할 것이다. 제아무리 이순신이라고 할지라도 남해 바다에서 이곳 한양까지는 천 릿길이다. 육군도 아니고 수군으로 조정과 맞선다는 것은 어림없는 짓이다. 허균은 지나치게 민심에 의지하고 있다. 이순신이 하삼도 민심만 장악하면 난이 성공할 수 있다고 보는 것이다. 하나 민심이 무엇인가. 민심은 곧 천심이란 말도 있으나, 배불리 먹여 주고 따뜻하게 입혀 주는 이에게 고개 숙이는 것이 저 어리석은 백성들 아닌가. 지금은 전쟁 중이라 백성들 마음이 이리저리 요동치지만, 전쟁이 끝나고 다시 한 철만 풍년이 들면 민심도 안정되리라. 조금이라도 더 배운 자가 덜 배운 어리석은 자를 깨우쳐 더불어 사는 것이 공맹의 첫 가르침이 아니었던가. 내 어찌 촌무지렁이들 거친 손을 믿고 이름을 더럽힐 수 있으리. 배움을 지극히하며 어명을 기다릴 일이다.

하지만 허균 말처럼, 이순신 가슴속에서 불꽃 하나가 이글이글 피어오르고 있는 것은 아닐까. 그토록 핍박을 받았고, 또 그만큼 세상 이치에 밝은 이순신이므로 내가 영의정 자리에서 물러났다는 소식을 듣는다면 괜한 일을 벌일지도 모른다. 이순신이 조금이라도 동요하면 곁에서 부추기는 휘하 장수들이 부지기수로 늘어나겠지. 아니 될 일이다. 경거망동 말라는 서찰을 보내야겠다. 이제 와서 역적으로 죽을 수는 없지 않은가.'

류성룡은 천천히 자리에서 일어나 지필묵을 준비했다. 밤을 꼬박 새웠기에 눈은 침침하고 등에서는 식은땀이 흘렀다. 그러나 잠시도 늦출 일이 아니었다. 벌써 이순신 마음이 흔들리기 시작했을지도 몰랐다.

막 글을 쓰기 시작하려는데 마당에서 류용주가 아뢰었다.

"대감. 해원 부원군께서 오셨사옵니다."

'오음(梧陰. 윤두수의 호)이 왔다고?'

류성룡은 붓을 놓고 황급히 방문을 열었다. 아직도 어둑어둑한 마당에 윤두수가 흰 수염을 쓸며 서 있었다. 올해로 예순여섯 살을 넘긴 노신 중 노신이었다. 류성룡이 급히 마당으로 내려섰다.

"어서 오십시오. 바람이 차니 어서 안으로 드세요."

"그럽시다."

윤두수는 군말 없이 안방으로 쑥 들어갔다. 언제나 몸가짐이 단정하고 힘이 넘쳤다.

"서찰을 쓰고 계셨나 보오?"

윤두수가 상석을 한사코 마다하며 흘낏 지필묵을 살폈다.

"낙향을 준비하기 위함입니다. 살 집도 구하고 읽을 서책들도 미리 마련해 두려고요."

류성룡이 느긋하게 웃으며 답했다.

"그래요? 아직 전쟁이 끝나지도 않은 마당에 서애 혼자 팔자가 피셨소이다그려."

윤두수가 수염을 쓸면서 슬쩍 비꼬았다. 류성룡은 사람 좋게 웃었다. 이제는 이 꼬장꼬장한 노인네와 말다툼을 벌일 날도 얼마 남지 않았다.

"서애! 아직은 물러날 때가 아니오. 세상 물정 모르는 사헌부

와 사간원 철부지 서생들에게 이 나라를 맡길 작정이오? 서애가
아니고는 산적한 난제들을 풀어 갈 수가 없소."

"그리 말씀해 주시니 고맙습니다. 하나 해원 부원군께서도 아
시다시피 이 몸은 주상 전하께서 양위를 언급하실 만큼 큰 죄를
지었소이다. 물러나지 않을 도리가 없어요. 또한 이 일이 아니더
라도 이미 병이 깊어 제대로 조정 대소사를 살필 수가 없소이
다."

"어허, 서애! 어찌 그리 약한 말씀을 하시오. 서애 나이 올해
로 겨우 쉰일곱이오. 환갑도 아직 지나지 않았는데 벌써부터 병
을 칭해서야 쓰겠소?"

"물은 위에서 아래로 흐르기 마련이지요. 물러날 때가 된 겁니
다. 물론 이 전쟁을 끝까지 마무리한다면 여한이 없겠으나 세상
일이 어디 마음먹은 대로 되는가요? 허허허. 그나저나 해원 부원
군께서 직접 위로해 주시니 제가 물러나긴 물러나는가 봅니다."

류성룡은 계속 삶을 정리하는 듯한 말투로 일관했다. 윤두수가
언성을 높이며 꾸짖었다.

"서애! 내 그리 보지 않았는데 여인네만도 못한 사람이구려.
아무리 전하 말씀이 섭섭했기로서니 이렇게 훌쩍 떠날 수가 있
소? 전하께서는 잠시 서애를 아끼셨다가 다시 중용하실 뜻을 감
추고 계신 게 분명하오. 영상 자리에서 물러나는 것은 어쩔 수
없다손 치더라도 풍원 부원군으로 계속 조정 일을 살펴 주시오.
벼슬을 잃고도 몽진에 참여했던 임진년처럼 말이오."

류성룡이 고개를 저었다.

"그때와 지금은 모든 것이 변했습니다. 제겐 그만한 용기도 열정도 남아 있지 않아요. 더한 과오를 범하기 전에 물러나는 것이 상책이오이다."

윤두수가 가까이 다가앉으며 손을 붙들었다. 류성룡은 놀란 눈으로 윤두수 얼굴을 쳐다보았다.

"서애, 이대로 힘없이 물러나면 철부지들이 서애를 죽이려들게요. 지금으로는 끝까지 조정에 나와서 버티는 것이 최선이오. 내 도와주리다."

류성룡은 가슴 한쪽이 무너지는 기분이었다.

'평생 정적(政敵)으로부터 도와주겠다는 말을 듣다니. 내게 그만한 가치가 아직 남은 것일까. 아니면 이제 나는 전혀 위협이 되지 않는다는 뜻일까.'

윤두수 손에 힘이 들어갔다. 아직도 세상과 맞설 수 있는 힘이 남아 있음을 과시하는 것만 같았다. 류성룡은 조용히 그 손을 풀었다.

"당장 낙향하지는 않을 겁니다. 한양에서 겨울을 나고 명년 봄쯤 남쪽으로 내려갈 계획이지요. 그 안에 전쟁이 끝난다면 어쨌든 이 몸은 한양에 남아 있는 것이 되지 않겠습니까?"

윤두수는 곧바로 낙향하지는 않겠다는 류성룡 말을 듣고는 한시름 놓은 듯 물러나 앉았다.

"허허헛, 그렇소. 우선 한양을 떠나지 않는 것이 중요하오. 지금 남쪽으로 움직였다가는 괜한 오해를 받을 수도 있고……."

류성룡이 어색한 침묵을 놓치지 않았다.

"오해? 방금 오해라 하시었소? 이 몸이 남쪽으로 가면 무슨 오해가 생긴단 말씀이오?"

윤두수는 그 질문을 기다렸다는 듯이 곧바로 대답했다.

"누구보다 영상이 잘 알고 계시지 않소이까? 지금 하삼도에는 반란 기운이 넘치고 있어요. 정여립이나 이몽학과는 비교도 할 수 없는 거대한 반란이오. 만 명이 넘는 군사를 거느리고 각종 무기로 무장하고 있소. 또한 이미 군량미도 수만 석을 확보했다는구려. 나는 서애가 괜히 그쪽으로 움직였다가 전하의 노여움을 사지나 않을까 걱정이오."

"……."

류성룡은 윤두수를 노려보았다. 이순신이 반란을 일으킬 것이니 괜히 남쪽으로 가서 오해를 사지 말라는 것이다.

'전하뿐만 아니라 해원 부원군까지도 이순신이 반란을 일으키리라 예상하고 있구나. 왕실은 물론 조정 대신들 절반이 똑같은 의심을 품는다면 이순신이 결백하다 하더라도 살아남을 수 없다. 도대체 언제부터 이런 어처구니없는 의심이 조정을 감쌌단 말인가.'

"해원 부원군께서도…… 이 통제사가 그, 그런 터무니없는 짓을 하리라 보십니까?"

윤두수는 시원시원하게 답했다.

"서애! 이 세상에는 두 종류 장수가 있소. 결코 왕실을 배신하지 않을 장수와 결국 왕실을 배신하는 장수. 원균, 신립, 이일 등은 차라리 자결을 할망정 결코 왕실을 배신하지 않을 장수들이오. 하나 이순신은 왕실을 향한 충정이 그다지 두텁지 않아요. 서애나 휘하 장수들에 대한 애정은 지나칠 정도로 두텁지만……."

"이 통제사는 이 전쟁을 승리로 이끌었소."

"허허허! 함부로 그런 소린 마시오. 전쟁을 승리로 이끈 이는 첫째, 천자(天子)이시며, 둘째, 주상 전하이시오. 한낱 수군 장수 따위가 어찌 전쟁을 승리로 이끌 수 있단 말이오. 논공행상 대상이 되어야 하는 자를 전하와 동등하게 비교하지 마시오. 더군다나 이순신은 이미 전하를 배신했던 적이 있는 장수요. 한 번 배신한 자는 반드시 또 배신하게 되어 있소. 위급한 때에는 이순신처럼 민심을 휘어잡으며 적과 맞서 싸울 장수가 필요하지만, 전쟁이 끝나면 그처럼 영악한 장수는 사라져야만 하오. 조선이 공맹의 나라임을 서애도 잘 알고 계시지 않소이까? 공맹의 나라가 무엇이오? 문신들이 왕실을 도와 만사를 해결하는 나라라오. 한데 일개 장수가 감히 문신처럼 말하고 글 쓰고 움직인다면 참으로 나라에는 큰 화근이 아닐 수 없소이다. 내가 원균 복수를 하기 위해 이순신을 친다고 생각진 마시오. 이 모든 것은 다 이순신 스스로가 만든 올가미라오. 알겠소?"

윤두수 주장에는 거침이 없었다. 한양을 떠나지 말라는 충고가 협박으로 느껴졌다. 가만히 한양에 머물러 있지 않으면 이순신과 연루하여 사약을 내리겠다는 것이다.

용무를 마친 윤두수는 자리에서 일어서며 가볍게 웃었다. 패자에게 아량을 베푸는 승자의 미소였다.

"허허허, 서애! 나는 이 나라 왕실과 조정을 향한 서애의 단심(丹心)을 믿소. 세상일이란 것이 사필귀정 아니겠소? 곧 전하께서도 노여움을 풀고 그 마음을 헤아리실 것이오. 그때까지만 자중하시오. 내 며칠 내로 또 들르리다."

　류성룡은 윤두수를 대문까지 배웅한 후 하늘을 올려다보았다. 참으로 높고 푸른 늦가을 하늘이었다. 언젠가 이순신은 남해 바다가 늦가을 하늘빛이라고 했었다. 그런데 오늘은 왠지 그 하늘이 처량하고 슬퍼 보였다. 천천히 안방으로 들어간 류성룡은 밀쳐 두었던 지필묵을 다시 꺼냈다. 그리고 떨리는 손으로 이순신에게 닥쳐오고 있는 지독한 운명에 대해 한 자 한 자 정성껏 적어 나가기 시작했다.

二十、 불멸의 길을
이야기하다

십일월 십육일 밤.

조명 연합 함대가 예교 앞바다를 봉쇄한 지도 닷새가 지났다.
백서량(白嶼梁)과 유도(柚島)를 거쳐 장도(獐島)를 중심으로 조선
판옥선과 명나라 전선이 상하로 벌려 서자, 예교에 있던 고니시
유키나가는 그야말로 독 안에 갇힌 쥐 신세가 되었다. 그러나 조
명 연합 함대는 단숨에 예교를 함락시킬 수 없었다. 왜성이 워낙
견고한 데다가 조수 간만 차가 심했기 때문이다. 썰물만 되면 끝
이 보이지 않는 진흙 개펄이 펼쳐져 군선들 이동이 불가능했다.
구월 십오일부터 시월 구일까지 벌어졌던 기습 공격도 무위로 돌
아갔다. 고니시 유키나가의 저항이 심하기도 했지만 명나라 군사
들이 소극적으로 움직였던 탓이다. 성을 타고 넘어 백병전을 벌
일 마음이 처음부터 없었으며 수급을 챙겨 상을 받은 후 고향으

로 돌아갈 생각뿐이었다.

왜군 역시 조선을 정벌할 뜻을 버린 지 오래였다.

팔월 십팔일, 도요토미 히데요시가 죽은 후 전의를 상실한 왜
군은 무사히 귀국하는 것이 유일한 바람이었다. 이미 철군령이
내렸으며 부산과 울산에 있던 왜군들이 귀국길에 올랐다는 풍문
도 들려왔다. 그러나 예교에 있던 왜군들은 쉽게 귀국길에 오르
지 못했다. 권율과 유정(劉綎)이 이끄는 조명 연합 서로군(西路軍)
이 육로를 완전히 봉쇄했을 뿐만 아니라, 이순신과 진린의 연합
함대가 해로를 막았기 때문이다. 이대로 겨울을 난다면 왜군들은
아사나 동사를 면할 길이 없었다. 경상도 왜군들이 철군할수록
고니시 유키나가도 마음이 다급해졌다. 고립은 곧 죽음이었다.

이순신은 기다리고 있었다.

왜군이 스스로 성문을 열고 개펄을 지나 조선 수군이 쳐 둔 덫
에 발목을 들이밀 날도 멀지 않았다. 조명 연합 함대는 다급할
것이 하나도 없었다. 날씨도 화창하고 군량미도 풍족했으며 군사
들 사기도 높았다. 그 어느 해전보다도 눈부신 승리를 거둘 수
있다는 확신에 차 있었다.

어둠이 내리자 판옥선과 판옥선 사이를 오가는 경쾌선은 움직
임이 더욱 잦아졌다. 지휘선에서 내린 군령을 신속하게 전달하기
위함이었다. 어둠은 조명 연합 함대를 위협하는 가장 큰 적이었
다. 길게 늘어선 판옥선 중에서 한두 척만 급습을 받아 침몰된다
면, 봉쇄망은 한순간에 뚫리고 왜군들은 썰물처럼 그 틈으로 빠
져나갈 것이다. 척후선을 두 배로 늘리고 김완과 배흥립이 탄 판

옥선을 전진 배치 하여 주위를 살피게 했지만 마음이 놓이지 않았다. 왜선은 비선(飛船)이라 불릴 만큼 작고 빠르지 않은가.

진린이 탄 사선(沙船)이 이순신 지휘선으로 접근했다.

"이 통제사, 저녁은 드셨소이까?"

진린이 환하게 웃으며 건너왔다. 권준 이하 장수들을 물리쳐 달라고 했다. 은밀히 나눌 대화가 있다는 것이다. 이순신은 진린을 상갑판 아래 침소로 안내했다. 어제 읽던 서책이 탁자 위에 그대로 놓여 있었다.

"무슨 책이오?"

진린이 신기한 듯 물었다.

"『소학』이오이다. 서애 대감께서 보내셨지요."

"대단하십니다. 언제 전투가 벌어질지도 모르는 상황인데 『소학』을 읽는다 이 말씀이시오?"

"사람 사는 이치야 어디든 같지 않겠소이까? 소장은 늘 정도(正道)를 생각하고 있소이다. 도독 또한 많은 서책을 섭렵하셨다고 들었습니다만……."

진린이 헛웃음을 웃었다.

"허허, 허허허! 그래요, 나도 젊어 한때는 서책을 꽤나 읽었다오. 하나 지금은 병서나 간간이 들출 뿐이외다."

"겸손이 지나치십니다. 명나라 제일 수장(水將)이 아니시오니까?"

"허허허, 그런가요? 허허허."

진린은 또 흐물흐물 웃었다. 둥근 얼굴에 웃음꽃이 피면 전쟁터를 누빈 장수라기보다는 욕심 많은 장사꾼 같은 인상을 풍겼다. 이순신은 그 웃음을 쉽게 따라 하지 않았다. 어차피 명나라 원군은 실속만 챙기려는 구경꾼이며 전쟁을 책임지고 마무리하는 것은 조선 수군 몫이다.

"말씀하시지요."

진린이 입맛을 쩝쩝 다시며 이야기를 시작했다.

"이 통제사, 이미 전쟁은 우리 승리로 굳어졌소이다. 패잔병을 몰살시킬 것까지야 없지 않겠소? 듣자 하니 고니시는 청적(淸賊, 가토 기요마사)과는 달라서 조선인 포로들도 우대하고 전쟁보다는 평화를 원하는 위인이라고 합니다. 그러니 이만 포위망을 풀도록 합시다. 왜군들은 남해도에 집결하여 자기네들 땅으로 조용히 돌아가겠다고 나와 약속을 했소이다."

이순신의 눈빛이 매서워졌다.

"도독! 그저께 도독께서 왜선 두 척을 몰래 남해도로 보내 주었다는 보고를 받았소이다. 사실이오니까?"

진린이 멋쩍은 웃음을 흘리며 어깨를 좌우로 흔들었다.

"더 이상 쌍방이 피를 흘리지 않고 전투를 마무리하기 위함이오."

"도독! 소장은 칠 년 동안 죽어 간 이 나라 백성과 장졸의 피값을 받아야 하겠소이다."

진린이 목소리를 낮추었다.

"고니시가 나와 약속을 했소. 수급 2,000개를 주겠다고 말이오. 한데 예교에는 그만한 수급이 없으므로 남해와 연통을 취하겠다고 해서 배를 통과시켜 준 것이라오. 이 통제사! 수급 중에서 500개를 그대에게 드리리다. 수급 500개면 큰 상을 받고도 남음이 있을 것이오. 피 흘려 싸우지 않고 전공을 세울 좋은 기회를 놓칠 셈이오?"

이순신은 두 손으로 허벅지를 누르며 분노를 가라앉혔다.

"도독! 고니시 유키나가가 왜군 수급을 정말 보내리라고 생각하시오니까? 설령 수급을 보내온다손 치더라도 그건 왜군 수급이 아니라 이 나라 백성들 수급일 것이오. 동포 수급을 대가로 철천지원수를 무사히 돌려보내라 이 말씀이시오니까? 도독이라면 동포를 팔아 전공을 세우고 싶으시겠소이까? 소장은 도독에게 실망이 크오이다. 어찌 천장(天將)께서 오랑캐가 낸 얄팍한 술책에 그리 쉽게 현혹되시오니까?"

진린이 난감한 표정을 지었다. 고니시 유키나가로부터 수급을 넘겨받아 전공을 챙길 생각만 했지 그 수급이 누구의 것인가를 고려하지 않았던 것이다. 조선인 수급을 왜군 수급으로 둔갑시켜 전공을 쌓았다는 소식이 명나라 조정에 알려지기라도 하는 날에는, 진린 역시 임금을 속인 죄로 죽음을 면치 못하리라. 그러나 한편으로는 이순신이 그 명령을 정면으로 되받아친 것이 몹시 불쾌했다. 어쨌든 이 연합 함대 주장(主將)은 진린이다. 그런데 이순신이 자기 명령을 논박한 것이다.

'조선 조정과 마찰을 일으킬 만큼 담이 큰 장수라더니, 과연!'

진린은 마땅한 대답을 찾지 못했다. 잘못을 시인하기에는 자존심이 허락하지 않았다. 그 마음을 이해한다는 듯 이순신이 온화

한 미소로 말했다.

"도독께서 소장을 한 번 시험해 보려고 그런 말을 하셨다는 걸 잘 알고 있소이다. 도독께서 예교 왜군을 섬멸하라 명령하신다면 소장이 선봉에 서지요."

"허허허."

진린은 웃을 수밖에 없었다. 이순신 도움으로 일단 체면은 선 셈이다.

"도독! 청이 하나 있소이다."

"말해 보오."

"도독께서 타시는 사선은 그 크기가 왜선보다 작고 빠르기 또한 왜선에 미치지 못합니다. 혹 왜 선단과 정면으로 맞붙었을 때는 위험에 빠질 수도 있소이다. 그래서 소장이 도독께 판옥선을 선물하려고 합니다만……"

"판옥선을?"

진린 표정이 밝아졌다. 사선은 명나라 군선 중에서 가장 큰 배였지만 크기가 판옥선 절반에도 미치지 못했다. 그동안 진린이 조선 수군 판옥선에 눈독을 들인 것은 사실이었으나 감히 먼저 말을 꺼내지 못하고 있었다. 그런데 이순신이 자진해서 판옥선을 주겠다니 이보다 더 기쁜 일은 없었다. 진린은 기쁨을 감추려는 듯 헛기침을 두어 번 했다.

"좋소. 내 통제사 정성을 생각해서 특별히 받도록 하겠소. 그럼 이만 물러가리다. 우리가 오늘 나눈 대화는 비밀에 부쳐 주시오."

"알겠소이다. 도독!"

이순신은 미리 준비해 두었던 판옥선 두 척을 진린에게 내어 주었다. 진린은 거듭 사람 좋은 웃음을 흘리며 명나라 군선이 모여 있는 장도 쪽으로 사라졌다.

장수들이 권준의 판옥선으로 속속 모여들었다.

"어서들 오오."

십여 장수들이 앉기에는 공간이 부족했다. 군중 회의는 상갑판에 설치한 군막에서 여는 것이 보통이었으나 오늘은 호위병도 물리고 어둠침침한 갑판 아래 방을 택했다.

"다 왔소?"

권준이 맨 마지막에 문을 닫고 들어온 이영남에게 물었다.

"예."

권준은 눈을 들어 좌중을 살폈다. 이순신(李純信), 배흥립, 김완, 이영남, 정사준, 나대용, 이언량, 박이량, 이기남, 송희립이 시선을 받았다. 이순신과 생사고락을 함께 한 장수들이었다.

권준이 먼저 입을 열었다.

"다들 느꼈겠지만, 서애 대감께서는 결코 자진해서 물러나시는 것이 아닙니다. 서인과 북인의 협공을 받으신 겁니다."

이언량이 눈을 부라렸다.

"아니, 어떤 놈들이 서애 대감을 공격한단 말이오?"

이영남이 이언량 말을 잘랐다.

"조정에서 큰 소용돌이가 일고 있습니다. 도지(가을에 비와 함께 일어나서 거친 파도를 일으키는 바람)보다도 더 지독한 바람이지요. 한데 우리를 이곳에 모이게 한 까닭이 무엇인지요? 한양 분위기를 알려 주기 위함이라면 더 이상 여기 있을 이유가 없습니다."

어색한 침묵이 방안을 감쌌다. 배가 좌우로 천천히 요동치기 시작했다. 파도가 조금씩 높아지는 모양이다. 이윽고 권준이 입을 열었다.

"조선 수군의 앞날을 논의하기 위해 여러 장수들을 오시라 한 겁니다. 서애 대감마저 조정에 아니 계시니, 조선 수군을 모함하는 자들이 더욱 날뛸 것은 불을 보듯 합니다. 자, 그럼 허심탄회하게 각자 의견을 말해 봅시다."

나대용이 조심스럽게 입을 열었다.

"서애 대감께서 물러나셨다고는 하나 아직 조정에는 이원익 대감과 이항복 대감이 정승 반열에 있소이다. 또한 이덕형 대감도 도체찰사 소임을 계속 맡아 하삼도를 지휘하오이다. 조정 분위기를 지나치게 비관적으로 볼 것은 아닌 듯하오."

정사준이 반대 의견을 냈다.

"칠 년 전쟁을 치르는 동안 의병을 주도했던 쪽은 북인이었소. 전쟁이 끝나고 논공행상이 시작되면 그들 입김이 강할 것은 확실하지요. 서인 역시 그동안 잘잘못을 가리면서 서애 대감을 비롯한 남인들을 치려고 덤빌 테지요. 서애 대감이 물러난 것이 첫 조짐입니다. 이 달 안에 왜군이 완전히 물러가면 전쟁도 끝날 것인즉, 서애 대감이 삭탈관직을 당하고 나머지 정승들도 탄핵을 받을 날이 멀지 않았어요. 미리미리 대책을 세워야 하오이다."

이기남이 끼어들었다.

"문신들이야 예전부터 서로 치고 받고 싸우지 않았소이까? 당쟁이 격화된다손 치더라도 조선 수군 전공이 명명백백하게 드러났는데 우리에게 무슨 화가 미치겠소이까?"

권준이 고개를 저었다.

"아니지요. 정유년에 통제사께서 한양으로 압송되실 때도 무슨 죄가 있어서 그랬나요? 우리는 변방에 있습니다. 조정 대신들 논의에 참여할 길이 없다 이 말이지요."

권준은 잠시 말을 끊었다. 주위의 시선을 좀 더 집중시키기 위함이었다.

"전쟁이 끝나면 내로라하는 장수들을 크게 잡아들여 죽일 것입니다."

"장수들을 죽인다? 그 이유가 무엇이오?"

김완이 눈을 크게 뜨고 물었다.

"큰 파도가 해안을 덮치면 곧이어 그보다는 못하지만 힘이 넘치는 파도들이 연달아 밀려옵니다. 왜군은 단숨에 조선을 삼키려 들었지요. 하나 왜군들은 전투에서 졌고 이제 빈털터리로 돌아갈 수밖에 없습니다. 큰 파도가 지나간 셈이지요. 왕실과 조정 대신들은 틀림없이 그 다음 이어질 파도를 걱정할 것입니다. 제일 먼저 왜군과 맞서기 위해 변방 장수들 힘을 터무니없이 키웠다고 생각할 터이지요. 그리고 정여립, 이몽학 등을 떠올리며 내부에서 적을 찾을 것입니다. 자, 생각해 봅시다. 의병장 김덕령은 죽었고 곽재우는 청우(青牛. 노자가 함곡관을 지나 서역으로 들어갈 때 탔다는 수레를 끌던 푸른 빛의 소)를 타고 청허지교(清虛之敎. 도교)를 익히겠노라 은둔했습니다. 도원수 권율은 아침저녁으로 한양에 장계를 띄워 충성을 맹세하고 있고 대장군 이일은 아예 왕실과 조정을 지키겠다며 나섰지요. 그렇다면 왕실과 조정 대신들은 누구를 지목할까요? 저들이 가장 두려워하는 파도가 누구이겠느냐 이 말씀입니다."

박이량이 답했다.

"조선 수군을 이끄는 으뜸 장수 이 통제사가 아니겠소이까?"

권준이 고개를 끄덕였다.

"바로 보셨습니다. 정여립의 난 이후로 조정 대신들은 전라도를 역적의 땅이라고 규정했지요. 지금 우리는 그 전라도 바다를 지키고 있습니다. 조선 수군을 통솔하는 실제 권한은 이 통제사께 집중되었고 민심도 우리 편입니다. 만약 우리가 군선을 이끌고 황해를 거슬러 올라 곧장 강화도를 치고 한양으로 진격한다면 어찌 되겠습니까?"

이순신(李純信)이 반문했다.

"그건 반역이 아니오니까?"

"그렇지요. 반역입니다. 대역죄로 몰지 않고는 장수를 참형에 처할 수 없지요."

나대용이 물었다.

"하나 우리는 반역을 도모한 적이 없소이다."

정사준이 끼어들었다.

"우리가 반역을 도모하고 아니 도모하고는 중요하지 않습니다. 서애 대감이 없는 조정은 틀림없이 조선 수군을 역도들로 매도할 겁니다. 우리가 쌓은 불패 신화가 부담이 되겠지요."

배흥립이 말했다.

"이런 쌍! 앉아서 당할 수야 있나."

권준이 대꾸했다.

"그렇지요. 앉아서 당할 수만은 없지요. 전쟁이 끝나면 조정에 선 당장 통제사를 잡아들일 것입니다."

김완이 물었다.

"무슨 죄목으로 잡아들인다는 말씀이오?"

"죄목이야 만들기 나름이지요. 철군하는 왜군을 힘껏 치지 않았다는 누명을 씌울 수도 있고, 전라도에서 월권을 일삼았다고 몰아세울 수도 있지요. 어쨌든 통제사를 압송하여 대역죄로 얽어 맨 다음에는 우리들 차례입니다. 반역을 혼자서 도모할 수는 없는 노릇이니 작당한 무리가 필요하지 않겠습니까? 나 권준은 물론이고 여기 모인 장수들은 모두 반역을 꾀한 주모자로 몰려 죽음을 면키 어려울 것입니다. 능지처참을 당하고 삼족이 죽어 나가겠지요."

권준의 목소리가 한층 날카로워지자 장수들도 사태를 실감했다. 멸문지화가 눈앞에 닥친 것이다. 송희립이 나섰다.

"의금부에서 또다시 어명을 받들고 오는 자가 있다면 소장이 나서서 먼저 베겠소."

박이량이 주먹을 불끈 쥐며 말했다.

"피 흘리며 싸울 때는 코빼기도 아니 보이던 놈들이 이제 전쟁이 끝나고 나니 우리 전공을 훔치려고 해? 어림도 없지. 개새끼들!"

나대용이 박이량과 송희립을 진정시켰다.

"흥분한다고 일이 해결되진 않소. 조정 움직임을 보시오. 저들은 누구보다도 사리에 밝고 일 처리에 빈틈이 없소이다. 서애 대감을 치면서도 나머지 사람들은 그대로 둬서 우릴 안심시키고 있지 않소? 우리도 역시 무분별하게 분노하는 것보다 치밀하게 준비하고 전략을 짜야만 합니다."

정사준이 나대용을 거들었다.

"그래요. 그 말씀이 참으로 옳아요. 지금 당장 배를 돌려 한양을 칠 수는 없지요. 명분을 쌓는 일이 중요합니다. 명나라 조정도 깜짝 놀랄 만큼 대단한 승리를 이번 전투에서 거두도록 합시다. 배를 정비하고 군량미를 더 모으고 군사들과 백성들 마음을 다독거린 후 거병(擧兵)해야 합니다."

거병!

군사를 일으킨다는 것은 이 나라 왕실과 조정을 상대로 전쟁을 벌인다는 뜻이다. 권준이 차분히 장수들의 뜻을 모았다.

"통제사께서 무군지죄로 끌려가실 때부터 이미 조선 수군은 운명이 결정된 것이지요. 이제 남은 길은 외길입니다. 우리가 모두 죄인이 되든가 저들이 모두 죄인이 되든가 양단간에 결정이 나겠지요. 이 마지막 전쟁의 승자가 칠 년 전쟁의 진정한 승자로 역사에 남을 겁니다. 왕실과 조정 대신들이 먼저 칼을 뽑아 류 대

감을 쳤습니다. 이제 우리 차례지요. 이대로 묵묵히 하명만 기다
린다면 저들은 우리 손발을 자르고 눈을 뽑고 심장을 도려낼 겁
니다."

장수들이 모두 고개를 끄덕였다.

"다행히 우리에겐 미약하나마 판옥선 80여 척과 20,000명이 넘
는 군사, 그리고 또 활과 화살, 총통, 수만 석을 헤아리는 군량
미가 있습니다. 그리고 무엇보다 백성들로부터 진정 존경받는 통
제사께서 계시지요. 전라도를 제외하면 하삼도 다른 지역은 아직
까지 전쟁 상처가 깊습니다. 북삼도 백성들 역시 혹독한 추위와
기근 그리고 병마 때문에 선뜻 이 나라 왕실과 조정을 돕지는
않을 것입니다. 봄이 오고 전쟁 상처가 아물면 승산이 없어요.
왜군이 물러나자마자 최대한 빨리 전열을 정비하여 거병해야 합
니다."

권준 입에서도 거병이라는 단어가 튀어나왔다. 더군다나 그 시
기를 이번 겨울로 못 박기까지 했다. 배흥립이 물었다.

"이번 겨울은 너무 촉박하지 않소이까?"

"마지막 전투에서 최대한 손실을 줄여야 합니다. 준비 기간을
많이 잡을수록 저들도 대비하지 않겠어요? 그 전에 통제사를 잡
아들일 모략을 꾸밀지도 모르는 일이지요. 패잔병을 무찌르고 장
졸들 사기가 높을 때 곧바로 그 여세를 몰아 거병하는 것이 상책
입니다. 여러 장수들 생각은 어떠시오?"

이언량이 먼저 답했다.

"찬성이오. 빠르면 빠를수록 좋지! 내 이번에는 나라를 이 꼴

로 만든 놈들을 그냥 두지 않겠소이다."

김완, 배홍립, 박이량, 이기남도 그 뒤를 따랐다.

"찬성이오."

"따르겠소이다."

"소장에게 선봉을 맡겨 주십시오."

"소장 역시 앞장을 서리다."

이영남이 조금 긴장된 표정으로 입을 열었다.

"이미…… 우리는 한 배를 탔소이다. 통제사를 모시고 지옥에
라도 가십시다."

이제 장수들 시선은 일제히 이순신(李純信)에게 쏠렸다. 이순신
(李純信)은 윤기 흐르는 긴 수염을 바닥에 늘어뜨린 채 대답이 없
었다. 성미가 급한 이언량이 답을 재촉했다.

"이 수사는 우리와 생각이 다르시오니까?"

이순신(李純信)이 천천히 고개를 들었다. 튀어나온 광대뼈와 날
카로운 눈매가 점점 통제사를 닮아 가고 있었다.

"쉽게 답할 문제가 아니오이다. 우리가 지면 우리들 가솔은 물
론이고 조선 수군이 몰살당할지도 모르오. 해전이라면 자신이 있
지만 우리는 육지에서 전투를 벌인 경험이 적소이다. 만약 왕실
과 조정이 내륙으로 몽진하고 장기전을 편다면 우리에겐 승산이
없소. 조선 백성들은 대부분 땅을 파먹고 살아가는 농민들이오.
바다를 떠도는 우리보다 땅 위에 뿌리박고 있는 조정을 택할 것
이외다."

권준이 진지한 표정으로 답했다.

"이 수사 말씀이 옳소. 시간을 끌수록 우리에게 불리하지요. 그러므로 급습을 해야 합니다. 다행히 도성 아래로 한강이 흐르고 있지 않나요? 군선을 몰아 한양 턱밑까지 나아간 후, 단숨에 일을 끝내는 것입니다. 물론 몇몇 대신과 왕실 족친들이 도망치는 것을 막을 순 없지요. 하나 일단 한양을 장악하고 대세를 굳히면 거병은 성공할 수 있습니다."

시선은 다시 이순신(李純信)에게 옮겨갔다. 이순신(李純信)이 천천히 입을 열었다.

"신중, 또 신중해야 할 것이외다."

승낙한 것이다. 장수들은 뜨거운 눈빛을 서로 나누었다.

"자 그럼 모두 통제사의 지휘선으로 가십시다. 우리의 굳은 뜻을 말씀 올립시다."

장수들은 모두 이순신의 판옥선으로 옮겨 갔다. 군막 안에서 해도를 살피던 이순신이 일어서서 그들을 반겨 맞았다.

"그렇지 않아도 군중 회의를 소집할 작정이었소. 고니시를 생포하고 왜 수군을 궤멸시키기 위해서는 관음포 근처 물길을 더욱 면밀히 살펴야 할 듯하오. 한데 다들 표정이 왜 그리 굳었소?"

이순신은 왜군을 대파할 전술을 짜느라 지난 밤을 또 지새웠다.

"장군! 드릴 말씀이 있습니다. 여기 모인 장수들 모두의 뜻입니다."

이순신 눈이 조금 가늘어졌다. 권준 바로 뒤에 선 이영남에게 눈길이 닿았다. 이영남은 두 주먹을 굳게 쥔 채 아랫입술을 깨무는 것으로 제 마음을 전했다.

"자, 다들 우선 앉으시오."

이순신은 해도를 접고 먼저 자리를 잡았다. 서로 시선을 교환한 장수들이 좌우로 길게 앉았다. 권준은 이순신 오른편에 서서 앞서 나눈 뜻을 전했다. 오직 통제사 뜻에 따르겠다는 것이다. 왕실과 조정이 통제사를 다시 잡아들여 고문하는 것을 그냥 두고 보지 않겠다는 것이다. 이순신은 눈을 감은 채 표정 변화 없이 권준의 설명을 끝까지 들었다.

"중심을 지켜만 주십시오. 나머지는 저희들이 다 알아서 하겠습니다."

이순신은 양손으로 탁자를 짚으며 천천히 일어섰다. 반백의 수염과 두 뺨, 그리고 눈이 떨렸다. 그는 말없이 장수들의 어깨를 짚으며 군막을 한 바퀴 돌았다. 어깨를 짚힌 장수는 고개를 돌리며 일어서려 했다. 그러나 이순신은 입가에 옅은 미소를 머금은 채 그 눈을 들여다보기만 했다.

다시 떠났던 자리로 돌아와 섰다. 마음 깊이 숨겨 두었던 이야기를 시작했다.

"고맙소. 부족한 이 몸을 걱정하는 그대들 뜻은 충분히 알겠소이다. 칠 년 동안 우리는 많은 것을 잃었소. 가족을 잃었고 부하 장졸을 잃었으며 벼슬과 명예와 건강과 희망을 잃기도 했소. 그러나 또한 나는 목숨보다도 소중한 것을 얻었다오. 바로 여기 모인 그대들이오. 우리는 각기 이름도 다르고 성품도 다르며 나이와 생김생김도 큰 차이가 있으나, 나는 그대들이야말로 내 형제라고 생각하고 있소. 바다가 선물한 형제 말이외다. 형제를 걱정하는 것은 인간으로서 마땅한 도리일 것이오.

이제부터 내가 하는 말을 명심해서 새겨듣도록 하시오. 그대들은 이 전쟁이 끝난 후 내가 또다시 삭탈관직 당하거나 하옥될 것을 염려하고 있소. 그러나 내게 그와 같은 불행이 다시 찾아든다 하더라도 나는 거병할 뜻이 없소이다. 아무리 나라가 어지럽고 조정 대신들이 헛되이 백성들을 괴롭힌다 하여도, 나는 나라를 구한다는 핑계로 천하를 손에 쥐지 않을 것이오. 과거에도 그랬고 미래에도 그러할 터이지만, 나라를 위한답시고 거병한 장수치고 정말 나라를 위하는 이는 없소. 그 장수들은 다만 용상이 탐이 났을 뿐이라오.

내게는 다른 길이 있소. 절대로 그대들을 다치게 하거나 죽게 만들지 않을 것이오. 나 때문에 환란을 겪는 일도 없게 하겠소.

내겐 오로지 저 왜적을 섬멸하고픈 바람뿐이오. 경거망동하지 마오. 나를 위한답시고 군율에 어긋난 언행을 일삼아서도 아니 되오. 그것은 결코 나를 위한 일도, 그대들을 위한 일도, 또한 조선 수군을 위한 일도 아니라오. 변방을 지키며 청춘을 보내고, 전쟁터에서 다치거나 죽는 것을 영광으로 알며, 올바른 장수의 길을 걸으려 노력해 왔다오. 그대들도 나와 같다고 믿소. 마지막 결전이 코앞이니, 각자 자신의 군선을 최강으로 만들어 주오. 장수는 전투에 승리함으로써 붉디붉은 단심(丹心)을 증명해보이는 것이라오. 나는 끝까지 이 길에서 벗어나지 않겠소이다. 돌아들 가시오."

二十一、 시인이 던진 마지막 유혹

십일월 십칠일 새벽.

삼도 수군 지휘선은 밤길을 좇아 유도로 물러났다. 닷새 동안 잠시도 눈을 붙이지 못한 이순신이 함대 지휘를 이순신(李純信)에게 맡기고 휴식을 위해 배를 돌린 것이다. 이순신을 호위하던 나대용은 계속 고개를 갸웃거렸다. 경쾌선 한 척이 다가와서 은밀히 서찰을 건넨 후부터 이순신은 갑자기 어지럼증을 호소했다.

유도에 정박한 다음 이순신이 나대용을 조용히 불렀다.

"협선을 타고 오른편으로 돌아가 보게. 해안에 두 사내가 기다리고 있을 거야. 모시고 오게. 딴 사람 눈에 띄어서는 아니 될 것이야."

"서찰을 보낸 분이신가요?"

"자넨 알 필요 없네. 속히 다녀오게."

281

이순신이 짧게 명령하고 냉정하게 돌아섰다. 통제사가 저토록 냉갈령(몹시 매정하고 쌀쌀한 태도)을 취할 때는 더 이상 말을 붙여 봐야 소용이 없었다. 나대용이 떠난 후 이순신은 갑옷 속에서 서찰 두 장을 꺼냈다. 한 장은 병조 좌랑 허균이 유도에서 만나고 싶다며 보낸 서찰이고, 또 한 장은 이틀 전 해원 부원군 윤두수가 적어 보낸 것이다. 이순신은 먼저 허균 서찰을 살폈다. 서애 류성룡 대감이 풍전등화와 같은 위기에 처했으니 함께 만나 앞일을 의논하고 싶다는 내용이었다. 이순신은 허균이 병조좌랑에까지 오른 것이 믿기지 않았고 하필 지금 자신을 찾아온 것도 의심스러웠다. 그러나 어쨌든 허균은 류성룡이 특별히 아끼는 제자다. 조정 분위기와 곤경에 처한 서애 대감에 대해 좀 더 자세한 소식을 접할 수 있으리라. 이순신은 허균이 보낸 서찰을 품에 넣은 다음 윤두수가 보낸 서찰을 펼쳤다.

해원 부원군 윤두수로부터 서찰이 온 것은 참으로 뜻밖이었다. 지난 갑오년(1594년), 당시 도체찰사였던 윤두수로부터 거제도 장문포를 공격하라는 공문을 받은 적은 있으나 사사로운 서찰은 처음이었다. 이순신은 이 서찰을 류성룡이 보낸 서찰과 함께 휘하 장수들에게 보일까 망설이다가 그만두었다. 류성룡이 보낸 서찰이 조선 수군을 염려하며 어떻게 해서든지 큰 공을 세워 명분을 찾으라는 내용인 데 비해, 윤두수 서찰은 좀 더 범위를 좁혀 이순신 개인만을 언급하고 있었다. 벌써 두세 번 거듭 읽어 낯익은 부분이 눈에 띄었다.

통제사가 장수의 본분을 잊지 않고 왜군을 섬멸하는 데 주력하리라 믿소이다. 어떤 대신은 그대가 김덕령과 같은 누를 범할지도 모른다고 염려하지만, 나는 통제사가 같은 실수를 두 번 반복하진 않으리라 보오. 전쟁이 끝날 때까지 부디 정도에 합당한 나날을 보내기 바라오.

이순신은 고개를 들고 눈을 감았다.

'김덕령과 같은 누? 정도(正道)에 합당한 나날을 보내라! 겉으로는 나를 위하는 척하면서 딴마음을 먹지 말라 경고하는군. 해원 부원군도 나와 조선 수군이 두려운 것이다.'

두려움이 큰 만큼 죽이려는 뜻도 굳어지는 법이다. 이순신 앞에 놓인 길은 어둡고 좁기 그지없었다.

해안에 도착한 나대용에게 한 사내가 먼저 말을 건넸다.

"나 선마! 오랜만이오."

"그, 그대는 교산!"

나대용이 깜짝 놀라며 허균 손을 붙잡았다.

"이제 병조 좌랑이라오. 그대가 만든 거북선과 판옥선 풍문은 일찍부터 들어 알고 있소. 참으로 장하오. 도성 그 좁은 개천에 배를 띄울 때부터 나 선마가 꼭 큰일을 하리라 생각했소."

"과찬이시오. 이게 다 통제사가 날 믿어 주었기 때문에 가능했던 일이오."

허균이 웃음을 흘렸다.

"통제사 총애를 듬뿍 받는다더니 헛말이 아닙니다그려. 내 이번에 돌아가면 나 선마를 정삼품 수사에 올리라는 청을 탑전에 올리리다. 조선 수군 군선이 튼튼하고 날렵하지 않았다면 어찌 그 많은 승리를 거둘 수 있었겠소. 나 선마는 수사가 되고도 남을 전공을 세웠소이다."

"고맙소. 한데 예까지 웬일이오?"

"통제사와 긴히 의논할 일이 있다오. 시간이 얼마 없으니 어서 갑시다."

"알겠소. 따르오."

허균은 나대용의 안내를 받아 통제사 이순신 군막으로 들어섰다.

"나가 있게. 잡인 출입을 막아 주고."

이순신은 나대용을 내보낸 후 허균에게 자리를 권했다.

"언제 병조 좌랑이 되셨소?"

"지난달 중순입니다. 한 이 년 북삼도를 떠돌았더니 서애 대감께서 벼슬자리를 하나 주시더군요."

"한데 이곳까지 어인 일이신지……?"

"전라도를 암행(暗行)하라는 어명을 받았소이다."

'어명?'

이순신 표정이 달라졌다. 전라도를 암행하라는 것은 반역 기운을 은밀히 살피라는 것이 아닌가?

"히히히, 왜 그리 놀라십니까? 천하의 이 통제사께서 이 몸에게 감추어야만 하는 무슨 죄라도 지셨소이까?"

머리를 후벼 파는 날카로운 웃음은 여전했다.

"죄는 무슨……. 서애 대감은 어떠하시오?"

"속병이 깊습니다. 제대로 몸을 가누지도 못하시지요. 꼼짝없이 돌아가실 날만 기다리고 계십니다."

이순신은 저도 모르게 긴 한숨을 내쉬었다. 서애 류성룡이 누구인가. 이 나라 최고 학식과 덕망을 갖추고 있으며 이 나라를 제 몸처럼 아끼는 분이 아니던가. 그런 분이 절망에 빠지고 병들어 죽게 생겼다는 말을 들으니 큰 둑이 무너지는 기분이었다.

"조정 분위기는 어떠하오?"

"서애 대감께서 물러난 후에도 계속 탄핵 상소가 이어지고 있습니다. 군권을 함부로 휘둘렀다는 상소가 하루가 다르게 늘고 있어요."

허균은 잠시 말을 끊고 이순신의 표정을 살폈다.

"이대로 가다가는 서애 대감뿐만 아니라 이원익 대감이나 이덕형, 이항복 대감은 물론 권 도원수와 이 통제사까지 위험하오. 대역죄로 몰릴지도 모를 일이오이다."

'대역죄?'

이순신은 허균에게서 그 단어를 듣고 씁쓸하게 웃었다. 세상 사람들 모두가 자신을 죽음으로 몰아붙이고 있었다.

"장군! 전쟁이 시작되기 전에 소생이 잠시 장군을 찾아뵌 적이 있습니다. 기억하시는지요? 그때 장군은 이 나라 조정과 왕실에 대한 굳건한 충성심으로 소생을 내치셨지요. 하나 칠 년이 지난 지금, 장군께서 그렇게 몸과 마음을 다 바쳐 충성했던 이 나라 조정과 왕실은 장군을 어떻게 대접하고 있습니까? 왜군을 물리친 후 곧바로 죽여야 하는 또 다른 역적으로 보고 있지 않습니까? 장군! 서애 대감은 장군 때문에 저리 되신 것이오이다. 어전에서 장군을 모함하는 신료들과 맞서 싸우고, 어심과 반대되는 간언을 했기 때문에 영의정에서 쫓겨난 것이지요. 서애 대감이 누구십니까. 그 누구보다 어심을 깊숙한 곳까지 헤아리시고 물 흐르듯 말과 행동을 가다듬는 분이오이다. 한데 장군을 위해서는 모든 것을 던지셨어요. 이제 장군께서 그 은혜를 갚아야 할 때가 왔습니다. 나라를 이 꼴로 만든 이들을 쳐야 하오이다."

이순신이 차갑게 물었다.

"나더러 반역이라도 하라 이 말이오?"

허균이 좀 더 강하게 밀어붙였다.

"반역이 아닙니다. 역사를 바로잡는 길이지요. 이 전쟁에서 진정한 승자를 가리는 일이오이다. 마땅히 서애 대감과 장군께서 영웅이 되셔야 하오이다. 그래야 다시는 이런 참화를 겪지 않을 것입니다. 얼렁뚱땅 좋은 게 좋다는 식으로 지나치면 이 나라는 다시 전쟁을 겪을 수밖에 없습니다. 지금보다 훨씬 치욕적인 전쟁을 말입니다. 그때가 오기 전에 모든 것을 바로잡아야 하오이다. 하나 지금 조정에서 거들먹거리는 자들은 책임지려 하지 않습니다. 그들을 깨우쳐야 합니다. 말로 안 되면 힘으로라도 말입니다."

"나는 일개 장수일 뿐 다른 길은 생각해 본 적도 없소. 의가 아니면 가지 않았고 협이 아니면 쳐다보지도 않았소이다."

허균이 히죽 웃었다.

"군왕의 길이 뭐 별것인 줄 아십니까? 이미 장군은 지난 칠 년 동안 성군(聖君)의 길을 걸어왔소이다."

이순신이 깜짝 놀라며 물었다.

"무슨 말이오?"

"소생은 이곳으로 오면서 확인했소이다. 전라도 어느 곳에 가서 누구를 붙들고 물어봐도 장군만이 희망이라는 사실을. 만백성 가슴속에 희망으로 고이 간직된 이가 있다면 그 사람이 곧 성군이 아니고 무엇이겠소이까? 장군께서는 반역을 꾀하는 것이 아니라 백성들 선택을 받아들이는 것뿐이오이다."

"그게 어찌 내 공이겠소? 하해와 같은 군왕의 은혜가 천하에 미치는 것이오."

허균이 고개를 설레설레 저었다.

"아직도 소생을 믿지 못하십니까? 이것을 보시지요."

허균이 소매에서 지도 한 장을 꺼냈다. 「한양전도(漢陽全圖)」였다. 군데군데 붉은 점이 찍혀 있었다.

"소생은 이미 한양을 지키는 장졸들 수와 군영을 파악했소이다. 이제 장군께서 뜻을 굳히시면 일이 성사되는 건 어린애 손바닥 뒤집기보다도 쉽소이다."

이순신은 그 지도를 오랫동안 쳐다보았다. 지도는 과연 상세하기 이를 데 없었다.

"서애 대감께서 문신으로 평생 조정을 지키셨듯이 나 이순신 또한 장수의 길을 걸었을 따름이오. 이제 와서 다른 길을 엿보는 것은 가당치도 않소."

"허어, 장군! 이대로 하명만 기다리시면 장군의 영광스러운 이름이 보존될 수 있다고 보십니까? 전쟁이 끝나자마자 저들은 장군 이름 앞에 역적이란 두 글자를 새겨 넣을 것이오이다. 그리고 장군이 세운 모든 전공을 훔치고 나라를 빼앗으려고 발버둥친 소인으로 폄하하겠지요. 처음에는 충신이었다가 마지막에 가서 역적으로 둔갑할 수는 없습니다. 만약 장군이 대역 죄인으로 몰려 사약을 받는다면 장군 삶 전체가 대역 죄인의 삶이 되는 것입니다. 역사를 믿는다고 하시겠지요? 하나 이 세상에는 죽음을 무릅쓰고 장군 명예를 되찾아 줄 사관(史官)은 없소이다. 도대체 역사가 무엇입니까? 승리한 자, 힘 있는 자들이 자화자찬을 늘어놓는 자리가 아니오니까?

장군! 기회는 두 번 다시 오지 않소이다. 장군이 걸어온 지난 삶을 지키고 앞으로 삶을 당당하게 꾸려 나갈 마지막 기회입니다. 지금 조정에는 소생과 뜻을 같이하는 젊은 신료들이 상당수 있소이다. 한양 백성도 모두 장군 편입니다. 장군! 검을 뽑으십시오."

이순신이 말머리를 돌렸다.

"한 가지만 묻겠소. 그대는 왜 나를 지목하였소? 왜 내게 뜻을 합치자고 하는 것이오?"

허균은 예상 밖 질문을 받고 잠시 어리둥절한 표정을 지었다.

그러나 곧 미소를 지어 보였다.

"그건 아마도 소생이 장군을 믿기 때문이 아니겠습니까?"

이순신이 반문했다.

"나를 믿는다? 내가 누군 줄 알고 믿는단 말이오?"

허균이 답했다.

"꼭 함께 지내야만 상대방을 아는 것은 아니지요. 장군은 두 번이나 백의종군을 당했습니다. 장군은 절망이 무엇인가를, 삶의 나락이 무엇인가를 아는 분입니다. 그리고 이 나라 왕실과 조정 대신들이 얼마나 무능하며 어떻게 백성을 착취하는지도 똑똑히 알고 계시지요. 장군은 그 모든 문제를 저 뿌리 깊숙한 곳에서부터 해결할 방도를 찾으시는 분입니다. 장군께서 칠 년 동안 전라도를 다스리며 행하였던 그 많은 일들은 일개 장수가 즉흥으로 내 놓을 수 있는 것이 아니지요. 장군께선 오래전부터 새로운 왕실, 새로운 조정, 새로운 정치를 꿈꾸고 계셨던 것입니다. 이 나라 군왕이 장군을 죽이려 하는 것은 장군이 행한 일들이 정여립이나 이몽학이 일으킨 난보다 훨씬 두려운 것임을 알기 때문이지요. 장군 품에서 평안을 누린 백성들은 이제 썩어빠진 왕실과 조정 명령에 호락호락 따르지 않을 것입니다."

"전라도를 조선 수군 아래 둔 것은 전쟁에서 승리하기 위함이었소. 목민관으로서 행한 일들은 휘하 장수들 도움이 컸소."

허균이 말꼬리를 붙들었다.

"군왕이 모든 일을 다 하는 법은 아니지요. 성군 아래에는 언제나 탁월한 재상들이 있게 마련입니다."

이순신은 다시 허균 말을 부인했다.

"허 좌랑이 생각하는 의(義)와 내가 생각하는 의는 다르오. 허 좌랑이 생각하는 새로운 나라를 만드는 방법과 내가 생각하는 새로운 나라를 만드는 방법 역시 다르오. 그대가 말하는 의는 내게는 불의로 보이며, 그대가 꿈꾸는 새로운 길은 내게는 이 나라 전체를 혼돈에 빠뜨릴 지극히 위험한 길로 보이오. 그러니 더 이상 날 끌어들이지 마오. 나는 나를 아오. 그대도 그대가 누구인가를 깨닫기 바라오. 자, 이제 그만 돌아가시오. 곧 날이 밝을 테고, 남들 눈에 띄어 좋을 이유가 없을 터이니까."

허균은 안타까운 듯 주먹으로 가슴을 쳤다.

"시간이 없소이다."

"돌아가시오."

이순신의 언성이 높아졌다. 허균은 고개를 설레설레 저으며 자리에서 일어섰다.

"좋습니다. 전라도를 암행한 후 다시 들르겠소이다. 그땐 장군 마음이 돌아서 있기를 바랍니다."

허균의 목례를 받으며 이순신이 잘라 말했다.

"들르지 마시오. 앞으로 그대를 다시 만날 일은 없을 것이오."

허균이 군막을 나섰다. 저만치 서 있던 나대용이 종종걸음으로 달려왔다. 허균은 힐끗 뒤를 살피며 나대용에게 말했다.

"통제사를 잘 보좌하세요. 조선 수군 전부를 합친 것보다도 더 소중한 분입니다.

"알겠소이다."

나대용이 앞뒤 문맥도 모른 채 답했다.

"교산! 나중에 한 번 따로 만납시다. 새로 만들고 있는 군선이 있다오. 꼭 교산에게 먼저 보여 주고 싶소."

허균이 웃으며 고개를 끄덕였다.

"그럽시다. 나 선마가 만든 배라면 언제든 보지요. 하나 이번에는 좀 더 큰 걸 걸고 내기를 해야 할 게요."

"얼마든지!"

시뻘건 태양이 동쪽 섬과 섬 사이에서 불끈 솟아올랐다. 허균은 그 붉은 기운 사이로 콧노래를 부르며 걸어갔다. 그 길 끝에서 긴꼬리홍양진이(머리에서 등까지 붉은 반점이 진 겨울 철새)를 어깨에 얹은 청향이 남장을 한 채 다소곳이 서 있었다.

二十二, 하늘이여, 이 원수를 무찌른다면

십일월 십팔일 밤.

해시(밤 9시)가 가까웠다. 바람은 잔잔했고 보름을 넘긴 달은 두둥실 높이 떠서 그 빛을 발하고 있었다. 예교에 있는 왜군은 꼼짝도 하지 않았다. 남해도와 부산에 있던 왜군 중 일부가 서진을 시작했다는 급보가 계속 들어왔다. 당장이라도 총통이 불을 뿜고 불화살이 날며 전투가 벌어질 것 같았다. 그러나 사위는 조용하기 이를 데 없었다.

이영남이 탄 판옥선에 협선 두 척이 닿았다. 나대용과 이언량이 주위를 살피며 판옥선으로 옮겨 탔고 갑판에 서 있던 이영남은 두 사람과 반갑게 손을 잡았다. 군사들을 물리자마자 나대용이 물었다.

"누가 지휘선에 타게 되는 것이오?"

"일단 독전 군관 송희립이 탈 것이고 통제사 장남 회, 조카 완이 동승할 것입니다."

이언량이 굳은 얼굴로 말했다.

"어쨌든 이번 전투만 치르면 왜와 칠 년 전쟁도 끝이 나는 것이오. 마지막 순간까지 우리는 통제사를 지켜야 하오. 불상사를 미연에 방지해야 한단 말씀입니다."

나대용이 근심 어린 눈으로 물었다.

"이번에도 통제사께서 선봉에 서겠다셨소?"

이영남이 고개를 저었다.

"아닙니다. 선봉은 이미 노량에 나가 있는 이 수사가 맡을 것이오. 통제사께서는 몸소 나서시겠노라 극력 주장하셨으나 권 수사와 이 수사가 함께 만류했소이다. 권 수사는 특별히 소장을 불러 통제사 지휘선을 철저히 지키라 하셨소. 두 분과 함께 말이외다."

이언량이 몸을 뒤로 젖히며 답답해했다.

"옳은 말씀이오. 울돌목 싸움처럼 통제사께서 선봉에 서면 결코 안 되오. 한데 남해도에 있는 왜놈들은 왜 코빼기도 보이지 않는 거요? 예교에 갇힌 왜군들을 포기하고 벌써 귀국해 버린 게 아니오?"

이영남이 대답했다.

"예교에 갇힌 고니시는 왜군 으뜸 장수요. 결코 버려두고 물러가지는 않을 것이외다. 통제사께서도 오늘내일 결판이 난다고 보고 계시오. 놈들이 남해도에서 내해를 택한다면 노량으로 올 것이고 외해를 택한다면 미조목으로 올 게요. 지금으로선 노량으로 들어올 가능성이 크오이다. 그쪽이 지름길이기도 하고."

나대용이 물었다.

"우리가 노량이나 미조목으로 군선을 이끌고 가는 사이에 고니시가 포위망을 뚫고 빠져나갈 수도 있지 않겠소?"

"그렇소이다. 하나 고니시를 잡으려고 유도에 그냥 머무르다가는 적 협공을 받아 오히려 우리가 당할 위험이 크지요. 일단은 운신 폭이 자유로운 관음포(觀音浦) 쪽으로 빠져나가야 할 것이오. 그리고 전황을 봐서 앞뒤 적을 동시에 쳐야지요."

이언량이 주먹으로 이마를 툭툭 치며 말했다.

"그렇다면 통제사 지휘선을 후미로 돌려서도 아니 되겠군. 중군(中軍)에 두고 우리 셋이 지휘선을 앞뒤로 방패처럼 감싸도록 합시다."

이영남과 나대용이 고개를 끄덕였다. 앞뒤 적과 동시에 맞서는 것은 쉽지 않은 싸움이다.

"한데 통제사께서 유독 화공(火攻)을 강조하시는 까닭이 무엇이오?"

이언량이 묻자 나대용이 친절하게 답했다.

"겨울엔 북서풍이 주로 불지 않소이까? 우리가 풍상(風上)에 서면 풍하(風下)에 있는 왜군을 공격할 수 있는 가장 좋은 방법이 무엇이겠소? 바로 불화살을 이용한 화공이라오."

이언량이 고개를 크게 끄덕였다. 이영남이 사족처럼 덧붙였다.

"마지막 전투입니다. 끝까지 목숨을 걸고 통제사를 지킵시다."

같은 시각, 이순신은 맏아들 회와 조카 완을 이물로 불렀다.

회와 완이 읍을 하여 예를 갖추었다. 이순신은 잠시 밤바다를 내려다보았다. 그리고 따뜻하고 촉촉한 음성으로 이야기를 시작했다.

"너희들 증조부께서는 강직한 분이셨다. 불의를 보면 참지 못하셨지. 승패를 떠나 일의 옳고 그름을 항상 생각하신 분이다. 일찍이 정암 선생을 도와 이 나라를 더욱 강하고 올바른 길로 이끌려 하셨고 그 때문에 많은 고초를 겪기도 하셨지만, 끝까지 정암 선생에 대한 존경과 흠모를 바꾸지 않으셨단다. 우리 집안은 대대로 장수의 길을 걸어온 다른 무반(武班)들과 확실히 다르다는 것을 명심해라. 우리는 대대로 학덕에 힘썼고 또한 정암 선생과 뜻을 합친 사림 중의 사림이었느니라. 너희들도 증조부님 용기와 올곧음을 가슴 깊이 새겨 두도록 해라."

완이 물었다.

"조부님은 어떤 분이셨나요?"

"매사에 부드럽고 배움이 깊은 분이셨다. 하나 우리가 예의에 어긋난 행동을 할 때는 엄하게 꾸짖으셨지. 학식도 깊으셨다. 그 아들들에게 삼황오제에 속하는 위대한 군왕인 복희, 요, 순, 우의 이름을 내린 것도 난세를 태평성대로 바꾸기 위해 큰일을 하라는 뜻이었단다."

회가 물었다.

"작은아버님은 어떤 분이셨나요?"

"물처럼 부드럽고 매사에 합리적인 분이셨다. 서애 대감께서는 지금도 형님의 높고 맑은 사람됨을 그리워하시지."

이순신은 잠시 말을 끊었다. 황해 바다를 돌고 온 바람이 연합 함대를 스치고 동쪽으로 지나갔다.

"우리 가문은 빈한할 때나 부유할 때나 사직을 위하는 충심이 한결같았느니라. 그 이름을 세상에 널리 알리지 못한다 하더라도 세월을 원망하거나 남을 탓하지 않았다. 너희들도 그처럼 곧고 바른 마음을 가져야 할 것이야. 장수의 길을 가더라도 서책을 가까이해라. 몸은 비록 변방에 떨어져 있어도 사촌끼리 우애 있게 지내야 한다. 알겠느냐?"

"예."

"집안도 최선을 다해 챙기도록 해라. 나는 비록 너희들 할머니 임종도 지켜 드리지 못했고 면이 죽는 것도 막지 못했으나, 너희들은 친족으로서 도리를 다하고 살아라. 항상 몸가짐을 바르게 하고 말을 아끼도록 해라."

"예."

회와 완은 고개를 숙인 채 이순신 말을 끝까지 들었다.

"화연(火鳶)입니다."

송희립이 큰소리로 아뢰었다. 밤하늘에 작은 불꽃 하나가 맴을 돌았다. 김완과 함께 노량에 나가 있는 배홍립이 올린 연이었다. 곧이어 불꽃 두 개가 더 올라왔다. 왜선이 노량으로 몰려오고 있다는 신호였다.

"관음포 앞바다로 가자!"

출정을 알리는 북소리가 어둠을 뚫고 사방으로 퍼져 나갔다. 오랫동안 쉬고 있던 격군들이 잠을 쫓으며 힘차게 노를 젓기 시작했다. 판옥선들은 순풍을 타고 바람처럼 내달렸다. 한참을 나아가는 중에 진린이 탄 판옥선이 접근해 왔다. 이순신이 속력을 늦추자 진린이 허겁지겁 배를 옮겨 탔다.

"무슨 일이오?"

"남해도에 있던 왜 선단이 노량으로 접근하고 있소이다. 고니시를 구하러 왜군들이 모조리 몰려들 올 겁니다. 사천의 시마즈, 남해의 소, 다치바나(다치바나 무네시게(立花宗茂)), 부산에 있던 데라자와(데라자와 마사나리(寺澤正成)), 다카하시(다카하시 무네마스(高橋統增))까지 최소한 500척이 넘을 겁니다."

진린은 이순신을 만류했다.

"이 밤에 그렇게 많은 왜 수군들과 해전을 벌이는 건 무리요. 내일 날이 밝는 대로 적을 치도록 합시다."

이순신이 해도를 짚으며 말했다.

"적들이 이곳 지형을 알기 전에 공격해야 하오이다. 이 수사가 왜군들을 노량으로 끌어들이면 기다렸다가 적을 치는 것이지요. 노량을 지나 예교로 가는 뱃길은 이곳 죽도를 지나는 것과 그 아래 관음포를 지나는 길뿐이오이다. 도독께서는 윗길을 맡으십시오. 소장은 관음포에서 적을 기다리겠소이다."

"왜선들이 관음포로 가지 않고 죽도로만 몰려오면 어찌하오?"

진린은 얼굴이 창백해졌다.

"걱정 마십시오. 죽도 근처는 암초들이 많아서 복병선을 배치한 쪽이 훨씬 유리하오이다. 또 왜선은 백여 척이 넘을 것이니 좁고 암초가 많은 죽도보다는 아래쪽 넓은 뱃길을 택할 것이오이다. 왜선들이 관음포를 해협으로 알고 찾아든다면 완전히 가둔 후 몰살시킬 수 있소이다."

"알겠소."

진린이 고개를 끄덕인 후 자기 판옥선으로 돌아갔다.

"자넨 운명을 믿나?"

이순신이 옆에 서 있던 송희립에게 불쑥 물었다.

"예?"

송희립은 갑작스런 질문을 받고 머뭇머뭇거렸다.

이순신은 마치 아무런 말도 하지 않은 사람처럼 어둠을 응시했다. 귀를 긁는 웅성거림이 바람을 타고 전해졌다.

"소장은 장군을 믿사옵니다."

"운명을 믿지 않고 나를 믿는다? 허허허허!"

이순신이 기분 좋게 웃었다. 송희립은 따라 웃을 수 없었다. 그 말은 진심이었다. 조선 수군 장졸들은 어둠 속에 숨어 있다 뒷덜미를 잡아끄는 운명보다 폐허 속에서도 삼도 수군을 재건한 이순신을 더 믿고 있었다. 이순신 명령이라면 지옥에 가서 염라대왕과도 맞설 각오가 되어 있었다.

이순신은 맏아들 회에게 축원 기도를 준비하라 명령한 후, 갑판 아래 자기 방으로 들어갔다. 임진년 이후 써 오던 일기는 이미 통제영으로 보냈고, 서안에는 사발 하나만 덩그러니 올려져 있었다. 박초희가 날발을 통해 선물한 사발이었다. 갑옷을 고쳐 입고 방 안 정돈을 마친 후 문을 열고 나오려다가 다시 뒤돌아섰다. 그리고 뚜벅뚜벅 서안으로 가서 사발을 코앞까지 들었다.

'소은우 사형! 득도(得道)하였구려. 남궁 선생이 금오산에서 빚은 사발과 견주어도 전혀 손색이 없소. 나도 이 밤 내 길을 얻고자 하오.'

이순신이 다시 갑판으로 올라갔다.

이물에 회가 가져다 놓은 작은 탁자와 향로가 보였다. 이순신은 그 앞에 지휘검을 놓고 깨끗한 물에 손을 씻은 다음, 향불을 붙여 향로에 꽂은 후 무릎을 꿇었다. 고개를 숙인 이순신은 두 주먹을 부들부들 떨었다.

치우 발자국, 불타오르는 금오산, 녹둔도, 임진년 큰 승리들, 한산도 풍광, 두 번째 백의종군과 고문, 울돌목 물소리. 이미 그 곁을 떠난 이들도 눈앞에 어른거렸다. 아버지와 두 형, 박미진, 임경번, 오형, 정운, 어영담, 선거이, 원균, 이억기, 최호, 날발, 면, 그리고 어머니, 어머니!

이윽고 밤하늘을 우러렀다. 굵은 눈물이 두 뺨을 타고 주르륵 흘러내렸다.

'임진년에 바다를 건너와 조선 팔도를 폐허로 만든 왜적들이 이제 돌아간다고 한다. 순순히 돌아갈 테니 바닷길을 내달라고 한다. 지나간 일은 모두 잊자고, 잘못이 있다면 너그러이 용서해 달라 한다. 그러나 나는 그들을 용서할 수 없다. 죄 없는 이 나라 백성들을 죽이고 짓밟은 자들을 그냥 보내지는 않겠다. 다시는 이 나라를 넘보지 못하도록, 잘못을 저지른 대가를 치르도록 하리라.'

서애 류성룡 얼굴이 떠올랐다.

'서애 형님! 지켜봐 주십시오. 이 아우 순신이 끝까지 형님 기대에 어긋나지 않도록 최선을 다해 왜적을 섬멸하겠습니다.'

류성룡 얼굴이 차츰 흐릿해지더니 지금껏 한 번도 본 적이 없는 선조 얼굴로 바뀌었다. 이순신의 눈자위가 잠시 움찔거렸다.

'전하!

신 이순신 어명을 받들어 여기까지 왔나이다. 신을 향한 수많은 비난들은 모두 신이 부덕한 소치이옵니다. 하나 신은 결코 사사로운 이(利)를 위해 그리한 것이 아니오라, 전투에서 승리하여 장졸들을 구하고 하삼도 백성을 구하기 위해, 그것이 곧 의(義)요 충(忠)이라 믿었기에 그리한 것이옵니다. 전하! 신 휘하에 있는 삼도 수군 장수들은 하나같이 용맹이 출중하고 신의가 깊사옵니다. 수군을 위해 목숨이라도 기꺼이 바칠 재목들이옵니다. 이들을 굽어 살피시옵소서. 신에게 속한 사사로운 군사라 보지 마시옵고 조선의 자랑스러운 장수로 아껴 쓰시옵소서. 백성을 위하고 의를 아는 성군(聖君)이 되시옵소서.'

어깨를 꼿꼿하게 세운 후 두 손을 활짝 폈다.

'하늘이여!

이 원수들을 모두 무찌른다면 죽어도 여한이 없겠나이다.'

그 순간 큰 별 하나가 길게 꼬리를 끌며 노량 앞바다로 떨어졌다. 이순신은 그 별빛이 스러지기를 기다려 무릎을 펴고 일어선 후 지휘검을 높이 들고 크게 한 번 휘둘렀다.

二十三, 영웅, 관음포에 지다

십일월 십구일 축시(새벽 1시~3시)에 조선 수군은 관음포 앞바다에 도착했고 진린이 이끄는 명나라 수군은 북상하여 죽도 암초속에 배를 숨겼다. 이순신은 송희립이 치는 북소리를 멈추게 한후 불빛을 감추라는 군령을 함대 전체에 내렸다. 군졸들은 입에 나무토막을 물고 소리를 죽였다. 어둠을 뚫고 송골매 한 마리가 이순신이 든 장검 위에 내려앉았다. 김완이 보낸 송골매였다.

'왜선이 가까이 왔다.'

이순신은 장검을 뽑아 들었다.

타탕.

그 순간 조총 소리가 정적을 깼다. 왜 선단이 정면으로 나아오고 있었다. 이순신이 큰 소리로 명령을 내렸다.

"진격하라! 불화살을 쏴라!"

공격 명령이 떨어졌다. 송희립이 북채를 휘둘러 군령을 전했다. 어둠 속에 숨을 죽이고 있던 판옥선들이 일제히 불화살을 쏘고 총통을 발사했다. 이순신(李純信)이 탄 배가 앞장서는 것과 동시에 경상 우수영 판옥선들이 적진으로 곧바로 달려들었다. 우치적과 권준이 이끄는 판옥선들이 그 뒤를 따랐다. 북서풍을 타고 불길이 빠르게 번지자 왜군들은 크게 당황하며 우왕좌왕했다. 이순신(李純信)이 이끄는 경상 우수영 소속 판옥선들은 윗길로 돌아서 퇴로를 끊은 후 왜선들을 계속 아래쪽으로 몰았다.

"돌진하라!"

이순신은 적진으로 뛰어들라는 군령을 내렸다. 이언량과 나대용의 판옥선이 지휘선을 보호하듯 먼저 적진을 향해 뛰어들었다. 잠시 전황을 살피던 이순신이 명령했다.

"뱃머리를 왼쪽으로 틀어라."

송희립이 난처한 얼굴로 답했다.

"이 조방장이 탄 배가 너무 가까이 붙었습니다."

이순신은 두 눈을 번뜩였다.

'이영남까지 내 앞을 막는단 말인가?'

송희립은 이미 이영남으로부터 무슨 일이 있어도 지휘선을 선봉에 나서게 해서는 안 된다는 귀띔을 받았다.

"장군! 이곳에서도 전황을 충분히 가늠할 수 있습니다. 저쪽을 보십시오. 왜선들이 불타고 있습니다. 우리가 쳐 놓은 덫에 걸려들었으니 저들에겐 죽음뿐입니다. 장군! 왜선들이 관음포 쪽으로 몰려가고 있습니다. 아마도 놈들은 그곳을 해협으로 착각한 모양입니다. 자진해서 막다른 길로 들어갔으니, 이제 이곳에서 총통만 쏘아도 놈들은 전멸입니다."

후군(後軍)을 거느리고 조금 뒤쳐져 있던 정사준에게서 급보가 날아들었다.

"고니시가 움직이기 시작했습니다. 유도를 지나 미조목 쪽으로 달아날 것 같습니다"

"이, 이런!"

이순신이 주먹을 불끈 쥐었다.

"나대용에게 전해. 어서 판옥선 열 척을 이끌고 정사준과 합류하여 후방을 맡으라고. 순순히 놈을 보낼 수는 없지. 매복해 있다가 단숨에 쳐야 할 것이야."

군령을 받은 나대용이 탄 배가 빠져나갔고 판옥선 열 척이 그 뒤를 따라 뱃머리를 돌렸다. 그 틈을 타서 후퇴를 거듭하던 왜선이 일제히 앞으로 쏟아져 나왔다. 어느새 이순신이 탄 지휘선이 나대용의 자리로 헤집고 들어와 선봉에 합류했다. 조선 수군은 좌우로 협공하며 왜선들을 격침했다. 승기를 탄 명나라 수군도 조선 수군에 합류하여 함께 싸웠다.

화염에 휩싸인 왜선과 살려 달라며 비명을 지르는 왜군이 관음포 앞바다에 부지기수로 깔렸다. 막다른 길이란 걸 깨달은 왜선들 저항은 더욱 완강해졌다.

"잡아라. 한 놈도 살려 보내서는 아니 된다."

밤새 북을 두드린 송희립은 장검을 높이 들고 고래고래 고함을 질러 대는 이순신을 곁눈질로 살폈다.

"아, 아니, 장군!"

하마터면 북채를 놓칠 뻔했다.

어느 틈에 이순신이 갑옷과 투구를 벗어던지고 붉은 융복 차림으로 군사들을 독려하였던 것이다. 벗어 버린 갑옷은 임진년 오월 이순신이 사천 해전에서 어깨 관통상을 당한 후 정사준이 대장장이들을 거느리고 직접 만든 방탄복이었다. 갑옷 속에 환삼을 여러 겹 붙였기에 정면에서 조총을 쏘아도 탄환이 뚫지 못했다.

"어서 갑옷을 입으십시오. 왜선이 바로 코앞에 있사옵니다."

송희립이 갑판에 내던진 갑옷과 투구를 챙기며 소리쳤다. 이순신이 그 말을 무시하고 계속 명령을 내렸다.

"저놈들을 쫓아라! 퇴로를 열어 줘서는 아니 된다."

송희립은 하는 수 없이 북채를 다시 들고 힘껏 북을 쳤다. 동쪽 하늘 위로 붉은 태양이 떠오르기 시작했다. 붉은 융복이 그 햇빛에 타오르듯 빛났다.

"당파하라!"

왜선들이 총통과 불화살을 요리조리 피하며 북상하였다. 이순신은 직접 충돌하여 격침하라는 군령을 내렸다. 이언량이 탄 판옥선이 미친 듯이 돌진했다.

"이언량 뒤로 배를 붙여라."

이순신은 그 틈으로 빠져나가 이언량 뒤를 따랐다. 이영남이 탄 판옥선이 나란히 옆으로 붙었다. 이물에 서 있던 이영남이 큰 소리로 외쳤다.

"장군! 물러나십시오. 장군!"

이순신이 장검을 들어 이영남을 똑바로 가리켰다.

"당파하라는 명령을 듣지 못했는가? 어서 진격하라."

이영남이 만류하는 걸 뿌리치고 이순신은 곧장 나아갔다. 이언량은 벌써 왜선 한 척을 당파하고 다음 제물을 찾고 있었다. 이영남이 탄 판옥선이 잽싸게 지휘선 뒤쪽으로 붙었다. 송희립 북소리가 점점 빨라졌다. 지휘선은 이언량이 탄 배를 젖히고 앞으로 나섰다.

"불화살을 쏴라!"

불꽃이 뚝뚝 떨어지는 화살들이 허공을 날았다. 왜선과 거리가 채 열 걸음도 떨어지지 않았다. 달아나던 왜선 다섯 척이 갑자기 이순신이 탄 지휘선을 포위한 후 조총을 쏘아 댔다. 진린이 탄 배가 앞으로 썩 나서서 왜선 한 척을 불태웠고, 이순신이 탄 지휘선이 그 틈으로 물러났다. 그러나 지휘선은 금세 송희립이 치는 북소리에 맞춰 미친 듯이 다시 돌진했다. 이언량과 이영남이 탄 배가 뒤를 따랐다. 왜선 두 척을 순식간에 당파하고 세 척에 불을 질렀다.

"관음포에서 단 한 놈도 빠져나가지 못하도록 하라. 쳐라. 어서 앞으로 나아가자!"

이순신이 탄 배가 다시 선봉에 섰다. 동쪽 하늘이 서서히 밝아 오고 있었다. 불붙은 왜선 사이로 빠르게 돌진하며 천자총통과 지자총통을 쏘아 댔다. 이언량과 이영남이 뒤따랐지만 지휘선을 따라잡을 수 없었다. 왜선 십여 척이 눈앞에 나타났다.

그때 갑자기 고물 쪽에 엎드려 있던 왜군들이 일제히 조총을 발사했다. 활시위를 당기던 궁수 서넛이 벌렁 나자빠졌다. 송희립도 다리에 총탄을 맞고 쓰러져 기절했다. 회와 완은 뒷걸음질 치는 군사들을 독려하며 다시 불화살을 날렸다.

"윽!"

장검을 높이 치켜든 이순신이 문득 왼손으로 가슴을 감싸 쥐며 앞으로 푹 꼬꾸라졌다. 이회가 급히 이순신을 안아 일으켰다.

"아버지!"

이순신 가슴에서 시뻘건 피가 콸콸 쏟아졌다. 이회도 가슴과 손에 온통 피가 묻었다.

"전세가 급하니…… 내…… 죽음을 알리지 마라."

그 순간 쿵 소리와 함께 지휘선이 왜선과 부딪쳤다. 이회는 이순신을 품에 안은 채 두세 바퀴 앞으로 뒹굴었다. 당파 당한 왜선에서 왜병들이 원숭이처럼 지휘선으로 옮겨 타기 시작했다.

그 소리에 놀라 깨어난 송희립이 장검을 휘돌리자, 왜병들이 일제히 서너 걸음 물러섰다. 이회와 이완이 곧 그 자리에 달려왔다. 장졸 스무 명 정도가 동참하자 왜병들은 겁을 먹고 바다로 뛰어들었다.

뒤따라오던 이영남과 이언량이 이상한 분위기를 알아채고 급히 지휘선으로 옮겨 탔다. 송희립은 정신없이 북을 쳐 대고 있었고, 이회와 이완은 이순신 시신을 둘러싼 채 흐느꼈다.

"장……군!"

전투를 지휘하던 장수가 사라지자 지휘선 궁수들은 제자리를 찾지 못하고 허둥댔다. 지휘선이 침몰될 위기였다. 이영남은 울고 있는 이회에게 말했다.

"이제 아버님 대신 이 배를 지휘해야 합니다. 자 어서, 아버님 장검을 높이 치켜드세요. 어서!"

그러나 이회는 슬픔에 북받쳐 몸을 가누지 못했다. 곁에 있던 이완이 갑옷을 벗고 융복 차림으로 이순신이 아직 오른손에 쥔 장검을 빼 들었다.

이영남과 이언량은 두어 걸음 앞으로 걸어 나와 이순신의 굳은 얼굴을 들여다보았다.

'장군! 곧 다시 뵙겠습니다.'

두 장수가 탄 판옥선은 좌충우돌하며 왜선을 격침했다. 명군 노장 등자룡(鄧子龍)이 탄 배를 불태운 왜선들이 이번에는 진린의 배를 둘러쌌다.

"돌격! 진 도독을 구하자. 총통을 쏴라. 불화살을 날려라!"

이언량이 정면으로 달려들어 왜선 두 척을 당파했다. 진린이 탄 배가 그 틈으로 물러나자 왜선들이 이번에는 이언량 배에 접근하여 왜병들이 갑판 위로 날아들었다.

"이놈들! 다 덤벼라! 돌격장 이언량이 예 있다."

이영남이 장검을 휘돌리며 왜병 머리 일곱을 베었다.

타탕!

그 순간 총성이 울렸다. 머리와 배에 총탄을 맞은 이언량이 앞으로 쓰러졌다. 이번에는 이영남이 진린 배 앞으로 나섰다.

"나를 따르라! 왜군을 전멸시키자."

진린이 탄 배가 완전히 물러날 때까지 이영남이 탄 판옥선은 계속 총통을 쏘고 불화살을 날렸다. 그 기세가 워낙 거세었기에 왜선은 전진하지 못하고 판옥선을 멀리서 포위했다. 이영남이 갑자기 투구와 갑옷을 벗었다.

'오늘 나는 저 바다에 내 더운 피를 뿌리리라! 통제사 뒤를 따르리라.'

다시 불화살이 하늘을 나는 순간 총성이 울렸고, 이영남이 가슴을 움켜쥐고 갑판을 뒹굴었다. 이순신처럼 왼쪽 가슴에 총탄이 박힌 것이다.

권준과 배홍립이 뒤늦게 달려와서 판옥선 두 척을 구했을 때는 이미 두 장수는 절명(絶命)한 뒤였다. 멀리 물러섰던 진린이 다시 다가와 조선 수군 도움으로 목숨을 구한 사례를 하기 위해 통제사 지휘선으로 올라왔다. 이완이 뱃머리에서 울먹이며 아뢰었다.

"통제사께서는 이미 전사하셨습니다."

진린이 털썩 그 자리에 주저앉으며 흐느꼈다.

"아, 통제사! 이미 죽은 후에도 나를 구하였구려. 그대의 도움으로 나만 살고 그대는 전사하였으니 참으로 호천통곡할 일이오. 이 은혜를 이제 어떻게 갚는단 말이오!"

조선 수군은 왜선 100여 척을 포획하고 200여 척을 분멸했으며 500개가 넘는 수급을 거두었다. 칠 년 전쟁에서 거둔 마지막 큰 승리였다.

二十四, 죽음 뒤에 남는 것

　십일월 이십팔일 저녁.

　성긴 눈들이 어머니 품속에 안기듯 관음포 잔잔한 바다 위로 떨어졌다. 첫눈이었다. 솔잣새 한 마리가 정자 뒤 대숲에서 푸드덕 날아올라 회항(回航)하는 고깃배들을 향해 날아갔다. 추위도 아랑곳하지 않고 낙성정(落星亭)에 나란히 앉아 겨울 바다를 내려다보던 두 사내 시선이 일제히 허공으로 떠올랐다. 두 사람은 섬과 섬 사이로 솔잣새가 숨을 때까지 침묵했다.

　"진실을 알고 싶소."

　키가 크고 이목구비가 뚜렷한 이덕형이 먼저 입을 열었다. 이덕형은 이미 이순신이 전사한 사실과 왜군이 패퇴한 일을 적은 장문의 글을 탑전에 올렸다. 그러나 선조는 관음포 승첩을 믿으려 하지 않았다. 관음포 해전의 전황과 이순신의 최후를 소상하

311

게 살펴 장계를 다시 올리라는 유서(諭書)가 내려왔다. 개검(開檢,
분묘를 파헤쳐서 시체를 검안하는 개분검시(開墳檢屍)나 관을 열고 시체를
검안하는 개관검험(開棺檢驗)의 줄임말.)이라도 할 분위기였다.

이덕형은 이순신의 오른팔이자 조선 수군의 안방 살림을 도
맡아 했던 권준을 만나기 위해 직접 협선을 타고 남해도로 건너
왔다.

권준은 희미하게 미소만 지을 뿐 아무 대답도 하지 않았다. 퀭
한 눈과 움푹 팬 두 볼이 만들어 내는 미소에서는 귀기(鬼氣)마저
흘렀다.

"나한테만이라도 진실을 말해 주오."

이덕형이 다시 채근했다.

"······이미 늦었습니다. 좌상 대감!"

"무엇이 늦었다는 게요?"

"정녕 모르신단 말씀이오니까?"

이덕형이 천천히 고개를 끄덕였다. 권준은 먼산바라기(눈동자가
늘 먼 곳을 바라보는 것처럼 보이는 사람)처럼 고개를 들고 열흘 전
격전을 떠올렸다. 이순신과 이영남과 이언량을 삼킨 죽음의 바
다. 이윽고 권준은 그 바다 한 끝에 시선을 고정한 채 조용히 이
야기를 시작했다.

"이 통제사가 이미 조선 수군 앞날을 결정했으니까요. 이젠 그
결정에 따르는 길 외에 다른 방도가 없습니다. 처음부터 소생은
이 길만은 피하고 싶었습니다만 어쩔 수 없군요. 천운(天運)이라
고 여길밖에······."

"도대체 그 어슴새벽에 무슨 일이 있었던 거요? 이 통제사가 전사한 것이 어찌 조선 수군 장래를 결정짓는다는 말이오?"

이덕형은 끝없이 솟아나는 질문들을 이즈음에서 붙들었다. 처음부터 너무 많은 물음을 던져서는 아니 된다는 생각이 뇌리를 스쳤던 것이다.

"좌상 대감! 열흘 전 관음포 앞바다 해전에서 왜군은 만여 명이나 죽은 데 반해 조선 수군은 전사자가 서른 명도 채 넘지 않습니다. 한데 그 서른 명 중에는 수군 통제사 이순신, 조방장 이영남, 돌격장 이언량과 같은 조선 수군에서 가장 뛰어난 장수들이 고스란히 포함되어 있지요……."

"그 말은…… 이 통제사가 일부러 죽음을 택했단 말이오?"

"삶 대신 죽음을 택하는 인간은 없습니다. 하나 불멸을 위해 죽음을 품을 수는 있겠지요. 세상에 대한 복수일 수도 있겠고요……. 이제 그 누구도 이 통제사를 두 번 죽이지는 못할 테니까요."

"그래도 어찌 차마 그런……!"

권준이 고개를 획 돌려 이덕형 시선을 맞받아쳤다.

"이 통제사가 살아남았다면, 전쟁이 끝나는 이 마당에 장차 이 통제사는 물론 좌상 대감이 무사하시리라고 보십니까? 서애 대감께 편안한 노년이 보장될 수 있을까요? 전하께서 조선 수군이 대마루판(결정적인 마지막 끝판)에서 거둔 승첩을 믿지 못하시기 때문에 좌상 대감께서 이 먼 곳까지 직접 오신 것이 아닌지요?"

"……"

"그토록 지독한 고통을 이 통제사가 홀로 지지 않기를 바랐습니다. 십시일반, 그 고통을 나누고 싶었는데……."

권준은 천천히 자리에서 일어섰다.

"어쨌든 이 통제사는 좌상 대감이나 소생보다 더 오랫동안 역사에 푸른 이름을 남길 것이외다. 나라가 어지럽고 민초들이 도탄에 빠질 때면, 전라 좌수사 이순신, 삼도 수군 통제사 이순신이 아니라 나라를 구한 영웅 이순신으로 영원히 되살아날 테니까요. 이 통제사가 원한 것은 벼슬도, 재물도, 불패의 신화도 아니었습니다. 원 통제사와 쟁공이란 하찮은 놀음에 불과했지요. 이 통제사가 정녕 꿈꾼 것은 불멸이었습니다. 왜와 전쟁은 그 불멸을 앞당기는 지름길이었지요."

이덕형이 뒤따라 일어서며 물었다.

"나머지 장수들은 어떻게들 지내고 있소?"

권준이 다시 미소를 머금었다.

"소생이 앞서 말씀드리지 않았는지요? 이 통제사가 이미 앞날을 정했으니 따를 수밖에 없습니다. 통제사가 택한 불멸의 길에 누가 되지 않도록 제각기 남은 인생을 보낼 겁니다. 좌상 대감! 더 이상 조선 수군을 의심하며 살필 필요가 없음을 탑전에 잘 아뢰어 주세요. 살아남은 모두를 위해서라도 대감 충언이 필요합니다. 소생은 이 전쟁으로 말미암아 더 이상 죽음을 당하는 이가 없기를 바랄 뿐입니다."

권준은 가볍게 읍하여 예를 차린 후 조용히 정자를 내려갔다. 이덕형은 대숲으로 사라지는 그 뒷모습을 끝까지 지켜보았다. 궁금증이 완전히 가시지는 않았으나, 더 이상 권준에게서 들을 이야기가 없음을 그 역시 알고 있었다. 이덕형은 고개를 돌려 관음포 앞바다를 살폈다. 어느새 어둠이 바다를 완전히 휘감았다. 권준을 닮은 이덕형의 미소가 보이지 않을 만큼, 하얀 눈발이 사라질 만큼, 깊고 넓은 어둠이었다.

십이월 칠일 새벽, 관음포 해전을 살핀 좌의정 이덕형의 마지막 장계가 올라갔다.

······신은 직접 이순신을 만난 적이 없어 그 사람됨이 어떠한지 전혀 모르옵니다. 예전에 이순신 처사가 옳지 못하다는 원균 말을 듣고, 이순신이 재간은 있어도 진실함과 용감함은 남보다 못할 것이라 여겼사옵니다. 한데 신이 본도에 들어가 해변 주민들 말을 들어 보니 모두 이순신을 칭찬하며 한없이 아끼고 추대하였사옵니다. 또 들건대 이순신이 고금도에 통제영을 세우고 군정을 매우 잘하였으므로, 겨우 삼사 개월이 지나자 민가와 군량이 지난해 한산도에 있을 때보다 더 많았다고 하옵니다.

명군이 싸우는 데 뜻이 없다는 것을 간파한 뒤에는 나라 큰일을 전적으로 조선 수군에 기댈 수밖에 없었사옵니다. 신이 통제영에 자주 사람을 보내어 이순신으로 하여금 은밀히 일을 주선하게 하였더니 순신은 성의를 다하여 나라에 몸 바칠 것을 죽음으로써 맹세하였사옵니다. 순신이 영위하고 계획한 일들이 모두 볼 만하였기에 신은 나름대로 생각하기를 해전은 훌륭한 주장(主將)이 있으므로 우려할 바가 없다고 여겼사옵니다.

불행하게도 이순신이 전사하였으니, 앞으로 바다 일을 책임 지워 조치하는 데 그만한 사람을 구하기 어려울 것이옵니다. 참으로 애통하옵니다. 첩보(捷報)가 있던 날 군량을 운반하던 인부들이 이순신 전사 소식을 듣고서는 무지한 노약자라 할지라도 대부분 눈물을 흘리며 서로 조문하기까지 하였으니, 이처럼 사람을 감복시키는 것이 어찌 우연이라 하겠사옵니까. 이순신이 나라를 위하여 순직한 정상은 옛날 명장에게도 부끄러울 것이 없사옵니다. 포장(襃獎)하는 거조를 조정에서 각별히 시행하시옵소서.

〈끝〉

부록

명량 해전 지도

노량 해전 지도

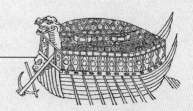

명량 해전

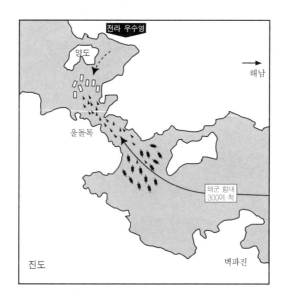

1597년 8월 통제사로 재임명된 이순신은 얼마 남지 않은 전력을 최대한 보강하고자 이리저리 진영을 옮기며 정탐에 힘썼다. 26일 어란진, 28일 장도, 29일 벽파진으로 이동하였다가 9월 15일 왜군 대함대가 가까웠다는 첩보에 지형을 이용해 맞서기 위하여 명량 해협을 통과해 전라 우수영으로 이동하였다.

16일 이른 아침 울돌목을 통과해 온 왜군 관선들이 오전 11시쯤 대기하던 이순신 함대를 에워쌈으로써 전투가 시작되었다. 지휘선이 한동안 포위 공격에 버티는 등 격전 끝에 왜장 구루시마 등을 사살하고 적선을 많이 부수는 쾌승으로 마침내 칠천량의 치욕을 씻었다.

노량 해전

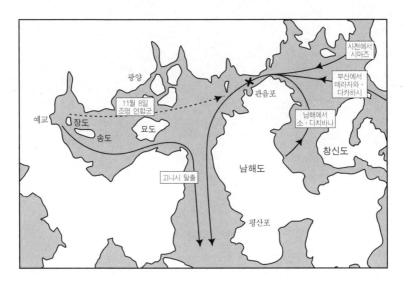

1598년 8월 18일 히데요시의 사망으로 왜군은 철군 길을 찾게 된다. 명군 장수 유정 등과 이미 타합을 본 고니시는 이순신이 예교를 봉쇄하고 비켜 주지 않자 결국 구원병을 요청하고, 이순신은 구원군을 먼저 부수기 위해 노량 해협으로 이동하였다. 11월 18일에서 19일로 이어지는 캄캄한 새벽 시작된 해전은 치열한 혼전으로 이어졌고, 화공에 큰 피해를 입고 퇴로를 찾던 왜군은 잘못 알고 관음포 안으로 들어가 갇혔다. 19일 정오까지 이어진 혈전 끝에 아군은 대승을 거두었지만 이순신을 비롯하여 장수들 여럿이 죽고 다치는 희생을 치렀다.

불멸의 이순신 8

불멸의 길

1판 1쇄 펴냄 2014년 7월 18일
1판 2쇄 펴냄 2021년 4월 30일

지은이 김탁환
발행인 박근섭 · 박상준
펴낸곳 (주)민음사

출판등록 1966. 5. 19. 제16-490호
주소   서울특별시 강남구 도산대로1길 62(신사동)
           강남출판문화센터 5층 (우편번호 06027)
대표전화 02-515-2000 | 팩시밀리 02-515-2007
홈페이지 www.minumsa.com

ISBN 978-89-374-4148-6 04810
ISBN 978-89-374-4140-0 04810(세트)

* 잘못 만들어진 책은 구입처에서 교환해 드립니다.